Guido van de Prince,

Turnhout 13.09.2002

Van dezelfde auteur:

De waterdame
Oesters*
Oefeningen in manhaftigheid*
Russisch blauw*
Alle verhalen*
Een Spaans hondje

* Tevens als PANDORA-POCKET verschenen

Rascha Peper

Rico's vleugels

PANDORA

Pandora Pockets maakt deel uit van Uitgeverij Contact

Twaalfde druk

Omslagontwerp Annemarie van Pruyssen
Omslagfoto Imagebank
Auteursfoto Sjaak Ramakers

ISBN 90 254 1660 8
NUGI 300

www.boekenwereld.com

I

Onder aan het plankier van het strandpaviljoen stond Rico Gabrieli bewegingen te maken die veel van halter-oefeningen weghadden. Hij bewoog zijn armen voor zijn borst op en neer, hief ze langzaam omhoog alsof hij een gewicht opduwde en liet ze weer zakken. Met trainen had dit echter niets te maken; op deze manier inspecteerde hij de barstjes in de mouwen van zijn leren jack en maakte ze tegelijkertijd erger, want zijn slechte humeur liet hem tot narrige zelfkwellerij vervallen.

Nog nooit was hij aan enig kledingstuk zo gehecht geweest als aan dit motorjack en dat het nu al, na een jaar, zo geniepig door barst aangevreten werd, kon hij niet uitstaan. Sinds hij het vorige zomer in de kofferruimte van een Duitse toeristenauto had gevonden, droeg hij het dag in dag uit. Het was een kort, zwart, leren jack met verbrede schouderstukken en riempjes van onderen, waarmee je het over de heupen kon vastgespen, wat hij trouwens nooit deed. Op het rugpand, de borststukken en de schouders waren metalen knoppen en sterren geslagen, al met al wel zo'n vijftig, zestig stuks. De oorspronkelijke eigenaar kon het jack niet vaak gedragen hebben: het leer had nog nergens sporen van slijtage vertoond. En nu waren de ellebogen al kaal en de binnenkanten van de mouwen gebarsten. Hij had al eens een nachtlang een laag slaolie in het leer laten trekken, maar dat had weinig geholpen; het craquelé zette gestaag door.

De meeste jongens zou dat niets kunnen schelen, maar op het gebied van kleren had Rico uitgesproken opvattingen. Ze moesten heel zijn en schoon en uitsluitend zwart, behalve T-shirts. Trainingspakken droeg hij niet, ook geen sportschoenen, alleen maar zwarte gymschoenen. In gezelschap van zijn vrienden was hij een donkere eenling tussen het neongroen en zuurstokroze. Dat was zijn imago en zijn afzijdigheid in de jacht op kleurige merkschoenen en -kleren werd gerespecteerd.

Hij hield op met de armbewegingen en keek over de grauwe Noordzee. Er was geen mens aan het strand, op wat hondenuitlaters na. Het was fris en het seizoen was nog niet begonnen; begin mei.

Hij stond hier, omdat hij net in het strandpaviljoen was wezen vragen of ze iemand voor de bediening konden gebruiken. De dagen duurden lang sinds hij niet meer op school kwam. De baas was echter niet geïnteresseerd geweest; had nog wel gevraagd of hij al zestien was, maar toen hij zonder blikken of blozen ja gezegd had, hoefde het toch niet: er waren al twee zoons die hielpen. Niet dat hij er rouwig om was dat hij nu geen tafeltjes mocht afvegen of bladen mocht zeulen, maar het zou tenminste wat opgeleverd hebben!

Geld, dacht Rico, geld was toch het enige dat telde! Waarom loog iedereen daarover? Zijn vader met z'n eeuwige gezanik over Caracas, waarnaar hij zo'n heimwee had als hij gezopen had, terwijl zijn hele familie daar zowat gekrepeerd was in de sloppenwijken; zijn leraar lastechniek, met z'n vieze baard, die altijd riep: 'Schik in je werk is even belangrijk als brood op de plank!'; Angelique van de snackbar, die beweerde dat, als zij 'echt van iemand hield', het haar niks kon schelen of hij geld had of niet; die lui op de televisie die de hoofdprijs van de show aan hun neus voorbij zagen gaan en dan zeiden dat het maar om het spel ging! Geloofden die mensen daar nou zelf in? Hadden ze echt niet in de gaten dat als de poen er maar was, de rest vanzelf kwam? Houen van... en reisjes maken. Dan hoefde je helemaal niet te werken, laat staan er 'schik' in te hebben!

'Hé, Gabrieli!' werd er vanaf de boulevard geroepen.

Ach Jezus. Krokewit.

Er klonk een harde klap op het plankier, gevolgd door het geluid van hortende en stotende wieltjes en daar kwam Krokewit op het skateboard naar beneden. Het kind!

Hij keek toe hoe de jongen met doorgebogen knieën over de dwarslatjes van het plankier ratelde, er halverwege afvloog en met een zijwaartse rol in het zand viel.

'Wat sta je te doen?' vroeg Krokewit toen hij overeind kwam.

Rico haalde de schouders op.

De jongen greep zijn plank uit het zand, gaf er een roffel met zijn knokkels op en kwam naar hem toe.

'Dijk zegt dat je naar Smits moet komen vanavond!' deelde hij zonder omhaal mee.

'Zo,' zei Rico. 'Nou, als Dijk het zegt, dan kom ik natuurlijk!'

Maar Krokewit was niet gevoelig voor sarcasme.

'Ja,' zei hij, 'd'r is een concert in De Blauwe Schuit. Wordt hartstikke druk. Net zoiets als vorig jaar.'

Hij lachte en stompte Rico tegen zijn arm.

Rico keek verveeld in de verte, waar een reusachtige tanker traag langs de horizon gleed.

'Ze bewaken de parkeerplaats toch tegenwoordig!' zei hij.

'Ja, maar daarachter niet! Wat daar allemaal staat als het vol is, man! Dat weet je toch!'

Hij knikte.

'Ik kom wel effe kijken,' zei hij. 'Rot nou maar weer op.'

Maar Krokewit begon als een kleuter naar alle kanten te springen in het zand.

'Wat sta je hier nou te doen, joh?' riep hij. 'Op je meissie te wachten?'

'Ja, op je zuster.'

De jongen grinnikte. Zijn zuster, in het hele dorp bekend, bestond enkel uit een hoofd dat in een wagentje werd rondgereden.

Toen stond hij opeens stil en tuurde in de richting van het strandpaviljoen.

'Zie je die lui daar zitten?'

Rico draaide zich om en keek omhoog.

'Die twee daar!' wees Krokewit, ten overvloede, want op twee personen na was het hele terras leeg. Het was een doordeweekse dag, zonnig maar koud, en het waaide behoorlijk. De twee mensen aan een tafeltje vooraan waren een oudere man en vrouw, die eruitzagen of ze naar de Noordpool moesten. De vrouw, met haar rug naar hen toe, droeg een bontjas waarvan de opgezette kraag met een wollen sjaal eromheen tegen haar gezicht stond. Ze had een dikke, wollen tulband op het hoofd. De man, met zijn gezicht naar hen toe, had een lammycoat aan, een stevig om de nek geknoopte sjaal en een grote, Schots geruite pet diep over de oren getrokken.

Krokewit grijnsde.

'Dat zijn mafferiken, man!'

Rico wendde zich af.

Krokewit was een vermoeiend gozertje. Hij was dertien – zat ook een klas lager – en had altijd kletsverhalen. Hij was snel en stierf liever dan dat hij een klusje weigerde, dus je had wel wat aan hem, maar serieus nemen kon je hem niet.

'Die zijn in dat grote, witte huis komen wonen, daar,' zei Krokewit en maakte een vaag gebaar naar de duinenrand. 'Weet je wel, met die rieten kap. Dat stond toch leeg? Daar wonen zíj nou, tijdelijk dan. Ze komen uit Afrika of zo. Me moeder werkt bij ze, daarom weet ik het. Ze hebben geeneens een stofzuiger! Van de week moest ik onze eigen stofzuiger komen brengen. Toen liep dat wijf ook met die muts op d'r kop, binnen! En meteen roepen van...'

Om duidelijk te maken hoe de vrouw geroepen had, rekte Krokewit zijn nek, liet zijn hoofd waggelen als een overspannen kalkoen en piepte kokhalzend alsof hij gewurgd werd: 'Jongeman, wil je de deur goed sluiten?'

'Maar rijk, man!' ging hij verder. 'Onwijs rijk! Het hele huis staat vol kisten en dozen. Allemaal schelpen! Miljoenen!'

Rico stond alweer naar de zee gekeerd.

'Schelpen?' vroeg hij smalend. 'Goh, wat rijk, zeg!'

Krokewit noemde iedereen die rijker was dan pakweg de visboer 'onwijs rijk'.

'Ja, hele bijzondere schelpen! Bereduur! Die lui wonen in Afrika in een paleis en hebben een heel schip afgehuurd om dat allemaal hierheen te brengen! Met vrachtwagens vol zijn ze hier naartoe komen rijden, uit Rotterdam! Gaat allemaal naar een museum!'

'Nou, nou!' zei Rico.

Hij tuurde naar de tanker aan de horizon. Toen hij klein was, had hij zeeman willen worden. Waarschijnlijk omdat de verhalen van zijn vader toen nog indruk maakten. Die had op de grote vaart gezeten, voordat hij hier aan zijn moeder was blijven hangen en de rest van zijn dagen kabeljauw mocht sorteren op de visafslag.

Maar als matroos verdiende je ook niks.

Krokewit werd ineens weer door ongedurigheid bevangen en hipte op zijn hakken rond in het zand.

'Oink, oink, oink, oink, oink!'

'Begint Sesamstraat nog niet?' vroeg Rico.

De jongen kwam naast hem staan.

'Waar staat je brommer eigenlijk?' wilde hij weten.

'Thuis.'

Krokewit barstte in lachen uit.

'Ha ha! Bang, hè? Schijterd dat je ben! Bang!'

Rico beheerste zich.

'Zoals je misschien weet,' zei hij minzaam, 'rij ik d'r iedere dag op. Maar niet speciaal 's middags. Dan rijen die galbakken geheid rond, dan hebben ze niks anders te doen. Da's niet bang, da's verstandig! Ik zou wel gek wezen om ze zo in hun armen te rijen! Dat zouen ze willen!'

'Percies. Bang dus!'

'Ja,' zei Rico vermoeid, 'krijg maar de rattepleuris.'

Krokewit sprong nog even rond en ging er toen eindelijk vandoor.

'Dan zie ik je vanavond, hè?' zei hij.

Hij rende het plankier op, smeet bovenaan met een klap zijn

plank tegen de tegels en reed ratelend weg.

Er was geen reden nog langer hier te blijven staan. Wat hij zou kunnen doen, was bij Otman in de dumphal langs gaan om te horen of ze daar radio's konden gebruiken, met het oog op vanavond. Anders kwam je daar morgen en dan hadden ze zogenaamd nog genoeg voorraad. Dat was een half uur, drie kwartier lopen als je over het strand ging. Normaal zou hij er niet over prakkizeren, maar wat moest hij anders doen vanmiddag?

Hij liep langzaam door het rulle zand richting zee naar het harde gedeelte van het strand en dacht aan zijn Yamaha. Zijn kwaaie bui had niet alleen met geldgebrek te maken; het kwam ook omdat hij nu zo voorzichtig moest zijn. Die 'laatste waarschuwing', dat meenden ze. Een maand of drie geleden was het nog: geef die brommer maar gauw aan je grote broer terug, joh! En nu opeens: alles noteren, naam, type, datum, de hele rotzooi en: als we je d'r nog één keer op zien, ben je 'em voorgoed kwijt!

Bang? Natuurlijk niet, maar hij moest d'r niet aan denken dat het echt gebeurde! Zijn Yamaha; tien jaar oud, vierde- of vijfdehands, maar beter, sneller en mooier dan hij nieuw ooit geweest was! Met een origineel Harley Davidson-stuur en Harley kick-steps en lampen en spiegels... Als hij op één ding ter wereld stapelgek was, dan was het op zijn verbouwde Yamaha.

In het voorbijgaan keek hij nog een moment naar de man en de vrouw op het terras van het strandpaviljoen. Ze zaten daar in al dat bont en wol alsof ze er door een verpleegster neergezet waren. Lekker een frisse neus halen, hoor! Zuster komt zo terug!

Een schip afhuren om met je schelpjes van de ene kant van de wereld naar de andere te varen... Het geld zat ook altijd bij de verkeerden!

***

Cecile Rochèl wist zelf niet wat haar nu het meest irriteerde: het gedoe met de fazant, de schandalige prijzen in Nederland, de koffie-met-voetbad die zonder enige vorm van excuus voor hen neergezet was of het flegma waarmee Eddy zich hier in weer en wind een verkoudheid op de hals zat te halen, terwijl de collectie al meer dan twee uur alleen was – maar een feit was dat haar ergernis zich op de Noordzee ontlaadde.

Wat een grijsheid! Wat een kil, vuil, noordelijk water! Goed om schelvis en bot in te vangen of om booreilanden in aan te leggen, maar gespeend van elke schoonheid! Geen turkoois of azuur, geen dolfijnen of vliegende vissen. Geen bergcontouren in het verschiet, geen sierlijke prauwen of jonken. Een massa grauw water met een lelijke tanker aan de horizon, dat was alles. En zand. Een heleboel zand. Een grote, uitgestrekte, fantasieloze strook zand.

'Eén blik op deze zee,' zei ze, 'en het is duidelijk dat hier nooit een schelp van enig belang uit kan komen!'

Haar man antwoordde niet dadelijk.

Over zee kijken was een van zijn liefste bezigheden en of het nu de Noordzee was of de Stille Zuidzee, leek hem niet veel uit te maken. Daar droeg hij een katoenen hemd en een strohoed, hier een dikke jas en een wollen pet, maar zijn houding was hetzelfde. Hij tuurde over zee en leek ver weg met zijn gedachten. Zijn ogen waren niet te zien achter de zonnebril.

Hij zag er broos uit in de stoere jas die ze speciaal voor deze reis gekocht hadden: een tenger kind in de jas van zijn vader. Van die zonnebril hield ze niet. Zijn kaken kregen er iets lijdzaams door, alsof er opeens een verdriet zichtbaar werd dat zonder donkere bril niet opviel.

'En de nonnetjes dan?' vroeg hij. 'De roze nonnetjes die je vroeger zo mooi vond?'

'Ja, vroeger! Bij gebrek aan vergelijking!'

'Ik vind ze nog steeds mooi,' zei hij. 'Klein, simpel, niks geen aanstellerij. Gewoon mooi.'

Ze gaf geen antwoord. Over esthetiek voerden zij allang

geen discussie meer. Hun smaak liep uiteen, dat was bekend en dat gaf ook niet – zij het dan dat ze zich vaak ergerde aan zijn onverschilligheid voor juist de grootste prachtstukken van de collectie. Venuskammen noemde hij 'afgekloven visgraten'. Golden Cowry's, haar lievelingen, vond hij 'zo zelfgenoegzaam'. Van nieuwe Pecten-varianten werd hij niet warm of koud: die 'domme, opzichtige kleurtjes'. Een zuivere Sunburst Carrier daarentegen, die haar nu weer niet zoveel zei, kon hem in vervoering brengen. Om van zijn geliefde Conus marmoreus maar niet te spreken; daar was zijzelf trouwens ook op gesteld, maar ze noemde ze, uit wraak, altijd 'stipperdestippies'.

Hoewel haar zwijgen dus betekende dat ze het niet de moeite waard vond op zijn opmerking in te gaan, deden zijn woorden haar heimelijk genoegen. Want ze meende niet wat ze gezegd had over de nonnetjes, welnee! Uit de mond van een ander zou ze zoveel minachting niet eens verdragen hebben.

De nonnetjes uit haar jeugd, de eerste schelpen die ze verzameld had, een eeuwigheid geleden, in de tijd dat hier nog rieten strandstoelen stonden en venters met manden aardbeien aan de arm langskwamen. De tijd dat deze zee zo ontzagwekkend was dat Titia en zij er uitsluitend in pootjebaadden.

Haar ergernis vloeide een beetje weg. Hoeveel jaar geleden was het wel niet, dat ze met haar man op een terras gezeten had? Al jaren gingen ze nooit meer ergens samen heen. Op Curaçao niet meer vanaf de tijd dat er bij de Shell-opstand huizen van buitenlanders waren vernield en op Mindanao al helemáál niet meer! Een van hen bleef altijd bij de collectie. Nu ze dan eindelijk eens samen op pad waren – noodgedwongen, door het ontbreken van personeel en omdat zíj niet kon autorijden en híj geen boodschappen kon doen – mochten ze nu soms een kopje koffie op een terras drinken, al was het hier nog zo koud?

Ze schrok op. Achter haar klonk een geluid of iemand een reuzenratel rondslingerde. Ze draaide zich om en zag een jongen in paars en groen op een plank met wieltjes het plankier afdaveren en hals over kop in het zand terechtkomen. Het leek de zoon van de werkster wel, dacht ze een moment, maar alle jongens leken hier op elkaar! Ze keek naar Eddy, die eveneens opgeschrokken was, maar zei niets en keek weer voor zich. Sommige onderwerpen waren onbespreekbaar geworden.

'Denk je dat dr. Bol van fazant houdt?' vroeg ze.

Die vraag was een boetedoening en haar man zei dan ook niet 'hoe moet ik dat weten?' of 'dat had je je wel eens eerder kunnen afvragen', maar hij zei: 'Oh, vast wel.'

'Ik ga hem marineren.'

'Kijk es aan!' zei hij.

Al meteen toen Cecile dr. Bol te eten gevraagd had, had zij fazant met zuurkool in gedachten gehad. Een klassiek Hollands gerecht, dat vroeger, bij haar thuis, dikwijls op het menu gestaan had. Hoe moeilijk het was in de maand mei in een Hollandse badplaats aan fazant te komen (en aan zuurkool) hadden ze zojuist ervaren, maar als Cecile fazant wilde eten, wérd er fazant gegeten! Diepvriesfazant nu weliswaar, maar dat merkte je door een marinade niet zo.

'Hij moet nu niet denken, dat ik zonder kokkin totaal onthand zit!'

'Welnee.'

Ze zwegen weer een tijdje en terwijl zij met haar bontlaarsjes zachtjes tegen het hekwerk van het terras schopte, dwaalden haar gedachten, zoals telkens de laatste dagen, weer met lichte wrevel naar Titia af, of liever gezegd naar het naderend bezoek aan Titia, overmorgen al.

Cecile Rochèl was, op haar manier, erg gesteld op haar zuster en had er verdriet van dat het bergafwaarts met haar ging, maar kon het toch niet goed verkroppen dat Titia maar zo eigenmachtig bepaalde wanneer ze doodging. Hun hele leven had Cecile de lakens uitgedeeld. Met wie Titia moest trouwen, hoe Titia haar kapitaal moest beheren, wanneer Titia naar het buitenland moest overkomen, hoe lang ze daar moest blijven... alles wat Titia wel of niet moest doen was zíj gewend te bestieren. En nu zij uitgemaakt had dat éérst de collectie overgedragen zou worden en er daarna naar Titia afgereisd werd, waren haar plannen gedwarsboomd. Titia's dochter had doodleuk door de telefoon gezegd: 'Als u zolang wacht, hoeft het niet meer, tante! Als u mamma nog levend wilt zien, moet u nú komen!'

Dus vertrok ze overmorgen, donderdag, naar Menton; alleen, want zolang de collectie nog niet in het museum was, konden ze onmogelijk samen gaan. Niemand begreep wat voor offer dat voor haar was. Het was afschuwelijk haar man met de schelpen alleen te moeten laten, net nu de notatie zo goed op gang kwam. En het ongelukkige toeval wilde dat ook dr. Bol volgende week te druk bezet was om vaak in de villa te zijn, zodat Eddy aangewezen was op de oude museumbeheerder, die hen de afgelopen dagen steeds al geholpen had. Nee, Titia had nauwelijks een slechter moment kunnen uitkiezen.

Over het terras kwam een jongen van een jaar of vijftien met een emmertje sop aanlopen en begon tafels en stoelen schoon te maken. Hij droeg een bermudashort – bij dít weer – en als hij bukte viel zijn trui naar beneden en werd een bruine, elastische rug zichtbaar.

'Kom, Eddy, we gaan,' zei Cecile gedecideerd.

***

Nadat alle boodschappen de auto uit- en de keuken ingedragen waren, liep Eduard Rochèl nog even naar buiten om te zien of er in de tuinvijver weer dode vissen dreven.

Toen ze hier tien dagen geleden gearriveerd waren, bleek zich tot zijn verrassing in de verwaarloosde tuin achter de villa een vijver vol goudvissen te bevinden. De randen van de vijver waren zwart-groen uitgeslagen en het water begon te stinken zodra je er met een stok in porde, maar de vissen stonden rustig tussen de waterplanten en trokken flitsende, oranje lichtsporen als er onraad dreigde. Op een ochtend dreef er echter een met de buik omhoog. Die had hij eruitgehaald en weggegooid, maar sindsdien leverde iedere dag één of twee nieuwe sterfgevallen op. Vreemd in deze tijd van het jaar. Als ze de winter goed doorgekomen waren, waarom gingen ze dan nu opeens dood? Toch niet van het brood dat hij ze gevoerd had?

Er was geen nieuw slachtoffer, zodat de stand voor vandaag wel op één zou blijven, maar die ene vanochtend was wel een knaap geweest, haast een karper, lichtgeel en minstens een jaar of vijf.

Hij liep dieper de tuin in en knoopte zijn jas los; zo koud als Cecile het wilde doen voorkomen, was het helemaal niet. Aan het einde van de achtertuin liep je regelrecht de duinen in, met dien verstande dat een slap prikkeldraadje tussen scheefhangende paaltjes de afscheiding tussen tuin en duingebied markeerde. Hij zwaaide er zijn benen overheen en beklom het eerste duin. Tussen twee toppen door was van hier af de zee te zien en een V-vormig stuk van het strand. Er renden twee reusachtige honden plus een minuscuul hondje stoeiend langs de vloedlijn, gevolgd door een energiek met riemen zwaaiende vrouw. Nederland was vol honden, verwende honden. De honden uit de Filippijnse volkswijken, magere, schrandere scharminkels die zelf hun kostje opscharrelden, leken om de een of andere reden sympathieker, maar dat was natuurlijk onzin.

Hij keek de vrouw en de honden na tot ze achter de rechter duintop verdwenen waren en wilde zich alweer omdraaien, toen er vanachter de linker duintop opnieuw iemand op het strand verscheen, een jongen. Dezelfde jongen die daarstraks bij het strandpaviljoen gestaan had! Tenminste, hetzelfde jasje. Zo'n jasje dat motorrijders wel dragen: een kort, zwart leren jack vol metalen plaatjes.

Met de soepele nonchalance die bij zijn leeftijd paste, liep de jongen langs de vloedlijn; een silhouet tegen de branding, vol schitteringen van zon op zilver. Zijn dunne spijkerbroekbenen waren ritmisch veranderende V's. Opeens stond hij stil en bukte zich om iets op te rapen. Hij draaide het voorwerp in zijn handen om, hief vervolgens zijn rechterarm en slingerde het de zee in. Je zag het plonsje van hieraf. Toen liep hij verder en verdween achter de rechter duintop.

Rochèl tuurde over het verlaten stuk strand naar de einder. De wind was ineens weggevallen en het was plotseling zeer stil om hem heen. De zon verwarmde zijn borst in de openhangen de jas. Hij voelde zich een moment duizelig en sloot zijn ogen.

Als een astronaut zweefde hij tussen de kelpwouden. Beneden hem deinden groene tapisserieën en links en rechts bewogen lange wieren aan met gas gevulde blazen als guirlandes in een kathedraal. Vissen schoten als zwaluwen door het getemperde licht. Wolkjes zilverkleurig stof, nieuwsgierige ansjovisjes, kwamen trillend om hem heen hangen. Voor hem uit, over de bodem, liepen drie duikers in zwembroek, zuurstofflessen op de rug. Als dansers zetten ze hun voeten tussen de dodemansvingers en veerden op in trage sprongen. De gazen mandjes die ze in de hand hielden waren gevuld met Conidae, Voluten, Harpidae en uit het mandje dat de kleinste van de drie in triomf omhooghield, kwamen zelfs de tere uitsteeksels van een Angaria vicdani, de felbegeerde. Als dat de kleinzoon van de schipper niet was, die van zijn grootvader nog helemaal niet mocht afdalen naar deze diepten! De andere twee waren onbekenden.

Hij volgde hen. Ze hadden nu de schelpenmandjes over hun schouder gehangen en elkaar een hand gegeven. De jongste stak zijn hand naar hem uit en hij sloot de rij, in gelijke tred meeverend, als in een Tracische dans.

Het kelpwoud werd dichter en ondoorzichtiger, maar zij schenen een pad te volgen, een smal, slingerend pad. Vissen waren hier niet veel meer. Grote murenen stonden her en der stil happend in rotsholen, maar taalden niet naar hen en de jongens gingen erlangs zonder er acht op te slaan. Hij liet zich leiden.

Nu bleek pas dat ze een spoor volgden: er lag een zwaar begroeide, maar duidelijk zichtbare kabel over de zeebodem die hen verder voerde in hun rijdans, door wieren, langs riffen en koralen, dieper, verder en verder, tot er een schijnsel gloorde dat niet van de zon kon zijn...

En toen de duikers achteloos de schelpenmandjes van de schouders lieten glijden en achterlieten, rees het vermoeden dat het zover was. Dat zij het spoor hadden gevonden, zomaar, moeiteloos! Dat ze waren aangekomen. Ze hadden ook geen zuurstofflessen meer en geen duikbrillen meer op. Langzaam maar soepel begonnen ze om hun as te wentelen, als dolfijnen in een vertraagde opname. Tranen vloeiden ineen met het water...

De wind zwol weer aan, in zo'n onverhoedse vlaag dat hij rilde, zijn jas dichttrok en het duin afliep. De achterkant van het grote, witte huis onder het rieten dak blonk vriendelijk in de zon. Een aardig, maar vreemd huis in een aardig, maar vreemd geworden land.

Wat een wonderlijk tussenstation in hun leven was dit! Opeens met de hele collectie in een villa aan de Hollandse Noordzeekust, schelp na schelp door hun handen gaand, alsof ze ze allemaal persoonlijk gedag wilden zeggen... wat ook eigenlijk zo was. Deze vreemde, zelfverkozen retraite met de schelpen in een afgelegen villa aan zee was een wending in hun bestaan, een afscheid en een luchtledig tegelijk. De plotselinge beslissing van Cecile de verzameling over te dragen, mocht dan juist zijn, maar daarom waren ze nog niet aan het idee gewend! Cecile hield zich flink – Cecile wás flink – maar hoe zou het zijn als ze over een week of zes, acht met enkel een paar koffertjes kleren als bagage in het vliegtuig terug naar Manilla zaten? Op weg naar een leeg huis! Hij zag zijn vrouw voor zich, zoals ze thuis, op Mindanao, op haar wieltjesstoel door de gepantserde schelpenkamer reed, laadje na laadje opentrekkend om haar Cowry's in handen te nemen of Glossidae of zeldzame Alabasters. Zelfs de ladenkastjes waren er niet meer! Die stonden ook hier, want Cecile hield niet van halve maatregelen en droeg de collectie met kasten en al over!

Ach, ze gingen gewoon verder met verzamelen en zouden de collectie nog jarenlang uitbreiden, maar hetzelfde werd het nooit meer.

En nu was Titia nog stervend ook.

Hij liep weer langs de vijver, waarin de vissen roerloos tussen de planten stonden en liep de keuken binnen, waar Cecile met een dik vest aan en de wollen tulband nog op kruidnagelen stond te pletten of haar leven ervan afhing. De twee bevroren fazanten lagen reeds, overgoten met paarsrode vloeistof, in een schaal.

'Ze moeten in de marinade ontdooien!' lichtte Cecile toe.

'Ik ben benieuwd,' zei hij.

Het was misschien wel twintig jaar geleden dat Cecile zich zo ingespannen had voor een maaltijd. Thuis kookte ze nooit zelf en hier hadden ze zich tot nog toe met eenvoudige maaltijden tevreden gesteld. Het was duidelijk dat ze zich eens wilde uitsloven voor dr. Bol.

Allemachtig, als die marinade moest goedmaken wat die man voor last met hen had gehad de afgelopen weken... dan mocht het wel ambrozijn wezen!

II

Ernst Bol wist zelf wel dat de zwarte MG-sportwagen waarin hij nu al drie jaar reed niet erg bij zijn type paste, maar daarom had hij hem juist gekocht. Een laatste saluut aan het joyeuze charmeursbestaan, het leven van 'even op en neer naar Biarritz'. Niet dat hij zo'n leven ooit geleid had, allerminst, maar toen zijn vriendin hem een paar jaar geleden in de steek gelaten had voor een wijnimporteur van wie het *savoir vivre* afspatte, had hij zo'n auto opeens fel begeerd.

Hij was toen drieënveertig, net van conservator tot directeur van het Seba-instituut gepromoveerd en in snel tempo kaal aan het worden. De malacologie was zijn grootste hartstocht, het manoeuvreren binnen het instituutsbudget zijn grootste zorg en als hij 's avonds in zijn eentje thuis zat, vormden wetenschappelijke publikaties over uitgestorven Strombidae of de voortplantingsrituelen van de Keizersvoluut zijn grootste afleiding. De collectie Bob Dylan-platen uit zijn studententijd had hij allang aan een neefje gegeven, twee keer per jaar ging hij naar het Concertgebouw en áls hij al een doodenkele keer dat chique, gesloten grachtenpand overwoog, dat volkomen safe en discreet heette te zijn, ging hij uiteindelijk toch maar liever vroeg naar bed; kortom: hoog tijd om zijn degelijke Volvo in te ruilen tegen een zeven jaar oude, zwarte MG met spaakwielen en bagagerek achterop. Jawel, daar kon hij zelf ook een hoop leuks bij verzinnen: midlifecrisis, valse schijn, verdrongen macho-fantasieën, allemaal tot je dienst... en natúúrlijk afficheerde die auto iets dat hijzelf miste – het lachje van zijn ex-vriendin die hem er een keer in had zien rijden, sprak wat dat betreft boekdelen – maar was dat zo erg? Die auto voegde net het vleugje 'playboy' toe dat een kalende wetenschapper in de schaal- en weekdierkunde wel kon gebruiken, daar hoefde hij verder niets meer voor te doen en dat deed hij dan ook niet. Waarom zou hij zich zo'n onschuldig genoegen ontzeggen?

Zenuwachtig stond hij naast de auto de in de war geraakte riemen te ontknopen waarmee de stofzuiger voor mevrouw Rochèl op het bagagerek gebonden moest worden. Op dat rek kon je, voor het effect, ook beter een antieke, leren koffer hebben dan een stofzuigerdoos met in oranje letters 'De absolute zuigperfectie' erop, maar zijn hoofd stond nu niet naar zulke ijdelheden. Hij snoerde de doos uiteindelijk stevig vast, stapte in en startte.

De motor sloeg slecht aan; dat was al een tijdje zo, maar hij had het te druk om zelfs maar bij de garage langs te gaan. Van stoplicht tot stoplicht kwam hij tergend langzaam de stad uit, gaf, eindelijk op de snelweg, flink gas en leunde achteruit.

Er ontsnapte hem een diepe zucht.

Wat er nu met Van der Helmstok aan de hand was, was de druppel in de emmer!

Sinds de Rochèls in het land waren, was zijn leven in een heksenketel veranderd. En eigenlijk al vóór die tijd, als je alle moeite om dat huis aan zee te vinden in aanmerking nam. Dat huis aan zee! Dat idiote, onpraktische, overbodige, tijd en geld verslindende huis aan zee! Hij durfde er zijn hand niet voor in het vuur te steken dat juist het heen en weer reizen naar dat huis aan zee de oude, toch al licht verkalkte Van der Helmstok, die de rust van het museum gewend was, parten gespeeld had. Van alle krasse staaltjes doordrijverij die hij in de loop der jaren van mevrouw Rochèl had meegemaakt, was dit wel het meest krasse.

Twintig jaar geleden, als piepjonge malacoloog, had Ernst Bol twee maanden deelgenomen aan een internationaal studieproject op Curaçao. Samen met een Amerikaan, een Braziliaan, twee Duitsers en een Fransman had hij onderzoek gedaan naar de zeden en gewoonten van een aldaar voor de kust voorkomende Spondylus-soort, de Spondylus americanus, een schelpdier dat zich vasthecht aan metalen wrakdelen. Hun kleine tentenkamp lag ver van de bewoonde wereld en ze leefden er als op een onbewoond eiland, liepen bloot of in verschoten vodden, schoren zich niet, zwommen, doken, visten, aten bonen uit blik en vis van houtskool.

Op een ochtend zaten ze gezamenlijk onder een boom koffie te drinken toen er op de rede voor het kamp een groot jacht afmeerde en een gezette, in gifgroen zonnepak gestoken vrouw van middelbare leeftijd aan land kwam, die het hele verblufte clubje zelfverzekerd de hand schudde en, zonder dat iemand dat gevraagd had, tussen hen in ging zitten. Cecile Rochèl was de naam. Ze was hun aanwezigheid hier op het spoor gekomen en maar direct naar hen toegevaren, want ze had een interessante kwestie voor te leggen.

Ze opende haar handtas en rolde een schelp uit een doekje, een Conus. Volgens haar een nog geheel onbekende soort, die dus naar haar vernoemd zou moeten worden, maar volgens de voorzitter van de Boston Malacological Club, gesteund door de Hawaiian Shell Club, niets anders dan een grillige variant van de Conus sozoni Bartsch. Nu kwam ze hier haar gelijk halen! Zes malacologen uit vijf landen bij elkaar, zo'n buitenkansje deed zich niet iedere dag voor.

De schelp ging van hand tot hand, maar behalve de Braziliaan was geen van hen zo goed thuis in de Conidae, dat hij er veel zinnigs over kon zeggen en de Braziliaan hield zich op de vlakte; die zag er ook een Sozoni Bartsch in.

Binnen een kwartier hadden al zijn collega's een reden gevonden zich uit de voeten te maken en was Ernst Bol alleen met de schelpenverzamelaarster overgebleven, want ze bleek zíjn landgenote. 'Une miljardaire qui s'ennuit,' had de Fransman achteraf smalend gezegd – doelend op het jacht, waarop af en toe twee bemanningsleden in spierwitte broeken sigaretten rokend over de railing hingen – en ook de anderen deden lacherig over het bezoek. Die Conus, ja, die was inderdaad wat langer en ruwer dan een doorsnee Sozoni en toegegeven, enige kennis van zaken kon haar niet ontzegd worden, maar dan dacht zo'n tante meteen iets unieks gevonden te hebben! Wilde haar vriendinnen op de bridgeclub zeker met iets nieuws aftroeven: een schelp die naar haar genoemd was! Weer 'es wat anders!

Bol dacht nog wel eens aan zijn collega's van toen. De Braziliaan was intussen verdronken, maar de Fransman was hij een paar jaar geleden nog op een congres tegengekomen: die knapte uit zijn vel van jaloezie! Nee, geen van hen had in Cecile Rochèl de passie herkend, de gedrevenheid – groter dan al hun wetenschappelijke gedrevenheid bij elkaar – die tot de mooiste en veelzijdigste collectie ter wereld had geleid. Hijzelf trouwens ook niet, al wilde hij zich er nu, als dat zo uitkwam, wel eens op laten voorstaan toen al iets bijzonders in haar gezien te hebben.

Ze woonde destijds met haar man in Washington en bracht de vakanties door op Curaçao, speciaal vanwege de schelpenrijkdom van het Caraïbisch gebied. Snorkelen deed ze zelf, duiken líet ze doen en kopen, ja, daar ontkwam je natuurlijk niet aan, maar het was schandalig wat die handelaars durfden te vragen! Hoewel ze aan haar een slechte hadden: afdingen tot op het bot was haar stelregel en ze had hem staaltjes van doortastend aankoopbeleid uit de doeken gedaan waardoor je medelijden met de handelaars kreeg.

Ofschoon hij min of meer noodgedwongen met haar aan de praat gebleven was, die ochtend, boeide ze hem toch wel, die zware vrouw in haar knalgroene jurk, als een opgeblazen smaragdhagedis. Cecile Rochèl was van een fascinerende lelijkheid: een deftig, Europees soort lelijkheid, dat zich niet voor zichzelf schaamt vanwege het onmiskenbare adeldom ervan. Haar gezicht werd gedomineerd door een zware, recht naar beneden staande neus, waaraan de brede neuswortel het opvallendst was. Kleine ogen stonden zozeer terzijde van die neus, dat ze aan een miereneter deed denken en onder de neus bevond zich een klein, aristocratisch geplooid mondje. Ze droeg het haar stijf opgestoken in een zogenaamde Grace Kelly-rol, het enige aan haar verschijning dat in de verste verte aan Grace Kelly herinnerde.

Hoewel zij destijds in zijn ogen behoorde tot een wereld die niets met een wetenschappelijke benadering van mollusken van doen kon hebben, was hij toch een beetje in haar ban geraakt en was het erop uitgelopen dat hij beloofd had prof. Swartjens, zijn Amsterdamse promotor, voor de zaak te interesseren. Dat had hij, terug in Nederland, ook gedaan! Swartjens moest de schelp natuurlijk zien en dus was die, op alle denkbare manieren beschermd, verzegeld en verzekerd, op het Seba-instituut gearriveerd. Maar Swartjens, die ouwe nurks, was niet overtuigd en had geen aanbeveling naar Londen willen sturen, naar het Internationaal Instituut voor Zoölogische Nomenclatuur. Daarmee leek mevrouw Rochèls aanspraak op erkenning van de nieuwe soort van de baan. (Pas drie jaar later kreeg ze die alsnog, want ze had wel degelijk gelijk, en werd de Conus Cecilerondae Patchwood 1974 een feit.)

Het speet Bol en hij voelde zich schuldig. Door Swartjens erbij te betrekken had hij haar nieuwe hoop gegeven, die nu alleen maar de bodem ingeslagen was. En in jeugdige overmoed, kwaad op die wantrouwige sjaggerijn van een prof, had hij iets gedaan waarvoor Swartjens hem vermoord zou hebben als hij er achtergekomen was, maar waarvan Bol nog altijd geloofde dat het het instituut ten langen leste de meest spectaculaire collectie ter wereld had opgeleverd. In het pakje waarin Cecile Rochèls omstreden Conus terugging, sloot hij een klein, maar puntgaaf exemplaar van een zeldzame – rode! – Japanse Latiaxis Pilsbryi in. Als troost. Met vriendelijke groeten van Ernst Bol.

Sindsdien was er geen maand voorbij gegaan zonder een brief van zijn landgenote. Wat zegt u van deze vondst, meneer Bol? Heeft u wel eens een Keizersvoluut met paarse tekening gezien? Mijn man heeft een Xenofoor gevonden en weet u wat daar allemaal aan vastgegroeid was? Mag ik u deze kwestie eens voorleggen, meneer Bol? En deze? En deze?

Bij haast iedere brief zaten foto's. Foto's van bijzondere melanismen, van reuzenoesters, van bizar opgerolde Vermicularia, van vervolmaakte groeiseries, van een stralende mevrouw Rochèl met een kanjer van een Harpa ventricosa op haar hand...

Over persoonlijke zaken schreef ze nooit, het ging uitsluitend over de schelpen, en ook de keren dat ze elkaar sindsdien in levenden lijve ontmoetten, waren schelpen het enige onderwerp van gesprek. Ze was getrouwd met een diplomaat, eveneens een Nederlander, maar kinderen had ze niet. Het leek alsof haar wereld enkel en alleen uit schelpen bestond. De schelpen waren haar kinderen.

De collectie groeide en groeide; vooral toen haar man, intussen ambassadeur in Tunesië geworden, de buitenlandse dienst plotseling verliet om zich, kennelijk met het verzamelvirus besmet, eveneens aan het schelpen zoeken te wijden. Ze vestigden zich op Curaçao, maar waren daar ineens weer vertrokken om op de Filippijnen te gaan wonen, een nog groter schelpenparadijs. Eduard Rochèl liet een speciale boot bouwen waarmee tot op driehonderd meter diepte gedregd kon worden. Geld speelde geen rol: Cecile stamde uit het schatrijke bankiersgeslacht Rondee. Geen wonder dat de verzameling op die manier tot de grootste collectie ter wereld uitgroeide. Welke particulier kon over zo'n outillage beschikken?

Het was vijf jaar geleden – de collectie werd geschat op tweehonderdduizend exemplaren – dat Ernst Bol op een dag een brief ontving waarin mevrouw Rochèl schreef hem tot erfgenaam te willen benoemen. Die dag beschouwde hij als de mooiste van zijn leven. Zijn grootste wens, altijd keurig verheimelijkt gehouden, ging ermee in vervulling. Het betekende overigens niet dat de collectie hem persoonlijk zou toevallen, hij verzamelde zelf niet eens; de schelpen gingen naar het instituut, dat er wereldnaam mee zou maken!

Het Seba-instituut, genoemd naar de achttiende-eeuwse

apotheker-verzamelaar Albertus Seba, had, als wetenschappelijke instelling, geen aankoopbudget. De eigen collectie, die in de loop van honderd jaar tot ongeveer driehonderdduizend schelpen was aangegroeid, moest het voornamelijk hebben van schenkingen en erfenissen, waarvan lang niet alles interessant was. Heel wat soorten en variëteiten had men domweg niet. En mevrouw Rochèl had alles! In overvloed zelfs. De Conus gloriamaris bijvoorbeeld, een legendarische kegelschelp die in de zeventiende eeuw meer kostte dan een Rembrandt. Over de gehele wereld waren er maar vijfentwintig in museumbezit en nog een paar in particuliere handen. Het Sebainstituut bezat er sinds jaar en dag twee, één fraai exemplaar dat permanent tentoongesteld lag, en één lelijke, verdofte en verbleekte schelp uit de achttiende eeuw in de kast. Mevrouw Rochèl bezat er veertig. Veertig! Gehuurde Filippijnse duikers hadden de vindplaats opgespoord.

Ze had met hem afgesproken dat de collectie aan het instituut overgedragen zou worden, zodra er van het echtpaar één alleen overbleef. Die ene moest er dan voor zorgen dat de schelpen inderdaad hun plaats van bestemming bereikten, want de Filippijnse autoriteiten aasden zelf op de verzameling en Cecile was bang dat na hun beider dood geen exportvergunning gegeven zou worden. Met de gedachte dat het dus nog vele jaren kon duren voordat de schelpen in zijn museum lagen, had Bol zich al verzoend; hij vreesde zelfs wel eens allang gepensioneerd te zullen zijn voor het zover was, want Cecile Rochèl was een type om honderd te worden en ook haar man, zelfs nog jonger dan zij, was, voor zover hij wist, taai en in goede gezondheid.

Maar de laatste jaren waren de brieven van mevrouw Rochèl steeds ongeruster van toon geworden. Niet wat hun gezondheid betreft, maar met betrekking tot de politieke situatie op de Filippijnen. Het was onrustig, ook op Mindanao. Er waren steeds meer rellen en steeds vaker werden rijke buitenlanders ontvoerd of vermoord en hun huizen in brand gestoken. Een vloedgolf had bovendien een deel van de kust weggeslagen, weliswaar op een heel ander deel van het eiland, maar zij woonden toch ook aan zee! En er was weer een vulkaanuitbarsting geweest. De schelpenkamer was wel een soort bunker in huis, met verzwaarde muren, dubbele deuren en getraliede ramen, maar ze verlieten dat huis al nooit meer gelijktijdig. Een van hen moest altijd bij de collectie blijven. Het was duidelijk dat de schelpenkinderen een zware last waren geworden.

Twee jaar geleden had Bol dat zelf kunnen constateren: hij was er op bezoek geweest. De hele, enorme villa was beveiligd als een vesting en nog schrok Cecile Rochèl op bij ieder onbekend geluid. Zijn bezoek viel net in de tijd dat de grote Pinatubo-vulkaan, helemaal in het noorden, eruptief was en zij volgde nerveus alle berichten daarover, hoewel geen mens op het zuidelijke Mindanao zich daarom druk hoefde te maken!

Ze was erg blij geweest met zijn bezoek. Zo leuk dat hij er was, 'zij spraken nooit iemand!' Hij had dat lachend betwijfeld; ze bleken omringd door personeel, handelaren, vissers, de schipper van de boot en zijn familie; het was een drukte van belang rond het huis. 'Maar geen gelijken,' had mevrouw Rochèl toegelicht.

Bij dat bezoek had hij voor het eerst haar man ontmoet. Die bleek een geheel andere persoonlijkheid dan hij verwacht had. Hij had niets van het robuuste en kordate van zijn vrouw, niets van haar dominante eigenwijsheid en leek evenmin in enig opzicht op de vermogende, arrogante diplomaat die Bol om de een of andere reden voor ogen had gezweefd.

Eduard Rochèl bleek een kleine, tengere, ascetisch uitziende man van rond de zestig, zo goed als kaal en met een mager, geelbruin tropengezicht vol ragfijne rimpeltjes. Een zwijgzame, maar beminnelijke man. Overdag, als hij er met de boot op uittrok, liep hij in verschoten en versleten kaki kleren en droeg een oude rieten hoed. 's Avonds, aan het diner, werd de oud-ambassadeur zichtbaar, dan droeg hij een simpel, verfijnd lichtgewicht kostuum van Europese snit met zijden das en ontpopte zich af en toe, áls hij eens op zijn praatstoel zat, tot een onderhoudend en zelfs humoristisch verteller.

In de schelpenkamer, het sanctum sanctorum, waar mevrouw Rochèl een groot deel van haar tijd doorbracht met het te voorschijn halen, bekijken en vergelijken van haar schatten, zag je hem nooit. Soms zat hij op het terrasje naast de schelpenkeuken, waar de nieuwe aanwinsten werden schoongemaakt en uitgekookt, en draaide de vondsten aandachtig om en om, maar hij leek ze, eenmaal opgeborgen in hun laden of dozen, uit het oog te verliezen. Het leek, vond Bol, alsof hij er met zijn peinzende glimlachje op een andere manier naar keek dan zijn vrouw, filosofischer zou je haast zeggen, als filosofisch op het bekijken van schelpen van toepassing kon zijn. Misschien kwam het doordat hij iets van een Chinese mandarijn weghad, een onthechte, ondoorgrondelijke mandarijn.

Op de haar eigen, bedillerige manier was Cecile Rochèl opvallend bezorgd voor haar man, ook als het ging om zaken die niets met misdaad of dreigende rampspoed van doen konden hebben. Hij mocht de tuinjongen niet helpen met het rooien van bamboe, want dat was slecht voor zijn rug; als hij vis ging uitzoeken op de markt, stuurde ze een bediende mee om de vis te dragen; toen hij op een dag zou uitvaren, niet om te dreggen, maar om twee jonge duikers een koraalwoud te laten doorzoeken, ging de hele onderneming niet door, omdat de schipper verhinderd was. Veel te gevaarlijk, volgens Cecile; het was daar onbekend gebied en stel dat hij in zijn eentje de boot niet kon mannen!

Dat was vreselijk overdreven. Rochèl had ervaring genoeg met de boot en zijn broosheid was maar schijn. Aan boord hanteerde hij trossen, vaten, ankers met groot gemak, sprong met jeugdige souplesse heen en weer en maakte bepaald niet de indruk in paniek te raken in onvoorziene omstandigheden. Bol zelf had, tot zijn niet geringe gêne, geen uitkomst kunnen bieden door mee te gaan: hij was al zeeziek voordat een boot de haven uit was. Eén keer was hij, om het toch te proberen, met Rochèl en de schipper meegegaan op een korte tocht met het sleepnet en had van begin tot eind kotsend over de railing gehangen.

Eduard Rochèl legde zich gemakkelijk en vrijwel zonder tegenwerpingen bij de betutteling van zijn vrouw neer en accepteerde die met een hoofs soort gelatenheid. Dan ging hij maar niet.

Het leek een goed huwelijk. Cecile Rochèl troonde als een nauwelijks verlicht despote in haar schelpenrijk en onderwierp alles en iedereen aan haar wensen en grillen, maar als het erop aankwam, woog de mening van haar man zwaar.

Tijdens zijn drie weken durend verblijf had Ernst Bol haar één keer woedend meegemaakt: toen het dienstmeisje een in zilver gevatte Nautilusschelp, die als pronkschaal op de eettafel stond, besmeurd had met zilverpoets. Het meisje was een goedlachs, zwakbegaafd wezentje dat dagelijks heel wat gevit van mevrouw Rochèl te verduren had, maar altijd weer ijverig en vrolijk aan een nieuwe taak begon. Toen Cecile echter, tijdens de maaltijd, de onuitwisbare, zwarte vegen op haar Nautilus in het oog kreeg, was de maat vol! Ze vloog overeind om die achterlijke gans nu meteen, op staande voet, te ontslaan! Daar wachtte ze niet mee tot na het dessert! Toen had haar man opgekeken met opeens iets heel donkers in zijn ogen en alleen maar kortaf gezegd: 'Nee, Ciel! Dat doe je niet!' Waarop mevrouw Rochèl zich mokkend en snuivend van de deur had omgedraaid en weer was gaan zitten, dreigend met tal van verschrikkelijke maatregelen die het meisje zouden treffen, maar het ontslag was niet doorgegaan.

Zes weken geleden, op een heel gewone dag in maart, of beter gezegd een heel gewone nacht, was Ernst Bol wakker geschrokken door de telefoon: Cecile Rochèl, zeer opgewonden! De collectie kon geen dag langer dan noodzakelijk meer op Mindanao blijven! Hun Chinese buurman was door een misdaad-syndicaat ontvoerd en toen de politie zich erin gemengd had, was zijn lijk in de tuin teruggegooid en zijn huis in brand gestoken. Dit ging zo niet langer! De angst dat er iets met de schelpen zou gebeuren, maakte haar radeloos. De overdracht moest maar meteen plaatsvinden, direct, liever vandaag dan morgen, dan had ze tenminste rust. Ze lieten nu dadelijk de hele boel inpakken en scheepten zich op de eerste de beste boot naar Rotterdam in!

Het duizelde Bol. Hij durfde amper te geloven dat het waar was en hield zichzelf de rest van die nacht voortdurend voor dat de Rochèls zich nog wel zouden bedenken. Zij konden de verzameling immers helemaal niet missen! Als de opwinding wat was geluwd, zouden ze wel terugkrabbelen. De collectie nu al in bezit krijgen zou zo fantastisch zijn, zo fabelachtig mooi, dat hij er voorzichtigheidshalve maar niet in wilde geloven.

Maar het was Cecile ernst geweest. Toen hij haar de volgende dag opnieuw aan de lijn had, bleek het inpakken al begonnen te zijn en de tickets al besteld! Hij kon wel zingen en dat deed hij ook af en toe – ondanks het feit dat de nieuwe aanwinst het Seba-instituut eigenlijk in grote moeilijkheden bracht. Al jaren kampte hij met een verschrikkelijk ruimtegebrek. De kasten met schelpen stonden zo krap opgesteld, dat sommige niet eens open konden zonder eerst andere te verschuiven en de expositieruimte was zo klein, dat grote of bijzondere tentoonstellingen altijd elders gehouden moesten worden. Nu had hij sinds kort de bovenverdieping van het aangrenzende pand in bruikleen – zodat godzijdank de Rochèl-collectie wel opgeslagen kon worden – maar dat was slechts een tijdelijke zaak; als dat pand gerenoveerd zou worden, moest zijn instituut eruit. Bovendien leek de kans op een ruimere behuizing alleen maar af te nemen. De bezuinigingen sloegen hard toe; de subsidiekraan was al afgeknepen tot een miezerig straaltje; op het hele instituut werkten nog maar zes mensen, hijzelf inbegrepen, en je mocht de oudste, wormstekigste kast nog niet vervangen door een stalen, al viel hij van ellende in elkaar. Misschien dat deze miljoenenschenking een duwtje in de rug was? Dat kon toch niet anders? Waar moest hij anders blijven met alle rijkdom?

Alle praktische en financiële beslommeringen vielen echter in het niet bij zijn vreugde de schatten binnenkort in huis te hebben.

Nou ja... in huis.

Cecile Rochèl zou Cecile Rochèl niet geweest zijn, als ze weer niet gekomen was met krankzinnige eisen omtrent de overdracht. Wat bleek? Het was niet haar bedoeling de schelpen rechtstreeks vanuit de Rotterdamse haven naar het museum te transporteren, nee, de hele collectie moest naar 'een mooi, groot, vrijstaand huis aan zee', waar haar man en zij rustig een paar weken aan het vervolmaken van de notatie konden werken. De notities over vindplaats, diepte, bijzondere omstandigheden, enzovoorts die ze – zoals elke verzamelaar – van de schelpen had gemaakt, waren onvolledig of slordig of onleesbaar of door insekten aangevreten... De aanwinsten van het laatste jaar bijvoorbeeld stonden nog helemaal niet beschreven. Nee, daar was ze niet zo netjes in geweest en hij begreep zeker wel dat ze de verzameling zó niet uit handen gaf! Op Mindanao kon dat niet meer in orde gemaakt worden, daarvoor zat de schrik haar te veel in de benen, maar eenmaal in Nederland zouden ze dat allemaal eens keurig regelen. Uiteraard met hulp van het museumpersoneel, dat sprak vanzelf. Ja, die moesten dan maar heen en weer reizen. Wat waren afstanden in Nederland, nietwaar? En wilde hij dan maar snel een geschikt huis voor hen huren? Mooi vrij liggend, zonder buren. Met uitzicht op zee. En met een kokkin.

'Maar mevrouw,' had hij tegengeworpen, 'waarom neemt u niet gewoon een hotel in Amsterdam? Als u dan per se eigenhandig de hele notatie wilt doorlopen, dan kan dat toch het beste op het instituut? Waarom zo'n omweg? Laat u de containers toch gewoon op het instituut bezorgen en komt u dagelijks bij ons om de zaak af te handelen. U kunt komen wanneer en zolang u maar wilt en u krijgt alle hulp.'

Ha, ha, was dat even een grappig voorstel! En zo efficiënt. Hij was toch een echte directeur geworden! Wie had dat gedacht, destijds op Curaçao.

'Maar wij zijn geen stadsmensen, dr. Bol. En Amsterdam is zo druk. In de tijd dat we nog wel eens in Manilla kwamen, werd ik van één dag in de stad al helemaal nerveus. Mijn man houdt er ook niet van. Wij zijn de zee gewend, begrijpt u? Voor mijn man is de zee ook veel beter.'

Maar al dat extra in- en uitpakken dan! En weer extra vervoer. Dat was toch omslachtig... en duur... en onlogisch? En bovendien, had hij als laatste troef achter de hand, had ze al aan het veiligheidsaspect gedacht? Waar was de collectie nu veiliger, in het museum of wekenlang opgeslagen in een onbekend huurhuis aan zee?

Oh, maar dat was nu echt een beetje overdreven van hem! Holland was de Filippijnen niet. Ja, het moest uiteraard een goed beveiligd huis zijn, maar zij waren er immers zelf dag en nacht bij! Wild-west-toestanden zoals op Mindanao aan de orde van de dag waren, kwamen in Holland toch niet voor.

Er was geen praten tegen. En uiteindelijk had Cecile de zaak wat korzelig afgemaakt door te zeggen: 'Tot aan de overdracht is de collectie het best op haar plaats bij óns, dr. Bol. En als wij ons het beste aan zee thuis voelen, zijn de schelpen ook het best op hun plaats aan zee!'

Het huis aan zee was gehuurd. Als Bol eraan terugdacht hoeveel voeten dat in de aarde had gehad, werd het paars voor zijn ogen, maar het wás gehuurd. Niet met direct uitzicht op zee, dat niet, maar wel geheel vrij liggend aan een weg door de duinen, een eind buiten de bebouwde kom. Een oude, sfeervolle villa onder een grote rieten kap, geheel gemeubileerd, en vanuit de grote, nogal verwaarloosde tuin liep je direct de duinen in en stond je binnen vijf minuten op het strand.

Het was Cecile gelukkig bevallen. Van de kokkin had ze afstand gedaan, toen ze gehoord had hoeveel dat kostte in Nederland. Regelrecht schandalig! Daar had je bij hen een hele staf personeel voor!

Op Mindanao was Bol er getuige van geweest hoe deze vrouw een duikspecialist van het eiland Cebu had laten overkomen mét helpers en geavanceerde apparatuur, om tien dagen lang, tíen dagen, een moeilijk te bereiken rif af te zoeken naar een zeldzame Terebride-soort. Voor de schelpen was niets te duur.

Ten slotte was er alleen een werkster aangetrokken.

Bijna twee weken waren de Rochèls nu in Nederland. Twee weken van rennen, vliegen, heen en weer rijden tussen het instituut en de villa, inpakken, uitpakken, organiseren en discussiëren. Een gekkenhuis.

Van der Helmstok, de oude museumbeheerder, een trage, maar onverstoorbare man, was vrijwel de hele dag in de villa. Hijzelf wisselde van dienst met Tillens (zijn conservator en plaatsvervanger), de een 's ochtends, de ander 's middags, want op het instituut was er – juist nu! – ook meer werk dan anders. Volgende week hadden ze een gesprek met de minister over de toekomst van het Seba-instituut en aansluitend waren de jaarlijkse begrotingsvergaderingen van het College van Bestuur, die dit jaar steviger dan ooit voorbereid moesten worden.

Zat hij echter op het instituut, dan ging om de haverklap de telefoon.

'Zeg, dr. Bol, die Babylonia's die u gisteren met mijn man heeft zitten bekijken..., volgens mij zijn dat toch areolata's, hoor! En geen spirata's! Wat zegt u? Ja, klein en vaag, hè? Dat bedoel ik juist: kleine, vage areolata's!'

'Dag dr. Bol! Als u vanavond komt, ziet u dan kans om een pakje Darjeeling-thee mee te brengen? We kunnen hier nergens een behoorlijk soort krijgen!'

'Die grote hameroester, dr. Bol, waar dat stukje vanaf was, weet u nog? Die heeft mijn man gelijmd! Vast niet wetenschappelijk, maar je ziet er niks van. Grappig, niet?'

'Moet u eens luisteren, dr. Bol, er is hier helemaal geen stofzuiger in huis! De werkster kan niet stofzuigen. Ja, ik heb de eigenaar al gebeld, maar dat is zo'n onbeschaamde vlegel! Die zegt rustig dat er wel een is.'

'Stoor ik, dr. Bol? Ik wil alleen vragen: heeft u toevallig wat zangvogeltjes op het instituut die hier een poosje mogen logeren? Thuis hebben we verschillende kooitjes hangen en dan mis je dat opeens zo, hè? Nee? Nou, het kon soms wezen.'

Om eerlijk te zijn was hij er niet rouwig om dat mevrouw Rochèl nu zo onverhoeds, morgen al, naar haar zuster in Menton zou afreizen, juist nu hij het volgende week te druk zou hebben om zich regelmatig in de villa te laten zien. Ze was in staat hem tot in de kamer van de minister te achtervolgen met haar telefoontjes!

Maar nu was er weer een nieuw probleem gerezen! De brave Van der Helmstok, die nooit, letterlijk nooit, ziek was, was vanochtend opeens met hartklachten in het ziekenhuis opgenomen! Op zichzelf vervelend genoeg en de man had geen slechter moment kunnen uitzoeken, maar nog geen ramp. Het was echter de bedoeling geweest dat Van der Helmstok vanaf morgen, als Cecile vertrok, iedere dag Eduard Rochèl zou bijstaan in het controleren en noteren van de schelpen. Mevrouw Rochèl was zelfs zo fel op zijn hulp gebeten, dat ze had voorgesteld dat Van der Helmstok voor de duur van haar afwezigheid maar in de villa zou intrekken! Dan had haar man ook 's avonds wat aanspraak en het was beter dat er twee mensen bij de collectie waren dan een.

Die overdreven bezorgdheid voor haar man... Het leek of het al of niet vertrekken naar Menton had afgehangen van het feit of haar man wel goed verzorgd en 'begeleid' achterbleef. En als Eduard Rochèl nu hulpbehoevend of dement was, maar integendeel: die was een nuchter, praktisch ingesteld mens die absoluut niet de indruk maakte zich niet te kunnen redden of de avonden niet alleen te zullen doorkomen! (Dat 'alleen' was ook maar betrekkelijk. Hoe druk Tillens en hij het ook hadden, er zouden regelmatig ochtenden, middagen of avonden zijn die een van hen in de villa zou doorbrengen.)

Wat zou Cecile zeggen als hij zometeen, aan de vooravond van haar vertrek, moest vertellen over Van der Helmstoks opname en moest bekennen niet te weten wie haar man in zijn plaats moest bijstaan? Want wie moest hij sturen? De half autistische bibliothecaris? De administratrice in deeltijd, die al in paniek raakte als ze vijf minuten te laat bij de kleuterschool van haar kind dreigde te staan? Hij wist het niet.

Het werd al een beetje donker, toen hij de badplaats binnenreed. De route door het centrum lag er verlaten bij; de winkels waren dicht en de patatzaken en het grote gokpaleis trokken kennelijk weinig bezoekers. Een doordeweekse, druilerige avond begin mei. Het echte seizoen moest nog beginnen. Een paar jongens op straat keken verveeld zijn auto na.

Hij reed de boulevard over langs de gesloten viskramen en verder de Duinweg af. Aan het eind van de Duinweg, nog een flink stuk rijden, stonden een paar grote huizen waar de villa van de Rochèls er een van was.

Hij parkeerde op het grindpad naast het huis, stapte uit en zag Cecile voor het raam staan. Ze zwaaide en hij zwaaide terug. Achter haar, ter hoogte van de eettafel, waren kleine, dansende lichtjes zichtbaar: ze had kaarsen neergezet. Ze had het gezellig gemaakt, omdat hij kwam eten. Glimlachend snoerde hij de stofzuigerdoos los. Wat maakte hij zich druk om een beetje tegenslag... Ze vonden wel een oplossing. Over een week of wat was alles voorbij, dan lag de mooiste collectie ter wereld in het Seba-instituut. Het kippevel van vreugde kwam op zijn armen te staan.

***

'Toch een uitstekende naam?' zei Eduard Rochèl, terwijl hij aandachtig een plukje zuurkool om zijn vork wond. 'Die moet je niet verknoeien met voornamen erbij, dan verliest ie z'n kracht. Kijk, in Rochèl zit "roche, rochelle, rotsje", dat staat voor de harde buitenkant, de schaal. Maar laat je het accentje weg, rochel, dan heb je het glibberige schelpdier, als we aan de slakken denken tenminste!'

Hij zag dr. Bol hikken in zijn servet, maar Cecile, voor wie de redenering niet nieuw was, zei: 'Doe niet zo onsmakelijk onder het eten, Eddy!'

Om niet voortdurend over de ziekgeworden beheerder te praten – een probleem waardoor voor Cecile zichtbaar de hele avond bedorven was – had dr. Bol de naamgeving van de collectie ter sprake gebracht, de officiële naam zoals die in de internationale gidsen en catalogi zou worden opgenomen. Cecile weifelde over het al of niet vermelden van hun voornamen. 'Collection Eduard Rochèl et Cecile Rondee' had ze voorgesteld, hoffelijk en bescheiden met zijn naam voorop, of 'Collection Eduard et Cecile Rochèl-Rondee'. Alsof er nog andere collecties met hun familienaam bestonden! Zo'n hele mondvol zou dr. Bol ook wel niet bevallen, maar die onthield zich wijselijk van commentaar.

'En Rondee,' ging hij verder, 'dat is het ronde, het gladde, het vrouwelijke, zullen we maar zeggen. Dat wekt meteen associaties met schoonheid, als van de Golden Cowry's hier.'

Hij wees naar de schelpen op tafel. Bij wijze van tafelversiering had Cecile aan de kant van de tafel waar niemand zat in een sierlijke S-vorm zo'n vijftien stuks van de beroemde, oranje Golden Cowry's neergelegd, glanzende, bolronde porseleinschelpen, aflopend in grootte; de imposantste exemplaren vormden een grote boog, de kleintjes het speelse staartje. Ze glommen in het kaarslicht en lagen als juwelen op het tafellaken. Cowry's waren Ceciles lievelingsschelpen. De kleine verzameling die ze voor zichzelf, in een bankkluis op Mindanao, had achtergehouden, bestond voor de helft uit Cowry's.

Cecile keek even glimlachend naar de schelpen, maar het fronsje tussen haar wenkbrauwen, dat verscheen als de dingen niet liepen zoals zij wenste – zelden dus – verdween niet.

'Precies!' riep dr. Bol en boog zich naar Cecile over. 'Ik weet haast niet waar ik meer van moet genieten, mevrouw! Van die prachtige Cowry's of van die heerlijke... dit heerlijke gevogelte!'

'Fazant,' zei Cecile.

'Juist. Buitengewoon! Mijn complimenten voor uw kookkunst!'

Cecile lachte gevleid.

'Nou ja, laten we het dan maar op "Rochèl-Rondee" houden,' zei ze concluderend, alsof de lofprijzing van de fazant haar daartoe bracht. 'Zonder voornamen, dat is misschien ook het beste.'

Dr. Bol legde direct zijn vork neer en hief zijn glas.

'Ik drink op de mooie naam van de mooiste collectie ter wereld!' zei hij plechtig.

'Dank u,' zei Cecile en nu lachte ze echt.

Rochèl keek naar haar vertrouwde tapirgezicht en moest glimlachen.

Ze namen alledrie een slok.

'En wat de assistentie betreft,' zei dr. Bol, die de lucht nu blijkbaar geheel opgeklaard wilde zien, 'daar moet u zich echt geen zorgen over maken, mevrouw. Dat regelen we wel! Daar hebben we nog vóór het weekend iets op gevonden!'

'En ik zeg toe,' vulde Rochèl aan met een hoofs buiginkje naar zijn vrouw, 'dat ik tot die tijd in maar twee of drie sloten tegelijk zal lopen. Hoogstens!'

De twee anderen lachten.

'We kunnen tenslotte altijd nog een biologiestudent inschakelen,' zei dr. Bol, 'die krijgen we genoeg over de vloer op het instituut!'

Dat had hij beter niet kunnen zeggen.

Cecile liet meteen haar bestek zakken.

'Nee, dr. Bol, geen student!' zei ze.

'Maar mevrouw...'

'Geen studenten bij de schelpen! Die zijn slordig en zorgeloos en je kunt niet van ze op aan. Ze komen als ze zin hebben, maar als ze de avond tevoren een feestje gehad hebben komen ze helemaal niet. En... en ze hebben er geen verstand van... en ze breken misschien van alles!'

Het kostte haar kennelijk moeite de argumenten bij elkaar te krijgen.

'Maar mevrouw...' zei Bol opnieuw, 'wat schetst u nu een... een vooroorlogs beeld van studenten! Ik proef de ouderwetse losbol in de rechten in uw woorden! Maar ik kan u verzekeren dat de meeste biologiestudenten juist heel voorzichtig en degelijk zijn! Punctueel! Dat brengt de studie al met zich mee, kun je wel zeggen. Ze moeten toch heel precieze proefjes doen in het laboratorium... of zaadbolletjes ontleden of jonge scheutjes vervoeren, noem maar op. En types die 's avonds laat doorzakken en het de volgende morgen laten afweten, nou, die zitten er misschien tussen, maar weinig, hoor, weinig!'

Rochèl voelde dat dr. Bol naar hem keek en steun bij hem zocht, maar hij had al zijn aandacht nodig bij het lossnijden van een stukje fazant van een botje. Hij had met de museumdirecteur te doen, maar mengde zich niet in deze kwestie. Dit was een zaak van Cecile.

'Ik was juist zo met meneer Van der Helmstok ingenomen,' zei Cecile zonder in te gaan op Bols woorden, 'omdat hij verstand van zaken en zo'n rustige, beheerste manier van doen had. Een ouder iemand is nu eenmaal het beste. Studenten zijn... veel te onstuimig, zal ik maar zeggen. Dan ben ik niet gerust weg en... en...'

Ze zweeg even.

Wat moet ze nu nog verzinnen, dacht Rochèl.

'Misschien moet ik toch maar wat later naar Titia gaan,' besloot ze onlogisch.

Die mogelijkheid had ze een half uur tevoren ook al geopperd. De dreiging van een student in huis bracht haar nu opnieuw aan het twijfelen.

Hij schudde zijn hoofd.

'Begin daar nu niet weer over, Cecile! Daar zou je later spijt van hebben. Ga nu maar gewoon!'

'Weet u,' zei Bol op een toon alsof hem iets nieuws te binnen schoot, 'een paar maanden geleden zat er een meisje bij ons op het instituut dat voor haar doctoraal een onderzoek deed naar het spijsverteringsstelsel van bepaalde Murex-soorten. Een heel kalm, bescheiden meisje. Erg aardig ook.'

Hij zweeg even en keek Cecile peilend aan.

'Misschien kan ik haar vragen. Dat is nou gegarandeerd iemand bij wie u zich geen zorgen hoeft te maken of ze wel voorzichtig is. En geen feesttype!'

Toen raakte hij opeens wat in verwarring.

'Nou ja... eh... het is misschien...' zei hij.

Dit was grappig. Blijkbaar realiseerde dr. Bol zich opeens dat hij bezig was Cecile 'een erg aardig meisje' als assistente voor hém aan te praten tijdens haar afwezigheid.

'Meisjes zijn misschien weer minder geschikt om zware kisten op te tillen,' eindigde Bol slap.

'Och...' kon Rochèl niet nalaten te zeggen, 'een aardige jongedame, dat lijkt me anders wel wat!'

Cecile was opgeveerd.

'Wat een onzin dat een meisje dat niet kan!' riep ze uit. 'Is dat nu die vrouwenemancipatie waar de Nederlandse kranten vol van staan?! En zo zwaar zijn die kisten niet eens. Die kan ik ook optillen. Als u nu zegt dat ze geschikt is... Waarom belt u haar niet meteen op?'

Bol keek haar verbaasd aan.

'Ik weet haar achternaam niet eens. Laat staan haar telefoonnummer. Maar dat kan ik morgenochtend op het instituut uitzoeken.'

'Belt u dr. Tillens even,' riep Cecile voortvarend, 'misschien weet die haar nummer.'

'Nee, mevrouw,' zei Bol, nog steeds verbaasd lachend over Ceciles plotselinge omslag, 'ik weet wel zeker dat dr. Tillens thuis ook geen telefoonnummers van studenten heeft. Maar morgenochtend zal ik haar direct bellen. Het is trouwens maar de vraag of ze kan natuurlijk.'

'Waarom zou ze niet kunnen!' riep Cecile wrevelig.

Dr. Bol aarzelde even.

'We zullen zien, we zullen zien,' zei hij vaag en greep toen energiek naar de fles wijn, alsof het onderwerp nu maar met rust gelaten moest worden.

'Mag ik u nog wat wijn bijschenken?'

Hij schonk alledrie de glazen bij.

'Laat u het morgenochtend meteen weten,' zei Cecile. 'Wij gaan pas om een uur of tien naar Schiphol, dus voor die tijd hoor ik dan wel of het doorgaat.'

'Ik ben er zeker van dat we een goede oplossing vinden, mevrouw,' zei Bol diplomatiek.

'Gisteren sprak ik trouwens iemand, meneer Rochèl...' veranderde hij vervolgens van onderwerp, 'die erg geïnteresseerd was in de dreglier van uw boot. Hij heeft zelf een kleinere boot...'

Rochèl hoorde hem aan, maar als van een afstand; zoals wanneer in een dalend vliegtuig de stemmen van anderen wel verstaanbaar zijn, maar door je dichtgeslagen oren van ver lijken te komen. Hij keek naar Cecile, die zwijgend doorat. Haar stevige, met zwaar dons bedekte wangpartij bewoog onder het kauwen en de cameeën in haar uitgerekte oorlelletjes bewogen mee. Ze had een wat terugwijkende kin (als iemand de levende ontkenning was van de stelling dat 'geen kin' met gebrek aan wilskracht te maken had, dan was het Cecile wel) en als ze zo met neergeslagen ogen zat te eten, was ze een en al neus. Een voedsel verwerkende tapir. 'Een kordaat meisje,' had zijn moeder veertig jaar geleden al gezegd, 'een uitgesproken willetje, maar een goed karakter! En uiterlijke schoonheid wordt zo overschat.'

Haar doorzichtige afkeer van studenten en de nog veel doorzichtiger doordrijverij om dan plotseling wel een totaal onbekend meisje te engageren, ontroerden hem. Het speet hem dat ze zich ongerust maakte en hij had graag even zijn hand op haar dikke, zachte bovenarm gelegd – speciaal ter gelegenheid van het etentje in de tulen mouwen van een feestblouse gehuld – maar dat ging nu niet. Het heeft haar nooit losgelaten, dacht hij. Het achtervolgt haar nog steeds.

En hemzelf?

Ach, het leek zo lang geleden.

'Oh, zeven, acht netten per jaar..., die verspeel je zeker!' zei hij tegen Bol.

***

De Spirulidae en Dentaliidae waren nu klaar en stonden al in de gang voor het eerstvolgende transport naar het museum.

'Morgen begint mijn man aan de olijven,' zei mevrouw Rochèl, 'maar het probleem is dat ik daarvan écht niet meer weet wat ik nu zelf gevonden heb en wat er gekocht is! Van die kleintjes al helemaal niet, maar zelfs van de Porphyria's heb ik het niet goed uit elkaar gehouden. Daarvan heb ik er destijds in de Golf van Panama toch een stuk of zeven zelf gevonden, maar ik weet echt niet meer welke dat zijn!'

Ernst Bol slikte een 'dat geeft toch niet' in. In Cecile Rochèls ogen gaf het allemaal wel. Als het om de schelpen ging, deed de kleinste kleinigheid ertoe. Ze had zich kennelijk ten doel gesteld de collectie met een compleet 'verhaal' af te leveren, of hij daar nu op zat te wachten of niet. En natuurlijk zat hij daar niet op te wachten! Ja, notatie uit de eerste hand, van de vinder zelf, was het mooist, onweerlegbaar; vissers, laat staan handelaren, gaven nooit geheel betrouwbare informatie. Maar bij zo'n bekende en veel voorkomende schelp als de Oliva porphyria was het echt geen halszaak of mevrouw Rochèl die nu zelf gevonden had of ergens in Panama of Mexico gekocht had.

Met die gebrekkige notatie van haar viel het ook nog wel mee, had hij de afgelopen dagen zelf kunnen constateren. Weliswaar stonden op sommige briefjes onbegrijpelijke aantekeningen ('Birthday Titi '80, Pookies Bay, mr. Soan'), die alleen zijzelf wist te duiden, maar hele dozen en laden ('onkwetsbare' soorten als Olividae, Cypraeidae en Conidae waren simpelweg in hun eigen kastladen vervoerd) bleken netjes genoteerd te staan en konden zonder enige toevoeging weer ingepakt worden.

Hij had onderhand wel begrepen dat het onzinnige, dure, tijdrovende plan om vóór de overdracht, hier in deze villa, de hele notatie nog eens door te lopen voor het echtpaar eigenlijk niets anders was dan het definitieve afscheid van hun schelpen. Een laatste rendez-vous.

Hals over kop waren ze uit de Filippijnen vertrokken, uit vrije wil, maar te haastig om aan het idee te wennen dat ze werkelijk afstand deden. De kostbare schat moest hier, in het vaderland, nog eenmaal door hun handen gaan en toegerust worden met laatste briefjes en aantekeningen, zoals men zijn dierbare doden liefdesbrieven meegeeft in de kist. Van wetenschappelijk belang was maar zijdelings sprake. Iedere bijzonderheid die nog werd toegevoegd was een klein bouwsteentje aan het monument dat Cecile Rochèl voor zichzelf en haar man had opgericht. Een monument van schoonheid, schelp voor schelp bijeengebracht door een vrouw die de ontkenning van de schoonheid in eigen persoon was. Misschien daarom juist, had hij wel eens gedacht. Misschien moesten de schelpen goedmaken, wat zij zelf ontbeerde.

'Ai-ai,' zei hij.

'Nou ja,' zei mevrouw Rochèl opeens luchtig, want de dessertwijn die ze nog gedronken hadden, was haar stemming buitengewoon ten goede gekomen, 'hopelijk ligt niemand er wakker van!'

Ze stonden, het laatste glas wijn nog in de hand, in de grote achterkamer van het huis waar het leeuwedeel van de collectie stond opgestapeld. Over de grote schragentafel verspreid lagen tientallen Olividae. Cecile Rochèl boog zich giechelend over de tafel.

'Weet u, dr. Bol, dat ik nooit naar de olijven kan kijken zonder te denken aan de grootste en mooiste Porphyria die ik ooit gezien heb, maar die ik verspeeld heb?'

Hij keek haar vragend aan.

'Heb ik dat nooit verteld?! We woonden pas op Curaçao, toen we een reisje naar Mexico maakten. Daar bezochten we een paar vissers en een van hen had een Porphyria... zo groot!'

Ze wees met haar handen een onvoorstelbaar formaat aan.

'Nou ja, toch zeker vijftien centimeter,' zei Eduard Rochèl.

'Twintig,' zei zijn vrouw. 'En mooi! Volkomen gaaf en zo scherp getekend. Nooit hebben we een mooiere gezien, dat moet je toch toegeven, Eddy! Parelwit met vrijwel zwarte tekening. Hij vroeg vijfenzeventig dollar notabene, die visser. Vijfenzeventig dollar! Omdat ie zo groot was. Belachelijk natuurlijk, maar ja, hij wist ook wel dat het iets bijzonders was.

Uiteindelijk kregen we hem voor zestig, lager ging hij niet. Er kwamen binnenkort verzamelaars uit Florida, weet u wel, wat ze altijd zeggen. Maar goed, we hadden hem. Dolblij was ik. Toen we teruggingen hield ik hem in de handbagage, in een truitje gewikkeld als extra bescherming. Nou ja en toen gebeurde het... We komen thuis, ik loop samen met het meisje naar de slaapkamer en begin alvast uit te pakken. Zij helpt me, vertelt ondertussen wat er in onze afwezigheid gebeurd is en opeens zegt ze dat onze kokkie een kind moet krijgen. Van de man die altijd eieren kwam bezorgen. Ik zeg: wat vertel je me nu! En ik ben zo onthutst, dat ik nergens meer aan denk en gedachteloos verder die tas leegmaak en dat truitje uitrol... Pats! Op de stenen vloer!'

Ze sloeg een hand voor ogen.

'Een stuk erafgeslagen, punt verbrijzeld. Nou ja... ten slotte heb ik hem maar weggegooid, want het was niet om aan te zien!'

Ze staarde in haar wijnglas, schudde haar hoofd en lachte en zuchtte tegelijk.

'Een zwarte dag, dr. Bol. Niet te geloven dat zoiets me ooit kon overkomen.'

'En allemaal de schuld van die eierboer!' zei Eduard Rochèl.

'Het heeft nog in het blad van de Hawaiian Shell Club gestaan,' zei Cecile. 'We hebben er verschillende reacties op gehad. Ach, ja... Als ik dat kind zag, later, moest ik er altijd aan denken. Een prachtig kindje trouwens...'

'Maar ze hebben het niet eens Porphyrius genoemd,' zei Rochèl. 'Hij heette Doossie; waarom weet ik niet.'

Buiten zwol de wind aan, waardoor een hoog in de muur ingebouwde ventilator begon te ratelen. Mevrouw Rochèl keek verstoord op.

'Van dat ding hebben we toch zo'n last!' zei ze. 'Als het waait krijg je hier altijd van die koude vlagen over je heen. Hoe verzinnen ze het, in Holland!'

'Kan hij niet dicht?' vroeg Ernst Bol. 'Zo te zien kun je hem dichtschuiven.'

'Misschien wel, maar hoe kom je d'r bij?'

Ernst Bol ging in de keuken- en gangkasten op zoek naar een huishoudtrap, die nergens te vinden bleek, totdat hij ten slotte naar de kelder afdaalde, een lage, muffe ruimte waar tussen zakken, dozen en opeengestapelde, oude verwarmingsradiatoren inderdaad een flinke huishoudtrap stond. En daarnaast een stofzuiger. Een glimmende, ronde stofzuiger van een kloek model, het snoer er keurig omheen gewikkeld. Een grotere en betere stofzuiger dan degene die hij had meegebracht.

Hij sloot even zijn ogen, pakte toen de trap en klom ermee naar boven.

'U komt zeker nooit in die kelder,' zei hij tegen mevrouw Rochèl.

Nee, wat moest ze in de kelder doen?

Met enige moeite kreeg hij de roestige schuif van de ventilator dichtgetrokken.

'Als we u toch niet hadden!' riep Cecile.

De probleemgevallen van de dag – dat wil zeggen: de schelpen waarover mevrouw Rochèl hem hoogstpersoonlijk diende te instrueren, zodat ze vrij van smet of blaam ten eeuwigen dage in het museum konden sluimeren – waren Angel Wings met de notitie 'Japanse Zee', terwijl die soort in heel Azië niet voorkwam, en een zeldzame, linksgewonden Indian Chank, gekocht van een handelaar volgens wie de schelp recent in de Golf van Bengalen was gevonden, terwijl hij volgens Cecile Rochèl minstens tweehonderd jaar oud was en gestolen uit een Indiase hindoetempel!

Met de Angel Wings maakte Bol korte metten – gewoon 'Caraïbisch gebied' – maar met de prachtige Indian Chank zat hij lange tijd in handen.

'Die kerel was duidelijk een oplichter, niet Eddy?' vroeg Cecile. 'Met z'n verhaal over die oude, zieke visser, die hem op een nacht in zijn net had, bij maanlicht natuurlijk.'

'Een oplichter...' zei Rochèl peinzend.

Hij had zich tot nu toe niet in de discussie gemengd en zat

kleine olijfjes rond te draaien op zijn duim.

'Een oplichter hoeft niet direct. Die man verkocht dromen, een handelaar in illusies was het. Die wilde jou niet met een bezwaard gemoed opschepen, maar...'

'Nou,' zei Cecile gedecideerd, 'schrijft u maar op: herkomst onbekend, vermoedelijk achttiende eeuw.'

Ernst Bol hield de heilige Indian Chank in zijn handen alsof hij een kroonjuweel vasthad en eigenlijk was dat ook zo. Een linksgewonden Turbinella pyrum was een unicum – het instituut bezat er ook geen – en het was heel waarschijnlijk dat mevrouw Rochèl gelijk had: de linksgewonden exemplaren, eigenaardig genoeg vooral in de achttiende eeuw gevonden, werden in hindoetempels bewaard en vereerd, maar vooral de laatste decennia nogal eens gestolen.

Hij keek naar Rochèl, die de olijfjes nu in een keurig rijtje legde. Hij heeft zelf wel wat van een Indian Chank, dacht hij opeens. Die gladde schedel, die kleur van vergeeld ivoor, al die barstjes in zijn gezicht. Hij moest in stilte lachen om de vergelijking.

'Ik zal eens een kop koffie zetten,' zei Rochèl plotseling. Hij stond op en verliet de kamer.

Zodra haar man de deur uit was, zette mevrouw Rochèl haar leesbril af en keek hem ernstig aan.

'Als het meisje dat u op het oog heeft niet kan, dr. Bol...'

Mijn God, daar begon ze weer!

'...zoekt u dan toch liever een ouder iemand dan een student. Het mag onterecht van me zijn, maar ik heb het nu eenmaal niet op studenten.'

Wel ja. De oudere personen stonden morgen meteen in een rij op de stoep! Allemaal rustige, voorzichtige amateur-conchyliologen – met auto – die om een baantje voor een week in een afgelegen badplaats verlegen zaten!

Hij zuchtte onhoorbaar. Toen hij daarstraks over dat meisje had gesproken, was hem te binnen geschoten dat die destijds gerept had over een lange studiereis, binnenkort te maken. Die was er waarschijnlijk helemaal niet. Eigenlijk had hij haar alleem maar ter sprake gebracht om mevrouw Rochèl een degelijk, betrouwbaar voorbeeld voor ogen te stellen en zich voorgenomen morgen eens verschillende op het instituut bekende studenten te polsen.

'Ik zal mijn best doen, mevrouw. Maar alstublieft, pint u me er niet op vast! Gaat u er maar van uit dat ik een geschikt iemand vind.'

Ze knikte.

'En trouwens,' voegde hij eraan toe, 'uw man is er immers zelf bij!'

Ze antwoordde niet meteen, maar draaide, met een blik op de deur waardoor haar man was verdwenen, de ringen om haar dikke vingers rond.

'Mijn man is een mysticus, dr. Bol,' zei ze toen zacht.

Hij zweeg. Wat moest je daarop zeggen?

De auto startte opnieuw slecht. Hij reed achteruit het grindpad af, zwaaide naar de Rochèls achter de ramen, draaide de Duinweg op en begon onder het aanzwellen van het motorgeluid *für Elise* te neuriën, of althans iets wat hij daarvoor hield. Zijn humeur was, ondanks de nieuw opgeworpen problemen, een stuk beter dan op de heenweg, of het nu door de fazant, de wijn of de magnifieke Indian Chank kwam. Alles kwam in orde. Cecile was vanaf morgen voor een tijdje in Frankrijk opgeborgen en met haar man was alles veel gemakkelijker. Die maakte geen problemen, belde nergens over op, werkte rustig verder en schoot waarschijnlijk zonder Cecile nog beter op ook. Geen bombarie over één exemplaar waarvan de waterdiepte niet klopte, niet dat dwangmatige streven naar perfectie en volledigheid. Een mysticus... nou, Eduard Rochèl was nuchterder en reëler dan zijn vrouw!

Hij minderde vaart, omdat hij zich opeens afvroeg of de affiche-ontwerpen voor de komende tentoonstelling wel in zijn tas zaten. Die ontwerpen – uit enthousiasme alvast gemaakt door een bevriend tekenaar-verzamelaar – had hij de Rochèls laten zien, maar had hij ze daarna wel teruggestopt?

Hij rommelde even in de tas op de stoel naast zich. Ze bleken in het zijvak te zitten.

Terwijl hij zo langzaam reed, sloeg plotseling de motor af. Hij startte opnieuw, maar hoe vaak hij het ook probeerde, het ding sloeg niet meer aan. Hij vloekte, liet de auto langzaam uitrijden en kwam in de berm tot stilstand, onder een lantaarnpaal.

God, laat dit niet waar zijn, dacht hij, wachtte een minuut en probeerde het opnieuw, maar wat hij ook deed, de motor wilde niet aanslaan. Hij stapte uit en opende de motorkap; een vrij zinloze handeling, want van de motor had hij niet het minste verstand; hij wist niet eens wáár hij moest kijken en stond een tijdje onder de kap te staren als een inboorling in de instrumententas van de zendingsarts. Daarna probeerde hij nogmaals te starten, weer zonder resultaat.

Hij liep om de auto heen en keek rond. Hij bevond zich in een soort niemandsland, op een gedeelte van de Duinweg waar vrijwel geen huizen stonden. Een eindje verderop was wel een grote villa, maar die zag er zo donker uit alsof hij dichtgetimmerd was. Het was volkomen stil om hem heen, op de wind na en het zachte geruis van de branding in de verte.

Wat moest hij doen? Teruglopen naar de Rochèls om daar de wegenwacht te bellen? Of naar een huis lopen waar nog licht brandde? Tring... hier is uw moordenaar. Waarom had hij ook geen autotelefoon!?

Wachten tot er iemand langskwam, dat was misschien het beste. Wellicht dat die passant dan in het dorp de wegenwacht wilde bellen; er waren telefooncellen op de boulevard.

Hij trapte nijdig tegen de spaken van het voorwiel en keek naar beide kanten de verlaten weg af. Deze ellende ontbrak nu net nog! Op één dag zijn beheerder het ziekenhuis in, Tillens en hij vrijwel overwerkt, Cecile Rochèl die weer onmogelijke eisen stelde en nu nog tegen middernacht met pech op een verlaten weg komen te staan ook!

Er kwam niemand langs. Hij probeerde nogmaals te starten – wie weet was het euvel eensklaps verholpen – slenterde vervolgens besluiteloos heen en weer en wachtte. Zou er geen verkeer meer zijn op een doordeweekse avond om deze tijd op zo'n verbindingsweg tussen twee badplaatsen in het voorseizoen? Moest hij toch maar de auto afsluiten en zelf naar de bebouwde kom lopen? Net wilde hij de motorkap sluiten, toen het geluid van een naderende brommer hoorbaar werd.

Hij kwam voor de auto vandaan en keek de weg af. De brommer kwam opvallend snel zijn kant op. Of was het een motor?

Hij stak zijn hand half omhoog, maar al voordat de bestuurder afremde, betwijfelde hij daar wel goed aan gedaan te hebben. Het leek wel een Hell's Angel in zo'n leren jack met spijkers. Wat haalde hij aan!

De brommer kwam dwars over de weg tot stilstand. De berijder was een heel jonge jongen met een fijnbesneden, bleek gezicht in het lantaarnlicht en olieachtig, zwart haar. Zijn voertuig leek een eigenaardige kruising tussen bromfiets en Harley Davidson.

'Ik sta met pech,' zei Ernst Bol. 'Ik moet de wegenwacht hebben, maar ik weet niet waar ik hier kan bellen... Zou jij soms eh... als je toch naar het dorp rijdt... zou je dan even ergens kunnen bellen en zeggen dat ik hier sta?'

De jongen zweeg en keek niet naar hem, maar naar de auto.

'Ik zal je een paar kwartjes geven...' zei Bol en tastte in zijn zak.

De jongen stuurde zijn brommer naar de kant, zette hem op de steun en liep naar de MG.

'Wat is-ter aan de hand?' vroeg hij, in de motorkap kijkend.

'Geen idee. Hij sloeg opeens af en wilde niet meer starten. Hij verdomt het, wat ik ook doe!'

'Niet meer starten of niet meer aanslaan?'

'Eh... niet meer aanslaan. Hij slaat helemaal niet meer aan.'

'Hij heb toch wel bezine?'

'Jazeker!' zei Bol beslist, blij dat hij in elk geval niet beticht kon worden van zoiets stoms.

'Start es,' zei de jongen. 'Zonder gas.'

'Heb je er verstand van?' vroeg Bol, terwijl hij achter het stuur ging zitten.

De jongen antwoordde niet.

Bol startte de motor. Weer hetzelfde droge gekuch.

'Ho maar!' riep de jongen en morrelde wat onder de motorkap.

'Nog es...' riep hij even later.

Bol startte nogmaals, zonder enig resultaat, totdat de jongen riep dat het genoeg was. Hij stapte uit de auto.

'Snap je er wat van?'

De jongen haalde zijn schouders op.

'De puntjes, hè,' zei hij. 'Hartstikke versleten.'

'Aha.'

'Heb u gereedschap?'

'Gereedschap? Nee,' zei Bol beschaamd, 'of wacht es...' Bij het reservewiel zat een klein, leren etuitje met gereedschap, herinnerde hij zich opeens en hij haastte zich dat te voorschijn te halen. De jongen haalde er een schroevedraaier uit en bekeek de verdere inhoud van het tasje onder het licht van de lantaarn.

'Geen voelermaatjes natuurlijk.'

'Wat zeg je?'

'Heb u een stukkie papier?'

'Papier? Wat voor papier?'

De jongen lachte een beetje. Het leek wel of hij wat loenste.

'Nou, as u toevallig shag rookt... die pakkies waar de vloeitjes inzitten, die ken je 't beste hebben. Maar dat zal wel niet!'

'Nee,' zei Bol. 'Shag rook ik niet. Maar ik heb wel ander papier.'

Hij doorzocht zijn tas op de passagiersplaats en haalde er een stencil uit. 'Heb je hier wat aan?'

De jongen knikte, scheurde een stukje van het stencil en vouwde het netjes en precies een paar keer om, totdat het kennelijk de goede dikte had. Daarna legde hij het terzijde en boog zich over de motor. Bol keek toe hoe hij met de schroevedraaier iets losdraaide en aandachtig een klemmetje begon bij te stellen, daarbij af en toe het haar dat voor zijn ogen viel naar achteren gooiend.

'Kan ik helpen?'

De jongen antwoordde niet, alsof hij door zo'n onnozele vraag niet uit zijn concentratie gebracht wilde worden.

Zoals altijd wanneer iemand hem belangeloos hulp bood, met de vanzelfsprekendheid die praktisch ingestelde mensen onderscheidt van introverte intellectuelen, was Bol ontroerd. Die jongen stond hier geheel ongevraagd te proberen het probleem van een wildvreemde op te lossen! En híj was nog bang geweest dat-ie beroofd zou worden of zoiets!

'Ben je soms monteur?' vroeg hij, want praten was het enige dat hij kon doen. Een domme vraag trouwens, want de jongen was hoogstens een jaar of vijftien; zestien misschien, hij reed tenslotte op een brommer.

'Nee.'

Het papiertje werd handig tussen een schroefje geklemd en het schroefje vastgedraaid.

'Start u nou nog es!'

Bol ging in de auto zitten en startte.

Direct sloeg de motor aan.

'Verrek!' riep hij verheugd en pompte op het gaspedaal, zodat het motorgeluid oploeide. Voor je het wist sloeg hij misschien weer af.

'Ho maar!'

'Moet-ie niet blijven lopen?' riep Bol.

'Hij blijft heus wel lopen!' zei de jongen. Hij sloeg de motorkap dicht en begon zijn vingers schoon te vegen aan de rest van het stencil.

'Kan ik hem uitzetten?'

De jongen haalde zijn schouders op.

'Van mijn ken u 'em net zo vaak aan- en uitzetten as u wil.'

Bol zette de motor af en stapte uit.

'Reuze bedankt!' zei hij. 'Wat een geluk dat je langskwam!'

'Nou, hij moet wel naar de garage, hoor,' zei de jongen. 'Zeg u maar dat ze de contactpuntjes vernieuwen!'

'Waar heb je dat geleerd?' lachte Bol en hij vroeg zich af wat hij de jongen zou geven. Een tientje? Beetje kinderachtig. Vijfentwintig gulden?

'Zit je nog op school?'

'Nee. Ik ben van school af.'

'Werk je al?' vroeg Bol, want hij wilde zijn dankbaarheid tonen door interesse.

'Neee...' zei de jongen, kneep het stencil tot een prop en gooide die met een zwaai de berm in. 'Ik zoek juist een baantje.'

'Wat voor baantje?'

'Weet ik veel,' zei de jongen een beetje onwillig. 'Gewoon... waar ik geld mee ken verdienen.'

Toen keek hij omlaag naar zijn gymschoenen en zakte door zijn knieën om een losgeraakte veter vast te knopen.

Hoeveel tegenstrijdige gedachten, hoeveel argumenten en tegenargumenten kan men opwerpen en weerleggen in de korte tijd dat iemand een veter zit vast te maken?

Veel.

Mevrouw Rochèl viel flauw als hij kwam aanzetten met een halfwas Hell's Angel op een opgevoerde brommer!

Maar mevrouw Rochèl was er morgen niet meer en tegen de tijd dat ze terugkwam, had hij wel wat anders verzonnen. Bovendien was het geen student!

Die jongen wist niks van schelpen!

Maar om te helpen met in- en uitpakken hoefde je ook niets van schelpen te weten.

Het kon wel een klein crimineeltje zijn! Dat hij zo aardig was geweest de auto te repareren, betekende nog niet dat hij betrouwbaar was; straks waren alle Gloriamarissen verdwenen!

In bijzondere schelpen was zo'n jongen niet geïnteresseerd! En zou een rotzak zo inventief proberen andermans auto weer aan de praat te krijgen?

Waar was zijn verantwoordelijkheidsgevoel? Dit meende hij toch niet?

Nee? En als dit nu eens net was wat ze bedoelden in die handboeken voor managers? Flexibel zijn, de kansen grijpen die zich voordoen, creatieve oplossingen vinden... Deze jongen zocht een baantje en *hij* zocht een hulpje.

Bij dat alles schoot Ernst Bol een geval van vorig jaar door het hoofd. Hij had allang zijn aftandse badkamer eens willen laten opknappen en dat met kennissen besproken die met hetzelfde plan bleken rond te lopen. Zij hadden zelfs al een klusjesman gevonden: een gemankeerde kunstacademiestudent, een handige jongen vol leuke ideetjes en heel goedkoop. Hij had het telefoonnummer gekregen. Maar hij had het niet aangedurfd – wie weet wat je je met zo'n artistiekerige beunhaas voor ellende op de hals haalde – en was in zee gegaan met een officiële loodgieter-tegelzetter. Het resultaat was keurig, zeker, maar erg stijfjes en gladjes allemaal; zelf had hij niet zulke fantasievolle ideeën en de loodgieter ook niet. Later had hij de badkamer van zijn kennissen gezien: speelse spiegels, verrassende tegelzetting, nisjes met uitbundige varens, ruimtebesparende vondsten... Voor de helft van de prijs die *hij* betaald had!

Dit moest zo zijn, dacht hij. Het kon geen toeval zijn dat de enige passant op deze uitgestorven weg een aardige, handige jongen was die een baantje zocht. Een weinig wetenschappelijke gedachte die óf nog aan de wijn óf aan de opluchting toe te schrijven viel, maar die hem trof als een heldere ster tussen het zwerk van zijn beslommeringen.

En zo kwam het dat Ernst Bol midden in de nacht, staande naast zijn auto onder een straatlantaarn op een verlaten weg langs de Noordzee, hevig over zijn kin stond te wrijven, terwijl naast hem een onbekende jongen in een Hell's Angels-jack omhoogkwam van het veterstrikken.

'Zeg...' zei deze Ernst Bol.

III

Twee, drie Trochidae of Volutidae op een tafeltje of één enkele Cowry op de hand troffen het oog als wondertjes van gratie en harmonie, maar duizend van die uitgelezen schoonheden bij elkaar gaven slechts de indruk van rommeligheid, smakeloosheid, chaos. Alles wat echt mooi is, dacht Cecile, is eenling. Boterbloemen komen pas tot hun recht met honderden tegelijk, tijger-orchideeën zijn individuen.

De ordeloosheid, schijnbare ordeloosheid, waaraan haar lievelingen nu onderworpen waren, ergerde haar. Je zag de schelpen nu op hun slechtst. Stop parels, saffieren, diamanten in kisten en verhuisdozen... en ze verliezen ook hun glans. Stukgoed wordt het.

Met de wollen tulband op en haar bontjas aan stond ze in de grote achterkamer bij de laden Olividae die al op tafel gezet waren en streed tegen een gevoel van somberheid en onrust. Kon ze maar gewoon hier blijven! Overdreven ze niet in Menton? Wás het wel zo erg met Titia? Als het meeviel, was ze binnen twee dagen terug.

Ze nam een klein, gestippeld olijfje uit een lade en rolde het liefkozend over haar hand. In deze laden, kisten en dozen lag haar leven, het resultaat van vijftig jaar verzamelen, vanaf de allereerste Strawberry Tops, als meisje van vijftien van de rotsen geplukt op Ceylon, tot de mooiste Gloriamaris die in de annalen van the Hawaiian Shell Club met zes sterren was opgenomen. Hier, in dit Hollandse huis aan zee, lag de crème de la crème van de wereldzeeën: de nieuw ontdekte soorten, twee met haar naam en een met Eddy's naam; de wonderbaarlijkste Xenofora; Pleurotomariidae die allang voor uitgestorven waren gehouden; de langste Voluta ebraea ter wereld; een oester met drie grote, zuivere parels; een fortuin aan Golden Cowry's; een groeiserie van de Giant Clam, bestaande uit zestig exemplaren, van een centimeter tot een meter veertig toe... ach, te veel, te veel.

Een leven in schelpen. Twee levens, want hoewel Eddy zich vroeger, toen hij nog in Buitenlandse Dienst was, niet veel met schelpen beziggehouden had, was de collectie zonder hem niet half zo groot geweest! 'A twin passion' had de rector-magnificus van de University of Boston het genoemd, toen hun acht jaar geleden het eredoctoraat van die universiteit toegekend werd en zo was het ook: a twin passion.

In de garage werd de huurauto gestart. Ze moesten naar het vliegveld. Eddy reed achteruit het grindpad op, stopte ter hoogte van de voordeur en sloeg het portier dicht. Ze hoorde hem de vestibule inlopen en weer naar buiten gaan: hij legde haar koffer in de bagageruimte.

En plotseling... terwijl ze over de dozen staarde, werd Cecile door een diep en verschrikkelijk gevoel van twijfel bevangen. Had ze er wel goed aan gedaan nu alles af te staan? Zo alles opeens? Zeker, het zou hen bevrijden van een drukkende last, de gek makende angst dat de oogst van vijftig jaar verzamelen teloor zou gaan, maar nu het dan zover was, leek het ineens of dat dan ook het einde van alles was! Het einde van de verzameling, het einde van hun leven! Ze wist dat dat onzinnige gedachten waren – ze gingen gewoon terug naar Mindanao en zouden de collectie vervolmaken en kist voor kist naar het museum sturen – maar ze had opeens het gevoel door deze zelfverkozen overdracht de dood over hen afgeroepen te hebben – en niet minder. De dood, die Titia eerst kwam halen...

Ze liep naar de tuindeuren en rilde in haar bontjas. Het was grijs weer en regende de hele ochtend al zachtjes, maar de tuin was zo fris lichtgroen alsof het licht uit de jonge blaadjes zelf kwam.

Het was misschien wel dertig jaar geleden dat Cecile gehuild had. Zij huilde nooit. En nu dus ook niet.

'Zeg,' zei Eddy, die de kamer binnen kwam lopen, 'ik hoor op de radio dat we heel ander weer krijgen! Het wordt warm! Net nu je weggaat!'

Cecile draaide zich om. 'Als je dan maar geen schepijs gaat kopen!' zei ze vinnig. 'Weet je nog hoe beroerd je daarvan bent geweest, de vorige keer? En ook geen kersen!'

'Zouden er al kersen zijn?'

'In de Hollandse kersen zitten wormpjes en daar word je doodziek van! Mijn oom Fer, met die kunsthand, die is daaraan doodgegaan!'

'Die was toch epileptisch?'

'Maar hij is doodgegaan aan kersewormpjes!'

'Je koffer ligt al in de auto,' zei haar man.

Ze liepen de kamer uit en de hal door, sloten de voordeur zorgvuldig af en stapten in de auto.

'De Alabasters,' zei ze, 'daar wacht je toch mee tot ik terug ben, hè? En met de Argonauten ook...'

'Zeker.'

'En die laden met Voluten... daar zitten de kleintjes in papier tussen de grote! Dat je dat in de gaten houdt! Dat iemand niet denkt dat het alleen maar proppen papier zijn!'

'Nee, nee.'

Ze reden achteruit het grindpad af.

Cecile zuchtte.

'Dat dr. Bol nu nog niet gebeld heeft of dat meisje nu komt! Dan zal hij straks wel bellen, als je terug bent.'

'Gesteld dat ik er ben vanmiddag...'

'Dat je er bent? Hoezo?! Waarom zou je er niet zijn!'

'Omdat ik vanmiddag ijs met kersen ga eten in het dorp.'

Ze stonden stil aan het eind van het oprijpad. Haar man keek langs haar heen om te zien of hij de weg kon oprijden. Ze zag zijn ogen lachen. Hij kneep even in haar bontjasmouw.

Ze keek de andere kant uit, zodat hij niet kon zien dat ze glimlachte.

***

Al haast een half uur hing Rico in de buurt van de viskraam rond. Waar bleef die kerel? Zou het soms niet meer doorgaan? Had hij zich bedacht? Misschien was er intussen wel naar zijn huis gebeld, maar dan mooi voor niks: de telefoon was vanmorgen afgesloten! 't Werd tijd dat zijn vader weer eens wat rekeningen betaalde.

Hij slenterde naar de bushalte om daar op het bankje te gaan zitten en zat er nauwelijks of er kwam een surveillancewagen de boulevard af die voor de viskraam stopte. Hij zag het al voor ze uitgestapt waren: hetzelfde stelletje dat hem vorige week 'voor het laatst gewaarschuwd had'. Ze liepen naar de kraam toe en gingen daar een stuk gebakken vis naar binnen staan werken, maar ze hadden hem ook gezien, keken nadrukkelijk zijn kant op en stonden te lachen en te smiespelen. Hij zakte onderuit op het bankje, haalde zijn neus op en keek de boulevard af. De Yamaha stond veilig in het steegje achter de automatiek aan de overkant, van de weg af niet te zien!

De agenten stapten weer in en kwamen heel langzaam, met het raampje open, langs de halte gereden.

'Zo, mister,' zei degene aan het raampje, z'n lippen nog glimmend van het vet, 'netjes met de bus, hè?'

'Toevallig,' zei Rico onverschillig en haalde een sigaret en een aansteker te voorschijn.

'Geen school vandaag? Is je juf ziek?'

'Ja. Die heb de tyfus.'

Hij liet een steekvlam uit de aansteker omhoogschieten en stak aandachtig de sigaret aan.

'Pas maar op dat je niet in je broek schijt, joh!'

'Dan roep ik jullie wel!'

Ze reden door.

Hij keek op zijn horloge. Half twee geweest. Zou hij nog wel langer wachten? Maar net op dat moment stopte er een witte Fiat schuin tegenover de kraam en de man van gisteravond wuifde uit het raampje. Hij sprong op, trapte de sigaret uit en liep op de auto toe.

'Sorry dat ik zo laat ben!' riep de man al van een afstand.

'Het liep een beetje tegen vandaag,' zei hij toen Rico naast de auto stond. 'Fijn dat je nog gewacht hebt!'

'Da's wel heel wat anders!' zei Rico, grinnikend op de Fiat wijzend.

'Een ruilwagen. Ik ben vanochtend maar meteen langs de garage gereden, want ik moest toch niet te lang doorrijden met die papiertjes? Misschien is hij morgen klaar. Maar ik ben al blij dat ik dit ding heb! Wat doe je, rij je mee of ben je op de brommer?'

'Ik rij wel mee,' zei Rico en liep om de auto heen.

De brommer was nou echt te link!

Ze reden de boulevard over en de Duinweg op. De man naast hem vertelde dat hij met de oude man, die schelpenfreak, over de telefoon gesproken had om hem voor te bereiden op zijn komst. En nu opeens bleek Rico 'op proef' aangesteld te zijn.

'Kijk, het zijn oudere mensen, begrijp je wel,' zei de man, die Bol heette, zenuwachtig lachend. 'Al een hele tijd uit Nederland weg. Erg aardig, hoor, maar eh... ouderwets, zie je. Mevrouw Rochèl zul je trouwens niet ontmoeten, die is vanochtend naar haar zuster in Frankrijk vertrokken en hoe haar man het zal vinden dat jij... ik bedoel: hij is gewend aan een oudere meneer die hem hielp, dus eh, ik hoop dat hij kan overschakelen op jeugdig talent, zal ik maar zeggen!'

Hij lachte alsof hij het zelf erg leuk vond.

'Ja,' zei Rico.

Shit, het zou pech wezen als het niet doorging! Honderd gulden per dag voor een beetje schelpjes inpakken!

'Het belangrijkste is dat je voorzichtig met de schelpen omgaat,' zei Bol, 'en dat je precies doet wat meneer Rochèl zegt. Enne... roken wordt niet erg op prijs gesteld, denk ik.'

Die had hem zijn sigaret zien weggooien daarnet.

'Mij best,' zei Rico.

Toen ze bij de villa waren, waarover Krokewit al gesproken

had, draaide de auto knarsend het grindpad naast het huis op.

'Zo. Ziezo. Daar zijn we,' zei Bol. 'Hier is het dus. Goed. We zullen es kijken.'

Wat een zenuwpees.

Ze stapten uit en liepen naar de voordeur. Bol belde aan, trok een grimas en wipte op z'n gaatjesschoenen op en neer. De deur werd opengedaan door een magere, oude man met een gerimpeld gezicht en schuine plooitjes over zijn ogen als een Chinees. De man wierp een snelle blik op hem en zei toen: 'Aha, dr. Bol.'

Dokter? Was die Bol een dokter?

'Dit is dan de jongeman, meneer Rochèl,' zei Bol, terwijl ze een grote hal vol kisten en dozen binnenstapten. 'Rico Gabrieli. Dit is meneer Rochèl, Rico.'

'De jongen die auto's met papier lijmt,' zei de oude man glimlachend en gaf hem een hand.

Bol begon meteen het verhaal van gisteravond nog eens te vertellen. 'En toen bleek dat hij net een baantje zocht! Wat een toeval, nietwaar?'

'Toeval bestaat niet,' zei de oude man.

'Hij heeft me verzekerd dat hij voorzichtig met de schelpen zal zijn,' zei Bol schoolmeesterachtig, 'en hij weet van aanpakken!'

'Dat komt dan goed uit,' zei de oude man droog en ging hen voor naar een grote achterkamer, die via openslaande deuren toegang gaf tot een terras. Ook deze kamer stond mudvol kisten en dozen en een heleboel ladenkasten. Meubilair was er niet, op een lange schragentafel met een paar stoelen na. Die tafel lag vol ronde, glanzende schelpen met papiertjes ertussen.

'Wil je soms je jas uitdoen?' vroeg meneer Rochèl.

Rico haalde zijn schouders op, maar deed toen toch zijn jack uit en zag de oude man naar zijn T-shirt kijken; een Chicago Bull's-shirt, waarmee niks mis kon wezen. Hij legde het jack over een doos, maar bedacht zich en liep ermee terug naar de hal, waar een kapstok was. Als ze het hier netjes wilden, konden ze het netjes krijgen.

'Kijk, Rico,' zei Bol toen hij terug de kamer in kwam lopen, op een toon of hij les ging geven. 'Het hele punt is, dat alle dozen die je hier ziet uitgepakt moeten worden, dat je de inhoud op tafel legt, zodat meneer Rochèl ze kan bekijken en dat je ze daarna weer netjes inpakt. Bij deze soort, hier op tafel, is het gemakkelijk. Die kunnen haast niet kapot, dus die liggen los in de doos, met laagjes kranten ertussen. Maar deze bijvoorbeeld...' – hij wees op een geopende doos waar houtwolplukken bovenuit staken – 'die zitten helemaal in houtwol verpakt. Dat haal je dan allemaal voorzichtig weg en later stop je het er weer voorzichtig tussen. Begrijp je? En dan zijn er ook een heleboel soorten in watten verpakt, vooral in de laden... nou ja, dat blijkt later wel. Maar wat nu het belangrijkste is: bij iedere schelp zit een formuliertje, daar gaat het hele werk eigenlijk om. Daar staat de naam van de schelp op, waar hij is gevonden, door wie, in welke zee, op welke diepte, zie je wel? Het juiste formuliertje moet altijd bij de juiste schelp blijven! Dat is heel belangrijk! Ze hebben trouwens niet allemáál een eigen formuliertje. Dit hele groepje hier op tafel valt onder één briefje, zie je? Meneer Rochèl bekijkt het allemaal, en als het klopt, pak je het weer keurig in en klaar is Kees!'

Hij keek vragend opzij en Rico knikte. Je snapte niet waar sommige mensen zich mee bezig hielden!

'Dus altijd het formuliertje bij de juiste schelp houden! Daar gaat het om! Begrijp je dat?'

Natuurlijk begreep hij dat.

'De kasten die we gehad hebben, plakken we op deze manier af,' wees Bol, 'en de dozen die klaar zijn, kunnen naar de hal.'

Hij zweeg en bleef hem aankijken alsof hij op vragen wachtte.

'En waar is dat allemaal voor?' vroeg Rico.

De oude man, die aan de andere kant van de tafel naar hem had staan kijken zonder zich in de uitleg te mengen, schoot in de lach.

'Ja, dat is een goeie vraag!'

'Dat is... voor controle, hè? Niet alles staat goed genoteerd, hoewel... dat valt wel mee, maarre... waar kan hij mee beginnen, meneer Rochèl?'

'Met deze hier,' zei de oude man en wees de schelpen aan die op tafel lagen, 'die vallen per groep onder zo'n formulier. Ze kunnen terug in deze doos. Ik zal trouwens thee maken.'

'Of lust je geen thee?' vroeg hij aan Rico, met ogen die nog steeds ergens om schenen te lachen.

'Jawel,' zei Rico.

'...graag, meneer,' voegde hij er snel aan toe.

Onder toeziend oog van Bol begon hij de schelpen op tafel – die wel eikels leken, grote stenen eikels, met net zo'n puntje eraan als vroeger bij eikeltolletjes – in de doos te pakken, laag voor laag met de formuliertjes erbij en kranten eroverheen.

'Uitstekend, prima,' zei Bol, alsof er wat moeilijks aan was.

'Ben u een dokter?' vroeg Rico.

'Eh, ja...' zei Bol, 'maar geen arts, hoor. Ik heb een proefschrift over schelpen geschreven, zeg maar een boek voor de universiteit, en dan ben je doctor. Zo heet dat.'

'Een schelpendokter,' zei Rico.

'Zo kun je het noemen.'

'Hoe oud ben je?' vroeg de oude man.

Bol was in een zijkamertje, dat eveneens vol dozen stond, aan het werk gegaan en Rico werkte nu met Rochèl samen in de grote achterkamer, duidelijk op proef, want die zenuwelijer kwam om de tien minuten binnenlopen om te vragen 'hoe het ging'. Ze waren aan een nieuwe doos eikels begonnen, hele grote dit keer, die allemaal afzonderlijk met een briefje erbij in een plastic zakje zaten.

Rico aarzelde even.

'Zestien.'

De oude man keek opzij.

'Bijna tenminste,' voegde Rico eraan toe. 'Over twee weken.'

Dat was maar een halve leugen, want over twee weken was hij inderdaad jarig.

'En moet je niet naar school?'

'Nee,' zei hij stug.

Nou kreeg je natuurlijk 'waarom niet' en 'wat doe je dan', zoals volwassenen altijd vroegen. En daarna volgde het gezeur van 'zonder opleiding ben je nergens', dat hij op de LTS al tachtig keer gehoord had. Nee, mét opleiding wel zeker! Mocht je fijn leerling-monteur worden in een garage. Jarenlang voor een schijntje alle rotkarweitjes opknappen waar de oudere monteurs te beroerd voor waren. (Een goed vak leren noemde zijn vader dat. Die vond alles een goed vak, omdat-ie zelf alleen maar kratten kon sjouwen op de visafslag.) Als je zei dat je dat niet wilde, kwam geheid de vraag 'wat je dan wel wilde'. En daar viel geen antwoord op te geven. Ja, op een motor door Spanje crossen, met een griet met wapperend haar achterop, maar dat bedoelden ze niet.

Maar de oude man vroeg niet verder en een tijdje werkten ze zwijgend door. Hij kreeg af en toe een aanwijzing en vernam dat die eikels olijven heetten, Olivia's of zoiets, maar het meeste wees zichzelf. Dit werk was een makkie.

'Zijn dit allemaal buitenlandse schelpen?' vroeg hij om niet de hele tijd zijn mond te houden.

'Ja,' zei Rochèl, 'grotendeels. Er zijn ook wel wat Noordzeeschelpen bij, hoor, maar niet zo veel. De mooiste soorten komen nu eenmaal uit warme zeeën, hè? De Filippijnen, Curaçao, Japan, Madagascar... overal vandaan. Deze bijvoorbeeld, die je nu inpakt, komen uit de Golf van Panama. Die zijn heel zeldzaam.'

Rico bekeek de schelp in zijn hand en zei: 'Van de week liep ik toevallig langs het strand enne... nou let ik nooit zo op schelpen, eerlijk gezegd, maar opeens dacht ik ook dat ik een bijzondere schelp zag. Was 't een gebroken koppie!'

De oude man knikte, zonder op te kijken van het formuliertje dat hij aan het beschrijven was.

'En dat heb je toen met een grote boog in zee gegooid!' zei hij. 'Ja, toch?'

'Ja...'

Rochèl schoof het leesbrilletje omhoog, dat hij voor het schrijven van de formuliertjes opgezet had en keek hem aan.

'Ja,' zei hij, 'dat heb ik gezien.'

Rico zweeg. Gezien?

'Kijk, door de tuin hierachter loop je zo de duinen in,' zei Rochèl. 'Een paar dagen geleden stond ik daar naar de zee te kijken en toen zag ik jou over het strand lopen. Je pakte iets op, je keek ernaar en je gooide het de zee in!'

Rico staarde hem aan.

'Ik herkende je jack,' zei Rochèl lachend. 'Of lopen er hier veel jongens rond met zo'n jack?'

'Geeneen!'

'Nou dan.'

Raar dat iemand van een afstand naar hem had staan kijken en dagen later nog wist wat hij toen gedaan had! Maar opeens bedacht hij dat hij diezelfde dag ook naar de oude man had staan kijken! Toen hij op het terras van het strandpaviljoen zat met z'n vrouw. Dat was toch sterk! Jammer dat-ie het niet kon zeggen. Ja, ik heb u ook gezien die dag, met een vriend van me; die zei dat u hartstikke rijk was en hartstikke gek! Ik had es moeten weten, dacht hij, dat ik een paar dagen later hier schelpen zou staan inpakken.

Rochèl zat weer aantekeningen te maken. 'Trouwens een mooi jack,' zei hij opeens.

Wat moest je daar nu weer op zeggen? Ja, opa. Tof hè?

'Een motorjack,' zei hij.

De oude man knikte.

'Nu de motor nog, zeker!'

Bol kwam binnenlopen.

'Gaat alles naar wens?'

'Ja, hoor,' zei Rochèl. 'Ik hoef hem niets te vertellen. Hij snapt het meteen. We zullen zo eens een andere soort nemen, anders wordt het zo eentonig.'

De andere soort, even later, bleek uit puntige schelpen te bestaan, een soort kegels, met kriebelige tekentjes erop. Rico hoorde dat de beesten die daarin zaten gemeen konden steken, ze hadden een slurfje waar gif uitkwam. Je moest ze levend niet zomaar oppakken.

Die ouwe kerel viel best mee. Hij zat zo nu en dan een beetje naar hem te kijken, maar niet vervelend, niet om op te letten of de briefjes wel bij de juiste schelpen terechtkwamen of zo; meer om aan hem te wennen zeker.

Het was plotseling stralend weer geworden en ze zetten de tuindeuren open, zodat er bij vlagen veraf gegil en getoeter van het strand tot in de kamer doordrong. Het werd druk met dat mooie weer!

Tegen half zes kwam Bol binnen en vroeg: 'Wat denkt u, meneer Rochèl, moeten we Rico maar vragen om morgen terug te komen?'

'Wat mij betreft graag,' zei Rochèl met een lichte hoofdbuiging. 'Als hij wil, natuurlijk. Als hij het niet te saai vindt hier.'

Saai? Wat deed saai ertoe? Hij kwam hier niet voor zijn lol! 'Helemaal niet,' zei hij schouderophalend.

'Prima,' riep Bol, 'morgen om negen uur? Ik ben er dan morgenochtend niet, meneer Rochèl; dan blijf ik op het instituut en kom pas in de middag!'

'Best,' zei de oude man laconiek.

'Oké,' zei Rico.

Dat was dus mooi geregeld.

***

De geheimzinnige vissedood sloeg altijd 's nachts toe, nooit overdag. Ook zag je overdag nooit een vis die zich vreemd gedroeg, naar zuurstof hapte of op zijn kant zwom, en daarmee zijn naderend einde reeds aankondigde. Nee, de hele dag zag de vijverpopulatie er normaal uit en 's morgens vroeg dreef er steevast een met zijn buik naar boven. Vanochtend had het even geleken of er geen slachtoffer was, maar toen hij met een stok de overhangende twijgen van een struik opzij geduwd had, bleek er toch een kleine zwartgevlekte vis achter te drijven.

Het liep tegen negenen en het was een prachtige, windstille avond. De zon was zojuist als een bloedsinaasappel in zee verzonken en Rochèl stond, terugkomend van het strand, aan de rand van de vijver in het water te staren. Er kriebelden zwarte torren met fragiele pootjes over het wateroppervlak. Een vis kwam onder een lelieblad vandaan, gleed naar het midden van de vijver en bleef daar onbeweeglijk staan.

Hij liep langzaam de tuin door en ging het huis binnen, waar het al vrijwel donker was, pakte in de hal de telefoon van de haak en draaide het nummer van Titia's huis in Menton. Hij kreeg de huishoudster aan de lijn en daarna Cecile, die over de reis vertelde en over Titia's toestand, die haar tegengevallen was. Aan Ceciles stem was te horen dat het haar aangegrepen had haar zuster terug te zien in een staat waarin ze geen kopje meer zelf kon vasthouden en nog geen zes woorden achter elkaar kon uitspreken. Wel was Titia erg blij met Ceciles komst. Een gesprek kon amper vijf minuten duren, dan vielen haar ogen alweer dicht van vermoeidheid, maar Cecile had een groot deel van de middag aan het bed gezeten en later, op Titia's verzoek, zelfs naast het bed de maaltijd gebruikt. De pekinezen, de katten en de hondsbrutale dwergaap sprongen af en aan op het bed (dat kreng van een aap griste notabene de lekkere hapjes van de borden), maar die beesten de kamer uitzetten mocht niet! Het viel te horen dat Cecile zich had moeten beheersen geen ruzie met haar zuster te maken.

'Ze vindt het jammer dat jij er niet bij bent,' zei ze.

Rochèl zag Titia voor zich. Niet zoals ze nu was, maar zoals ze veertig jaar geleden als dromerige spillebeen in haar witte tennisjurkje door haar racket heen naar hem gelachen had; verlegen, alsof de mazen van het racket haar lach moesten filteren.

'Geef haar een kus van mij,' zei hij, 'en zeg dat ik haar over een paar weken hoop te zien.'

'Ja,' zei Cecile, maar ze zuchtte.

'En hoe is het bij jou?' vroeg ze toen. 'Heeft dr. Bol al iemand gevonden? Kan dat meisje nou komen?'

'Nee,' zei hij en begon het telefoonsnoer om zijn duim te

wikkelen. 'Die kan niet, maar hij heeft al iemand anders. Een kennis van hem, die hier in de buurt woont. Die is vanmiddag al geweest zelfs. Een jongeman, tijdelijk zonder werk... geen student.'

Het bleef stil aan de andere kant. De punt van zijn duim werd donkerrood.

'Heel geschikt, hoor,' ging hij verder. 'Hij is erg voorzichtig. En snel. En geen kletskous...'

'Een jongeman?' vroeg Cecile. 'Een verzamelaar?'

'Nee. Hij weet niets van schelpen, maar dat geeft toch niet? De problemen bespreek ik wel met Bol. Of ik laat ze liggen tot jij terug bent. Hij hoeft alleen maar in en uit te pakken. En dat doet hij goed.'

'Wat is het dan voor iemand? Hoe oud is hij?'

'Jaa...' zei hij, 'dat weet ik niet. Dat heb ik niet gevraagd. Maar maak je geen zorgen: het is geen onbesuisd type.'

Zijn duim liep donkerpaars aan. Hij wikkelde het snoer weer los, leunde tegen de muur en ving zijn eigen blik in de spiegel naast de kapstok.

'En komt hij volgende week ook?' vroeg Cecile afgemeten.

'Misschien,' zei hij, 'misschien. Maar in ieder geval komt Tillens de volgende week zoveel mogelijk. Die dacht de middagen toch wel vrij te kunnen maken.'

'Nu opeens wel!' zei Cecile. 'Zie je wel dat het onzin is dat dr. Bol en dr. Tillens allebei aan die vergaderingen mee moeten doen!'

'Welja!'

'Aan dr. Tillens heb je tenminste wat! Dan sturen jullie die... die kennis van dr. Bol maar weg!'

'Ja, we zien wel,' zei hij, 'zit er maar niet over in. Hulp genoeg. Te veel haast. Hoe is het weer in Menton?'

Toen hij uiteindelijk de hoorn op het toestel legde, bleef hij nog een moment in de hal staan. Onder de rietkap van het doodstille huis knisperde en ritselde het zachtjes alsof vogels zich onder de spanten verschoven in hun nesten. Hoog daarboven klonk het geschreeuw van meeuwen door het dak heen.

Hij liep de grote werkkamer binnen, waar het schemerlicht door de tuindeuren naar binnen viel, ging bij de tafel staan, pakte een wenteltrapje uit een doos, die door de jongen alvast klaargezet en opengemaakt was en staarde voor zich uit. Morgen zouden ze aan de Epitoniidae beginnen.

Daarna liep hij de hal weer in, bleef voor de spiegel staan en bekeek zijn gezicht. Hij was eenenzestig, maar zou net zo goed eenenzeventig kunnen zijn. Haar zat er nauwelijks meer op en hij was zo gerimpeld als een ouwe indiaan. Dat kreeg je in de tropen.

Hij liep naar de keuken, schonk zich een glas wijn in, liep er eerst mee het terras op en neer, toen de tuin door en stapte vervolgens opnieuw over het prikkeldraad om het duin te beklimmen. Op de top van het eerste duin bleef hij staan en keek over de donkere zee. Er woei een zoel windje, dat zijn colbertje nauwelijks opblies en het eeuwige geruis van de branding, dat eentonige geluid, dat er al was voordat er mensen op aarde waren en er nog zou zijn als de laatste mens zou zijn verdwenen, klonk rustig en dof in de verte.

Hij moest kijken en luisteren, zolang het nog kon. Alles leek vredig en rustig, maar dat was bedrieglijk: buiten de grenzen van zijn blikveld draaide het, was een verschrikkelijke werveling ontstaan. Zo'n werveling die bomen ontwortelt en alles wat leeft meesleurt in blinde onverschilligheid. Hij bevond zich in het oog van een orkaan, een onontkoombare dreiging...

Maar zoals hij daar stond, met het glas in zijn hand, leek het wel of hij wat te vieren had, of hij in zijn eentje een dronk uitbracht op de dingen die komen gingen. Er speelde een glimlachje om zijn lippen, alsof hem geen onheilsvoorspellingen ingefluisterd werden, maar tedere geheimen en zijn ogen, onder de schuine plooitjes, waren groot en glanzend in de schemering. Niet direct het gezicht van een ouwe indiaan.

IV

Op vrijdagmiddag zat Ernst Bol opnieuw in het zijkamertje met twee dozen Papuina pulcherrima Von Martens en andere landslakken, die hij mevrouw Rochèl toegezegd had te zullen uitzoeken. Landslakken maakten alleen pro forma deel van de collectie uit, voor de volledigheid. Cecile hield er niet van en keurde ze geen blik waardig en haar man was er evenmin in geïnteresseerd. Maar de Rochèls zouden de Rochèls niet zijn als ook bij deze knalgroene Melanesische Papuini niet een flink aantal puntgave exemplaren van de zeldzame gele zat!

Vanuit de kamer ernaast klonken de stemmen van Rico en meneer Rochèl; voornamelijk van de laatste, want de voormalig ambassadeur zat op zijn praatstoel zoals Bol het nog nooit meegemaakt had; Rico maakte er slechts losse opmerkingen doorheen. Hij kon niet verstaan waarover het ging, maar uit Rochèls toon viel op te maken dat het verhalen over de boot en het schelpenvissen waren. Hij glimlachte in zichzelf. Gisteren had hij een beetje in zijn rats gezeten toen hij Rico bij Rochèl kwam introduceren, beschaamd over zijn eigen impulsieve beslissing van de avond tevoren, bang dat Rochèl zou zeggen: hoe haalt u het in uw hoofd, dr. Bol? Stelt u de collectie zomaar bloot aan de eerste de beste snotneus die u tegenkomt? En zie eens hoe laconiek Rochèl gereageerd had! Die had nog plezier in die jongen ook en was in die ene dag met hem al geweldig opgeschoten. Vanochtend hadden ze alle Epitoniidae weggewerkt en toen hij hier vanmiddag gearriveerd was, waren ze, met de radio op een popzender, al bezig aan de tweede doos 'ongeregeld goed'. Over één doos van dat ongeregeld goed deed Cecile Rochèl een hele dag met al haar bespiegelingen en bedenkingen, alle mitsen en maren. Haar man maakte niet zoveel omslag, die noteerde simpelweg de feiten, voorzover hij ze zich nog herinnerde, en liet alle verdere poespas achterwege. Zie je wel, het was een zegen dat Cecile een tijdje weg was! Op deze manier kon volgende week, als de vergaderingen afgelopen waren, het eerste transport naar het museum al plaatsvinden. Liefst vóór Cecile thuiskwam; ze mocht eens van plan zijn al die dozen nog een keer na te kijken!

Omdat hij iets wilde opzoeken in een van de naslagwerken die binnen op de inpaktafel lagen, liep hij de grote werkkamer in. De kamer was in een zachtroze licht gehuld vanwege de ouderwetse, rood-wit gestreepte markiezen die boven de openslaande deuren waren neergelaten; de zon scheen de hele dag al met zomerse uitbundigheid. Op tafel lag een berg Conidae. Conusschelpen waren de specialiteit van de Rochèls. De ongeveer vierhonderd variëteiten die over de hele wereld voorkwamen, bezaten zij allemaal; ruwweg geschat zo'n veertigduizend stuks.

Rochèl zat in hemdsmouwen en met zijn leesbril omhooggeschoven dwars in zijn stoel te oreren en Rico (die vandaag een T-shirt droeg met een kolossale tijgerkop met wijd opengesperde muil erop) stond tegen de tafel hangend met een grote Gastridium geographus in zijn hand aandachtig te luisteren.

'Dus,' zei Rochèl, 'hij ziet er een heel stelletje bij elkaar liggen en raakt zo opgewonden dat hij de voorzichtigheid een beetje uit het oog verliest. En wat doet-ie? In plaats van ze allemaal afzonderlijk in het mandje te stoppen, pakt hij er twee, drie tegelijk. Die kun je natuurlijk niet zo goed vasthouden als één enkele en terwijl hij dat doet, komt een van de slakken uit de schelp en steekt hem in zijn hand! Dat slurfje dat ze hebben, daar zit een harpoenachtige punt aan, weet je, daar steken ze mee. Nou, hij heeft ze nauwelijks in het mandje of hij komt al boven. En ze zagen het meteen aan z'n gezicht, hè? Helemaal vertrokken van de pijn! Toen ze hem aan boord haalden, was zijn hand al dik. Vingers als worsten had-ie! En een pijn, hij loeide ervan! Enfin, ze wisten niet hoe gauw ze de andere duiker binnenboord moesten krijgen en op volle kracht zijn ze toen naar de dichtstbijzijnde stad gevaren. Maar dat was wel drie kwartier gaans en intussen was zijn hele arm al opgezet. Zó dik! Die jongen brulde niet meer, die begon al versuft te raken. De schipper heeft de slagader in zijn elleboog nog opengesneden... maar het hielp niet. D'r hing al een hele zak onder z'n oksel. Voor hij in het ziekenhuis was ging er nog wel een kwartier overheen natuurlijk en daar is direct zijn arm geamputeerd. Maar alles voor niks. Binnen een uur was het bekeken!'

'Sodeballen hé!' lachte Rico en tuurde in de mond van de conus, alsof daar nog iets van het dodelijke slurfje te zien was.

'Morsdood!' zei Rochèl. 'Binnen twee uur na de steek. Een jongen van jouw leeftijd. Nietwaar, dr. Bol, de Geographus is geen lieverdje, hè?'

'Een onprettig heerschap,' zei Bol. 'Die heeft al heel wat slachtoffers op zijn geweten.'

Rochèl schoof zijn bril omlaag en draaide zich weer naar de tafel. 'Dat had je niet gezocht achter die duffe schellepies, hè?' zei hij nog tegen Rico.

'Nee,' gaf Rico toe.

Bol was aan tafel gaan zitten om een boek door te bladeren en beet op de binnenkant van zijn wang. Blijkbaar moest de jongen doordrongen raken van de geduchtheid der soorten.

'En deze?' vroeg Rico. 'Is dat er ook zoëen?'

Hij hield een Conus textile op.

'Die ook,' zei Rochèl. 'Alle kegelslakken, de hele familie. Het zijn vleeseters. Met die steek verlammen ze hun prooi, zodat ze hem rustig kunnen uitzuigen.'

'Deze zijn anders wel mooi,' zei Rico. 'Al die kleine driehoekies... 't lijken de Alpen wel!'

Rochèl nam zijn bril af.

Bol kende hem nu lang genoeg om te zien dat die opmerking in goede aarde viel.

'Kijk,' zei Rochèl, 'dat is de Darioconus textile. Uit de Rode Zee. "Textile" is hij genoemd, omdat de tekening op textielprint lijkt, hè? Een soort batik. Maar ik zou hem ook eerder "alpine" genoemd hebben of iets dergelijks. Míj doet hij ook altijd aan een berglandschap denken. Al die besneeuwde topjes, net de Alpen. Grappig dat je dat zegt!'

Rico ging verder met inpakken, maar Rochèl leunde achterover in zijn stoel en was nog niet uitgepraat.

'Dat is het eigenaardige van de onderwaterwereld,' zei hij peinzend. 'Alles lijkt op iets van boven. Zo'n conus uit de diepste diepten van de zee verwijst naar de hoogste toppen op aarde. De Olividae, weet je wel, die we gisteren hadden, lijken net olijven, of eikels volgens jou, en neem de Cowry's...'

Hij pakte er een op die binnen handbereik lag.

'Dat is deze soort, heel glad en rond en glanzend. Deze lijkt op een panter, maar je heb er ook die getekend zijn als zebra's of giraffen. Sommige lijken net schildpadden. En de Mitridae, de mijters... dat zijn precies zulke mijters als kardinalen of pausen op hebben, weet je wel! Als je zo'n slak ziet schuiven onder water, met zo'n oranje muts op, dan is het net of-tie een beetje de spot loopt te drijven met dat hele gedoe hier boven!'

Bol lachte. Rico hoorde het zwijgend aan en pakte in.

'Of de Vermetidae bijvoorbeeld... als je die vindt, denk je dat het een nest mie is. Eet je wel eens mie?'

'Wat?' vroeg Rico.

'Ach,' zei Rochèl, 'je kunt het op land zo gek niet bedenken of het heeft z'n weerspiegeling in de zee. De Argonauten... perfecte Romeinse helmen. De harpslakken... dikke dames met porseleinen plisséjurken aan. En de hartschelpen. Waarom drijven er perfect gevormde roze en gele hartjes in de oceaan? Van die hartjes zoals je met Sinterklaas van suiker krijgt?'

'Weet ik veel!' zei de jongen.

Rochèl staarde voor zich heen en gaf de Cowry die voor hem lag tikjes met de achterkant van zijn vulpen alsof het schelpje moest gaan lopen. Bol had hem nog nooit zo lang achter elkaar horen praten.

'Met schoonheid is het trouwens raar gesteld,' ging Rochèl verder. 'Diepzeeschelpen hebben soms de prachtigste kleuren en motieven. Maar ze leven in het donker! Hebben niet eens oogjes om elkaar te zien! En dan zit er om een levende schelp nog een donker vlies ook. Hoe mooi ze zijn, blijkt pas als ze dood zijn. Ra-ra wat is daar de bedoeling van? Weet u dat, dr. Bol? Je kunt toch moeilijk aannemen dat de evolutie met de verzamelaar rekening gehouden heeft.'

'Nee,' zei Bol, 'dat is onbekend. De kleurstoffen zitten in hun stofwisselingsprodukten en die zetten ze af in de schelp. Maar kleuren en motieven of andere opvallende dingen hoeven niet altijd nut te hebben in de natuur, daar zijn wel meer voorbeelden van. Soms is het zomaar, een nutteloze toegift. Het gaat niet altijd om het lokken van vrouwtjes of zoiets.'

'Daar gaat het natuurlijk wel om,' zei Rochèl. 'Indirect dan. Ze hebben mijn vrouw toch gelokt? En mij erbij?'

Bol lachte en Rico grinnikte: 'Zo ken je 't ook zien!'

Hij houdt net zoveel van de schelpen als zijn vrouw, dacht Bol, terwijl ze alledrie verder gingen met hun werk, maar op een andere manier. Zij wil ermee pronken. Ze wil verbluffen met de veelzijdigheid en de exclusiviteit van de collectie, met de kostbare topstukken. Het liefst kreeg ze een eigen museum, met haar naam in gouden letters over de breedte van de gevel en de schelpen in kristallen vitrines. Een monument voor zichzelf! Zíj is fanatiek, bezitterig, heersend, ordenend. Híj houdt van de schelpen om wat ze zijn. Misschien kijkt hij zelfs beter en ziet meer.

Zelf was Ernst Bol geen verzamelaar. Met de ongeschreven wet dat een museumman niet privé verzamelt, had hij nooit moeite gehad. Thuis lagen een paar gekke misvormingen op zijn bureau en dat was alles. Veel mensen konden zich dat niet voorstellen. Schelpen wekten grote hebberigheid op. 'Steek eens zo'n mooi wenteltrapje in je zak,' had zijn vroegere vriendin weleens gezegd, 'of een paar van die zilverstreepjes, dan laat ik er oorbellen van maken.' Dat hij er nooit aan begonnen was, lag misschien aan de halfbewuste angst een grens te overschrijden. Wie verzamelde had nooit genoeg. Die werd gedreven door een passie die niet te verenigen viel met het goed beheren van een museum. En goed beheren, dat deed hij nu juist graag. In feite verzamelde hij natuurlijk ook, maar voor het instituut, en met het instituut voelde hij zich zo verwant dat hij de collectie eigenlijk als zijn eigen collectie zag. Bovendien was hij wetenschapper. Het esthetische element kwam voor hem op de tweede plaats. Cecile Rochèl had soorten die ze nooit een blik waardig keurde, omdat ze ze lelijk vond. Voor hem kon het onaanzienlijkste mosseltje interessant zijn als het een afwijkende voet had of een bijzonder spijsverteringsstelsel.

Om vijf uur meldde Rochèl dat hij er genoeg van had en schonk voor hen alledrie een pilsje in.

'Of heb je liever limonade?' vroeg hij quasi-onnozel aan Rico, terwijl hij hem het glas voorhield.

'Ja!' zei de jongen spottend en nam het glas uit zijn hand en dronk het in één teug half leeg. Of die hier ook al thuis was!

'Meneer Rochèl,' zei Bol, 'we hadden afgesproken dat ik hier morgen de hele dag zou zijn, maar nu zit ik met een klein probleem. Mijn zusje is plotseling in het land. Die woont met man en kinderen in Djakarta en is nu onverwacht een weekje over. Ik heb haar al twee jaar niet gezien en ik wilde daar morgen eigenlijk even mijn gezicht laten zien.'

'Maar natuurlijk!' riep Rochèl. 'Uw zusje gaat voor! Dat spreekt vanzelf.'

'Ik had zo gedacht om morgenochtend een wandeling met hen te gaan maken, in 's-Graveland, daar logeren ze, en dan 's middags hierheen te komen.'

'Blijft u toch rustig de hele dag,' zei Rochèl en hij keek naar de jongen. 'Misschien... dat Rico wel...'

'Ik ken wel, hoor!' zei de jongen direct. 'En zondag ook!'

Ze lachten allebei om zoveel ijver, die natuurlijk niets dan geldbelustheid was.

''s Middags kom ik in ieder geval,' zei Bol, 'het gaat maar

om de ochtend. Maar als Rico wil komen, zou dat fijn zijn.'

'Alleen 's ochtends of de hele dag?' wilde de jongen weten.

'Wat mij betreft de hele dag,' zei Bol en Rochèl knikte. Des te sneller schoten ze op, dacht Bol bij zichzelf. Als de jongen morgen ook hielp, was het haast wel zeker, dat er volgende week al een vrachtwagen kon rijden!

'Goed,' zei hij tegen Rico. 'Dan rekenen we nu ook nog niet af, dat komt dan morgen wel!'

Toen Rico gedag zei en in de hal zijn jack ging aantrekken, liep Rochèl met hem mee, terwijl Bol met zijn laatste restje bier bij de tuindeuren bleef staan.

'Zeg,' hoorde hij Rochèl in de hal vragen, 'dat is blijkbaar weer in de mode, hè, bryllcream in je haar?'

'Wat?' vroeg Rico.

'Je hebt toch bryllcream in je haar? Brillantine? Dat had in de jaren vijftig ook iedereen. En nu zie ik het weer overal.'

'Da's gel,' zei Rico.

'Gel?'

'Ja.'

'Aha,' klonk Rochèls stem bedachtzaam. 'Gel. 't Is goed dat ik het weet. Gel dus.'

Bol stond in zijn eentje te lachen.

De voordeur ging open en Rochèl liep mee naar buiten; hij hoorde hun stemmen nog een poosje vanaf het grindpad. Toen werd de brommer aangetrapt, Rico scheurde weg over het grind en Rochèl kwam weer binnen.

'Die brommer van die jongen...' zei hij, 'heeft u die wel eens bekeken? Onvoorstelbaar wat-ie daar allemaal aan gerommeld heeft! Een volledig Harley Davidson-stuur zit erop. Die hele brommer is een hoogstpersoonlijk ontwerp geworden.'

Bol knikte.

'Ik vind het leuk dat u zo goed met hem kunt opschieten!' zei hij.

'Welja. Waarom niet?'

'Misschien is het onterecht dat ik het zeg...' begon Bol aarzelend, 'maar toch: laat u voor alle zekerheid geen geld of cheques voor het grijpen liggen? Niet dat ik die jongen ergens van wil beschuldigen, maar je moet zulke knapen niet in de verleiding brengen! 't Lijkt me nogal... een kansarm milieu. En je kunt maar beter geen risico nemen.'

'Wat zegt u dat mooi,' zei Rochèl. 'Een kansarm milieu.'

'Zo heet dat tegenwoordig.'

'Ah. Nou, ik zal wel op hem letten, hoor. Maar volgens mij is het een beste jongen.'

'Dat geloof ik ook,' zei Bol. 'Wat zei uw vrouw er trouwens van? U heeft haar toch gesproken gisteravond?'

'Oh, ze was er erg mee ingenomen.'

'Ja? Ik bedoel: ze had het niet zo op studenten en eh... ander jeugdig, onbesuisd publiek.'

'Nee,' zei Rochèl, 'maar als dan eenmaal blijkt dat iemand geschikt is en niet de schelpen uit z'n handen laat vallen of zoiets, dan draait ze weer bij.'

Bol glimlachte.

'Daar had ik nou meteen al zo'n idee van,' zei hij tevreden. 'Toen die jongen mij met de auto hielp en toen bleek dat hij een baantje zocht... je moet een beetje onconventioneel durven zijn in die dingen!'

'Dat is vast!' zei Rochèl.

***

Rico reed vol gas de Duinweg over, vervolgens met matige snelheid de boulevard op en waakzaam het centrum in. Al op de hoek van de Schoolstraat zette hij de Yamaha achter het elektriciteitshuisje, ging vandaar te voet naar Smits, verorberde in snel tempo – Angelique was er niet – een frikadel en een patatje oorlog en liep toen naar de gokhal, waarvoor Dijks blauw-groene Honda dwars over de stoep stond te glanzen in de avondzon. Achter in de hal stond Dijk tussen twee Random Runners heen en weer te springen. Rico liep op hem af, maar bleef op een afstandje staan, want iemand die stereo speelde, kon je niet storen. Pas toen het dubbel 'game over' was, kwam hij naderbij en stompte Dijk tegen zijn schouder.

'Hé, klerelijer.'

'Zo,' zei Dijk opzij kijkend, 'ben je klaar met schelpies tellen?'

'Ik heb me te pletter gewerkt!'

'Heb je poen?'

'Morgen. Ik moet morgen ook komen.'

'Dan heb ik morgen beregoed spul te koop!'

'Ja. Net zulke tyfuszooi als vorige week zeker!'

Maar Dijk glimlachte fijntjes en schudde langzaam zijn hoofd, alsof het zielig was dat Rico niet beter wist. Hij tastte in zijn binnenzak en liet vier, vijf grote witte tabletten in papiertjes zien.

'Oh nee, meneer! Eerste klas stuff. Gisteren uitgeprobeerd en klasse, man, klasse! Daar spees je op as een gek. Twintig piek, maar voor jou vijftien.'

Rico pakte er een van zijn hand en haalde twee vijfjes te voorschijn.

'Eén proberen.'

Dijk keek met een vies gezicht naar de munten.

'Wat heb ik daaraan? Guldens moet ik hebben!'

Rico liep met het geld naar de kassa, kwam met een handvol guldens terug en Dijk begon direct weer een machine vol te gooien.

'Wat moet je nou de hele dag doen bij die lui?' informeerde hij.

'Oh,' zei Rico, 'schelpen uitpakken en later weer inpakken, af en toe een paar dozen versjouwen, verders niks. Een makkie.'

'Dus je verveelt je eige te pletter.'

'Dat maakt niet uit.'

Dijk begon te spelen.

'En die ouwe vent is wel aardig,' ging Rico verder, 'die valt zat mee. Vertelt hele verhalen! Wist jij dat sommige beesten, die beesten die in de schelpen zitten, dat die je hartstikke dood kennen steken? Eén prikkie en als ze dan niet gauw je hele arm d'r afhakken, dan ken je dag zeggen met je handje!'

'Zegt die kerel dat?' vroeg Dijk afwezig. 'Dat liegt-ie natuurlijk.'

'Helemaal niet!'

'Jezus Maria, zag je dat?!' riep Dijk.

Rico keek een poosje toe.

'Heb je d'r al rondgekeken?' vroeg Dijk even later.

'Jawel, maar d'r is niks, man! D'r staat nog geen tv! Alleen die schelpen, die schijnen duur te wezen, maar wat heb je daaraan? Die ken je niet kwijt.'

'Nou,' zei Dijk nadenkend, 'in Amsterdam misschien!'

'Ja! Weet jij waar? Da's toch veels te link! Van die hele speciale schelpen, daar hebben wij de ballen verstand van! Dat valt zeker helemaal niet op, als je daarmee aankomt!'

'Mmmm... en het alarm?'

'Alarm uit het jaar nul,' zei Rico, 'dat stelt niks voor. Maar d'r is geen moer, dat zeg ik toch! En jij heb makkelijk praten. Ik werk daar. Dus wie heb de smerissen op de stoep als daar wat gebeurt?'

'Dan hou jij je eige d'r buiten!'

Rico werd kwaad.

'Nou, hou jij je d'r ook maar buiten, lul! As ík zeg dat er niks te halen valt, dan is dat zo!'

Dijk snoof verachtend.

'Jij ken ook helemaal niet tegen een geintje, hè?'

Rico gooide een paar guldens in een automaat en speelde een poosje zwijgend naast Dijk, maar toen hij vijf gulden kwijt was, kreeg hij er de pest al in en hield ermee op. Hij was geen speler.

'Kom je morgenavond in de Hooischuur?' vroeg hij aan Dijk.

'Yes.'

'Dan zie ik je,' zei hij en liep de hal uit.

'Hé,' riep Dijk hem achterna, 'Soepkip vroeg nog naar je vanmiddag!'

Soepkip was de directeur van de LTS, die de vreemde achternaam Soekik droeg.

Rico keek om.

'Wat had-ie?'

'Wanneer je je weer es liet zien!'

Rico lachte om het smoel dat-ie erbij trok.

'Zeg maar dat-ie me reet in ken!'

Hij liet een knetterende scheet op zijn hand en liep naar buiten.

***

Nadat dr. Bol weg was, bleef Rochèl op het grindpad naast het huis naar de slipsporen van de brommer staan kijken. Je zag hoe het achterwiel eerst een stukje opzijgeschoven was en daarna vooruitgeschoten. Hij zette zijn voeten in het spoor en liep er voetje voor voetje doorheen. Toen ging hij tegen de witgekalkte keukenmuur staan, die nog warm was van de zon, en tuurde naar de toppen van de pijnbomen voor aan de weg.

Hij zou nu een diepvriesmaaltijd in de oven kunnen zetten, maar hij had geen honger. Hij leek van top tot teen gevuld met lucht, het soort lucht dat geen enkele andere substantie meer toeliet. Hij legde zijn handen tegen de warme muur alsof hij steun zocht en sloot zijn ogen.

V

‘Maar nu jij, Ernst! Druk, hoor ik?’

Zijn zwager hoorde zichzelf graag praten. Maar nadat hij een half uur lang over het wel en wee op zijn nieuwe standplaats had lopen vertellen, gebood de beleefdheid hém nu eens aan het woord te laten.

Ze wandelden over de brede beukenlaan van een landgoed in ’s-Graveland. Vroeger hadden Ernst Bol en zijn zuster daar dikwijls gewandeld met hun ouders en altijd als Ank in Nederland was, wilde ze daarheen terug. Zij liep, met zijn moeder, een stuk voor hen uit en de kinderen zaten elkaar achterna tussen de lage beukopslag onder de bomen.

‘Nogal,’ zei Bol. ‘Heb ik je wel eens verteld van die gigantische collectie die een echtpaar op de Filippijnen aan het museum toezegd had?’

‘Daar heeft Ank het wel eens over gehad.’

‘Nou, die is nu gearriveerd!’

‘Hé,’ zei zijn zwager, ‘nu al? Zijn die mensen dood?’

‘Helemaal niet! Springlevend! Ze zijn alles ook zelf komen brengen! Maar ze werden de laatste jaren steeds ongeruster...’

En hij vertelde zijn zwager in het kort over alle reële en vermeende dreigingen van moord, ontvoering, vloedgolven en vulkaanuitbarstingen die de schenkers ertoe bewogen hadden de collectie nu al in veiligheid te brengen.

‘Tweehonderdduizend schelpen,’ besloot hij, ‘minstens.’

‘En kunnen jullie die opslaan? Je zat toch al zo krap?’

‘Dat is het juist! We puilen uit het pand. Nu hebben we

tijdelijk de bovenverdieping van het buurpand erbij, maar dat duurt niet lang meer. Daarom heb ik volgende week een gesprek met de minister, want d'r moeten nu eindelijk eens knopen doorgehakt worden. Dus ik ben druk aan het lobbyen links en rechts, dat snap je. Ik moet het College van Bestuur achter me hebben en de Faculteitsraad...'

'Maar wel mooi natuurlijk om het nu allemaal binnen te hebben!'

'Ja,' lachte Bol, 'god, man...'

Altijd als hij het aan iemand vertelde, voelde hij zich weer even de vrijer die na jaren eindelijk het mooiste meisje van de stad naar het altaar mag voeren. Dat de schelpen nog niet helemaal 'binnen' waren, daarover zou hij met zijn zwager maar niet in detail treden. Zijn zwager was iemand die er altijd prat op ging zijn zaken efficiënt te regelen en daarbij iedereen te krijgen waar hij hem hebben wilde, dus begrip voor de last die het omslachtige getraineer van Cecile Rochèl hem opleverde, viel toch niet te verwachten.

'Het is de mooiste verzameling ter wereld! Zo rijk, zoveel zeldzaamheden, zoveel spelingen van de natuur. Wat die mensen allemaal bij elkaar gekregen hebben in veertig jaar! Als ik je nou vertel dat ze schelpen hebben die...'

'Wat is zo'n collectie nou waard?' vroeg zijn zwager.

'Vijf, zes miljoen...' zei Bol achteloos.

Dat was niet waar. Ten eerste was de waarde van de verzameling amper in geld uit te drukken en als je dat toch zou doen, uitgaande van de hoogste vraagprijzen van vissers en handelaren, lag die tegenwoordig misschien rond de anderhalf, twee miljoen. Er werd vandaag de dag zo intensief en georganiseerd op schelpen gevist dat bijzondere verzamelaarsexemplaren, waar menige gek dertig jaar geleden nog duizenden guldens voor zou hebben gegeven, nu voor honderd dollar op de markt opdoken. Alleen al het feit dat mensen als de Rochèls tientallen uiterst zeldzame Terebra- en Murexsoorten hadden gevonden, had de prijs van die soorten dramatisch doen kelderen. En wat voor de wetenschap waardevol was, had geen geldprijs. Maar wist een leek veel!

Zijn zwager floot bewonderend.

'Neem nu een beroemde schelp als de Conus gloriamaris,' lichtte Bol toe, 'misschien heb je de naam wel eens gehoord, een grote kegelvormige schelp, niet eens zo mooi eigenlijk, maar heel zeldzaam, zo'n echt collectioneurs-object. In de zeventiende eeuw kostte die meer dan een Rembrandt! Over de hele wereld waren er tot voor kort maar een stuk of dertig bekend. De Rochèls hebben er daar veertig van! Veertig!'

Zijn zwager stond stil op het pad en staarde hem aan.

'De Rochèls?' vroeg hij.

'Zo heten ze.'

'Ha-ha! Ha-ha-ha-ha!'

Zijn zwager sloeg zich op de dijbenen alsof hij een goeie grap hoorde. 'Eddy Rochèl en Cecile?'

'Ken je ze?!'

'Natuurlijk ken ik die, man! Uit Tunis! Dus die hebben het tot wereldberoemde verzamelaars gebracht?! Dat zat erin natuurlijk! Maar ze waren op Curaçao gaan wonen, dacht ik.'

'Hebben ze ook gewoond. Maar... jij kent ze dus nog uit de Dienst? Verrek, dat heb ik me nooit gerealiseerd! Ik dacht dat hij allang weg was, toen jij begon.'

'Nee, hij was mijn eerste ambassadeur. Het was mijn eerste post en zijn laatste. Ik kende Ank toen nog niet eens. Toen ik daar een jaar was, ging hij weg. God, die heeft zich behoorlijk in de nesten gewerkt daar. Weet je dat? Van dat schandaal?'

'Schandaal?' vroeg Bol.

Over haar mans loopbaan als diplomaat had Cecile Rochèl nooit veel verteld. Daar was ook geen aanleiding toe geweest: hun contact beperkte zich tot zaken omtrent de collectie of andere collecties of mollusken in het algemeen. Als er een ver land ter sprake kwam, was het om te vertellen wat daar op malacologisch gebied voorgevallen was, niet om persoonlijke belevenissen te vertellen. Hij had zelfs altijd vermoed dat hun privé-leven ook uit weinig anders bestond en had er, sinds hij ook Eduard Rochèl kende, altijd wat moeite mee zich die zwijgzame, in zichzelf gekeerde man, die de hele dag met schelpen bezig was, als diplomaat voor te stellen. 'Sinds mijn man zich teruggetrokken heeft uit de Dienst...' zei mevrouw Rochèl wel eens en uit wat dan volgde, bleek altijd hoezeer die stap de collectie ten goede gekomen was. Over Tunis had hij bij zijn weten geen van beiden ooit horen spreken.

De man naast hem liep zachtjes te grinniken, zich verkneukelend op het nieuwtje dat hij nu kon gaan vertellen.

'Het was maar een kleine ambassade daar. Een ambassadeur, een eerste en een tweede secretaris, dat was ik, een kanselier en een paar secretaressen en dan nog een plaatselijke kracht...'

Zijn zwager hield ervan een verhaal breed uit te meten.

'Rochèl was dus ambassadeur, die zat daar al een jaar of drie toen ik kwam. Geen goeie ambassadeur. Veel te... bescheiden zou je haast zeggen. Dat valt toch al niet goed in die landen. Het heette dat-ie nogal erudiet was, hij sprak ook het beste Arabisch van iedereen, maar stil, hè, weinig communicatief. En je wist nooit goed waar hij mee bezig was. Hij ging altijd heel bedachtzaam te werk en hij kon zich grondig verdiepen in iets wat zijn belangstelling had, maar voor de rest liet hij alles maar over aan de eerste secretaris, dat was een enorm vitale en deskundige vent. We mochten hem wel, hoor, hij was best aardig, maar ik geloof dat niemand veel hoogte van hem kreeg. Je drong niet tot hem door. En dan Cecile! Is het nóg zo'n kenau?'

'Och...'

'Nou, in die tijd! Je zat daar in een kleine gemeenschap, moet je rekenen, je was als Europeanen op elkaar aangewezen. En Cecile... niet dat ze direct onaardig was, maarre... excentriek, hè? Een rare combinatie van deftigheid en tactloosheid. Zie je wel vaker bij rijke mensen. Want het geld komt van háár kant, dat weet je toch? Meestal onttrok ze zich aan alles wat er georganiseerd werd, want ze was alleen maar met schelpen bezig, toen ook al, dus wat dat betreft verwondert het me niets. Maar áls ze dan ergens kwam, kon ze hele kribbige opmerkingen maken. We zaten eens een keer met de volledige staf aan een diner en ik steek een sigaretje op na het dessert; zegt ze heel ijzig over tafel: 'Vroeger informeerden jongelui nog wel eens of er bezwaar tegen roken bestond, meneer Van Broekhoven!' Niet als grapje, nee, op een toon alsof dat een zware min op je beoordelingsrapport werd! Híj zou zoiets nooit doen, daar was-ie veel te vriendelijk voor. Maar zij! En dan liet ze weer wél bij de kanselier twee zulke joekels van poppen bezorgen op de verjaardag van zijn dochtertjes! Speciaal in Frankrijk besteld. Misschien omdat ze zelf geen kinderen had.'

Hij schoot in de lach.

'Ik herinner me nog dat de vrouw van de eerste secretaris een bazaar georganiseerd had. Die vroeg aan haar of ze daar soms wat schelpen wilde verkopen, ik stond er toevallig bij. En Cecile, met dat stemmetje: 'Verkopen?! Het zijn geen eierkoeken, Bea!'

'Maar wat is er dan gebeurd daar?' vroeg Bol.

'Nou, Rochèl dus... keurige, rustige man zoals ik al zeg, die was al een hele tijd bezig met een irrigatieproject in het zuiden. Een samenwerkingsplan van Ontwikkelingshulp, de ambassade en een inlands ingenieursteam. Hij had zich daar echt op vastgebeten en op zeker moment ging hij er een paar weken heen om de boel in de gaten te houden. Belachelijk natuurlijk, dat de ambassadeur dat zelf doet, maar zo was hij wel! Liet gewoon de eerste secretaris op de winkel passen en ging zelf, weet ik hoelang, *in the middle of nowhere* zitten. Een godverlaten plek, man! Maar hij had een hekel aan sociale verplichtingen, al die diners en recepties, dat was wel duidelijk, dus daar was hij dan mooi een tijdje af; zo bekeek hij het, geloof ik. Enfin, hij zit daar al een paar weken en op een dag krijgen we op de ambassade een brief van iemand uit dat dorp. Rochèl rotzooide daar met een minderjarige jongen!'

Ernst Bol bleef stokstijf op het pad staan.

'Hi-hi-hi,' lachte zijn zwager. 'Of we maar ogenblikkelijk een paar duizend dollar smartegeld aan de familie wilden betalen! Zo niet, dan werd de politie ingelicht!'

Bol liep automatisch verder. 'Dat is toch bryllcream wat je in je haar hebt,' flitste er door hem heen. 'Oh, heet dat gel?' Godsklere! 'Geen student, dr. Bol! Ik heb het niet zo op studenten!'

'En...?' vroeg hij.

'Nou ja, niemand geloofde het! Zulke brieven zijn daar heel gewoon. Wil je een slaatje uit een buitenlander slaan, dan probeer je hem met jongetjes te chanteren. Dus de eerste secretaris, die het geval moest afhandelen, belde met Rochèl en die deed er heel laconiek over of hij was niet bereikbaar, enfin, het bleef allemaal een beetje op z'n beloop. Tot een paar dagen later de bom barstte! Er kwam een brief van Rochèl zelf, waarin hij schreef dat hij gevlucht was met die jongen! Ergens het binnenland in. Hij wou een nieuw leven beginnen met die Abdoul of die Mimoun of de-hemel-mag-weten-hoe-die-heette! Stapelgek van die knaap! Snap je dat nou? Zo'n kamelencoureurtje, weet je wel, zo'n gauwdiefje, dat 'em wel uitgebuit zal hebben. Enfin, ieder z'n meug!'

Bol staarde naar de beukebomen. Cecile Rochèl stond hem levensgroot voor ogen! 'Eddy', die de tuinjongen niet mocht helpen met bamboe kappen! Die niet zonder de schipper met twee jonge duikers mocht uitvaren! Die maar het best gezelschap van de oude, bedaagde Van der Helmstok kon hebben tijdens haar afwezigheid! En wat deed dr. Bol, de man aan wie ze haar levenswerk had geschonken? Dr. Bol bond de eerste de beste dag dat ze weg was de kat al op het spek! Laat u het maar gerust aan mij over, mevrouw! Het komt allemaal prima in orde!

'En zijn vrouw?' vroeg hij.

'Die wist het ook meteen! En dan moest je net Cecile hebben! Die zat direct in zo'n wrak, binnenlands vliegtuigje naar hem toe, mét de eerste secretaris, en dat is daar een hele toestand geworden. Ze hadden Rochèl vrij snel gevonden, maar de familie van die jongen wou eruit slepen wat erin zat. Nou ja, diplomatieke onschendbaarheid natuurlijk, juridisch konden ze hem niks maken, maar zulke kunstjes moet je daar liever niet flikken! De Tunesische minister van Binnenlandse Zaken heeft zich er nog mee bemoeid, ha-ha, die wilde ook liever z'n irrigatieproject niet in de soep zien lopen, dus uiteindelijk is het allemaal in der minne geschikt en ze hebben de pers er ook buiten weten te houden. Maar goed, toen ze weer in Tunis terug waren, heeft niemand ze meer gezien. Ze zijn direct naar Den Haag teruggegaan. En wij maar speculeren op de ambassade, hè, op wat voor zijspoor hij gerangeerd zou worden en of Cecile zou gaan scheiden, je kent dat wel. En toen hoorden we opeens dat hij ontslag had genomen. Dat ze op Curaçao gingen wonen, vanwege de schelpen. Eigenlijk keek ook niemand daarvan op. Geld zat, en hij maakte toch al nooit de indruk met hart en ziel aan de Dienst verknocht te zijn.'

'Ja... nee,' zei Bol.

'Maar hoe is het nu met ze?'

'Goed, goed. Prima.'

'Zij heeft hem dus ijverig aan het schelpjes zoeken gezet!'

'Ja. Ze doen het samen. Hij heeft een speciale boot laten bouwen. Het gaat heel goed.'

Hij had weinig zin mededeelzaam te zijn. Het liefst zei hij helemaal niets meer over de Rochèls, alsof alles wat hij nog verduidelijkte zijn ongerustheid alleen maar groter maakte.

'Het heeft ze kennelijk niet uit elkaar gedreven,' zei zijn zwager. 'Nou, da's mooi.'

Ze waren aan het eind van de beukenlaan gekomen. Links was een groot weiland, waar koeien graasden. Zijn moeder en Ankie waren al rechtsaf geslagen, maar stonden midden op het pad te wachten totdat zij hen ingehaald zouden hebben.

'Zeg, Ank,' riep zijn zwager en liep naar de twee vrouwen toe, 'moet je eens horen wat Ernst vertelt...'

Bol bleef een moment naar het weiland toegekeerd staan, verboog een paperclip uit zijn broekzak tot een rechte lijn en prikte ermee in zijn handpalm.

'Godsamme,' siste hij de koeien zachtjes toe. 'Godver-de-godver-de-godver!'

Een uur later, in de auto op weg naar de kust, was hij tegenover een onzichtbare medepassagier al volop in de verdediging. Was hij daar in de villa soms als kindermeisje aangesteld? Moest hij, die nergens van wist, een volwassen man tegen jonge jongens beschermen? Als hij nu niet stomtoevallig van die hele geschiedenis gehoord had, zou hij het nu nóg niet geweten hebben en zich nergens druk om maken! Als mevrouw Rochèl dit had willen voorkomen, had ze open kaart moeten spelen! Geen gezwets over onbetrouwbare studenten die niet voorzichtig met de schelpen zouden zijn. Dr. Bol, had ze dan duidelijk moeten zeggen, denk erom, geen jonge jongens bij mijn man in de buurt!

Hij snoof van ergernis. Hij wist het niet, daar moest hij het maar op houden. Niemand had hem dit verteld. Hij was onkundig van het privé-leven van de Rochèls; zo was het altijd geweest en zo moest het ook maar blijven. Trouwens, de zaak moest niet overdreven worden! Rochèl was in de zestig. Wat zich destijds in Tunesië had afgespeeld, was vijftien jaar geleden. Laat hem toen vijf-, zesenveertig geweest zijn, dat maakte wel heel wat uit! God mag weten in wat voor midlife-crisis die man toen had gezeten; overspannen misschien, onvrede met het diplomatenbestaan waar hij blijkbaar nooit erg geschikt voor geweest was. En kijk eens naar de man die hij nu was: voorbeeldig de schelpen toegewijd, verstandig, laconiek, de rust zelve. Wel de laatste persoon om zich in een avontuur met een jongen van zestien te storten! Dat hij plezier in Rico had, ja, dat was duidelijk, en misschien was dat plezier geladen met erotische reminiscenties aan vroeger... dat kon best, maar moest je daar, op zijn leeftijd, echt meer in zien dan een vaderlijk, grootvaderlijk plezier in de overmoed van de jeugd? Cecile was in die dingen natuurlijk veel te overdreven. Reken maar dat de gebeurtenissen van toen hun sporen hadden nagelaten! Zoiets was niet leuk voor een vrouw. Maar dat kon toch niet betekenen dat haar man tot op zijn oude dag van alle jongens weggehouden moest worden?

En dan was Rico er zelf ook nog. Niet direct een jongen die

in was voor zulk soort geintjes, zou je zeggen. Veel te stoer met die brommer van hem en dat Hell's Angels-jack. Geen mietje. Meer een knaap van 'handen thuis, opa, anders krijgen we problemen'.

De hele weg lang probeerde hij de kwestie te bagatelliseren en zichzelf voor te houden dat het privé-leven van anderen hem niet aanging, zeker niet als die anderen hem daarin zelf niet betrokken. Maar telkens dook Ceciles bezorgde miereneetergezicht op en hij ergerde zich aan Rochèl, aan Rico, aan zijn zwager met zijn ouwe-wijvenverhalen en nog het meest aan zichzelf met zijn lumineuze, 'onconventionele' invallen.

***

De aanwinsten van het laatste jaar zaten in kartonnen dozen verpakt, maar gingen daar, eenmaal uitgepakt en beschreven, niet in terug, omdat meneer Rochèl de schelpen uit zo'n doos bij soortgenoten in andere dozen of laden ondergebracht wilde zien. Zodoende lag er in een hoek van de kamer, bij de tuindeuren, een stapel afvalkarton en Rico was bezig dit karton met een touw tot een pakket bijeen te binden. Toen hij klaar was, liep hij ermee het terras op om het in het schuurtje naast de garage te gooien.

Het was zeer warm weer geworden, het leek opeens wel midden zomer. Hij had zijn T-shirt uitgetrokken en liep enkel in zijn spijkerbroek. De achterkamer waarin ze werkten lag op het zuiden en hoewel de markiezen de directe zonnestralen tegenhielden, was het er behoorlijk warm. Als je buiten kwam, bleek het echter nog veel warmer. In het korte stukje van het terras naar het schuurtje brandde de zon op zijn blote bovenlijf. Hij liep te denken aan wat de oude man net verteld had. Over een jongen op dat eiland waar hij woonde, die geen cent te makken had en in z'n vrije tijd naar schelpen dook om die te verkopen. Die jongen had op een dag de broedplaats gevonden van hele bijzondere schelpen, een stuk of zeven bij elkaar, terwijl je, normaal gesproken, al blij mocht zijn als je d'r eens per jaar zo eentje vond. En die knaap was slim, die was ermee naar zeven verschillende handelaren gegaan, want als je met alle zeven bij één handelaar aankwam, kelderde de prijs meteen, zei Rochèl; dan was het bijzondere eraf. Had-ie een enorme klap poen gevangen en gelijk een tweedehands scooter voor zichzelf en een televisie voor zijn moeder gekocht. Je had toch maar geluk als je in een land woonde waar het geld op de zeebodem lag! Zulke meevallertjes waren er hier niet bij.

Net toen hij het pak karton in de schuur had gekwakt en terug wilde lopen, draaide de MG van Bol het grindpad op en stopte naast de voordeur. Hij bleef voor de auto staan.

'Zo,' zei Bol bij wijze van begroeting, terwijl hij uitstapte en het portier dichtsloeg, 'wat loop jij er luchtig bij!'

En hij keek zo kritisch naar zijn blote bovenlijf dat Rico onwillekeurig naar beneden keek om zijn borst en armen te inspecteren. Was hij vuil of zo?

'Waar is meneer Rochèl?' vroeg Bol en keek speurend de tuin in.

Ja, die zat hier tussen de struiken, slimbo!

'Binnen.'

Ze liepen het terras over naar de achterkamer, waar Rochèl van zijn werk opkeek. 'Ah, dr. Bol. Prettig gewandeld?'

'Bijzonder, bijzonder,' zei Bol. Hij ging bij de oude man aan tafel zitten en raakte met hem aan de praat, terwijl Rico een paar grote schelpen met kwetsbare punten in papier wikkelde en in een doos inpaste. Toen hij daarmee klaar was, had hij niets meer te doen.

'Zal ik die conussen nog maar in dat laatje bij die andere stoppen, meneer Rochèl?' onderbrak hij het gesprek van de twee mannen, wijzend op een groepje terzijde liggende schelpen met één gezamenlijk formuliertje.

'Hoort u dat, dr. Bol?' zei Rochèl. 'Hij spreekt al vaktaal!'

Bol glimlachte zuinig.

'Doe dat maar, jongen,' zei Rochèl, 'daar kunnen ze inderdaad nog wel bij, lijkt me. Prima. Uitstekend. Dan zal ik eens iets te drinken inschenken.'

Terwijl Rochèl in de keuken was, liep Bol zwijgend de kamer rond, keek in openstaande dozen, trok laatjes open en viste opeens Rico's T-shirt van de grote kist waarop het lag.

'Is dat van jou?'

Ja, van wie anders?

'Zou ik maar aantrekken!' zei Bol. 'Het is hier lang zo warm niet als buiten,' en hij gooide het shirt in zijn richting.

Rico ving het verbaasd op.

'Ik zweet me een ongeluk!'

'Daarom juist,' zei Bol, aandachtig een langwerpige, mesvormige schelp bekijkend, 'da's de klassieke manier om kou te vatten. Dan loop je naar buiten in je blote lijf en bij het minste zuchtje wind heb je het te pakken!'

Er stond helemaal geen wind! Iedereen liep bij dit weer half of helemaal bloot! Maar hij zei niets en trok het T-shirt over zijn hoofd. Bol was een beetje een zeikerd. En misschien was het wel niet netjes onder dit soort lui om in je blote lijf te lopen, wist hij veel!

Ze dronken een glas cassis in de schaduw van de bloeiende meidoorn naast het terras en daarna wilde Bol met Rochèl een paar dozen in het zijkamertje inspecteren. Rico kreeg tot taak een kist met reusachtige, bruine schelpen open te maken en degenen waar geen formuliertje opgeplakt zat, op tafel uit te stallen. Toen hij daarmee klaar was, wilde hij gaan vragen wat hij nu moest doen, maar net liep hij de hal in of hij hoorde Bol in het zijkamertje zeggen: 'Akkoord. Maar het werkt toch prettiger met iemand die verstand van zaken heeft!'

Hij bleef staan. Hadden ze het over hem?

'Ik bedoel, het zag ernaar uit dat Tillens het volgende week te druk zou hebben, maar nu dat wel mee blijkt te vallen... Die jongen was maar voor tijdelijk bedoeld. Hij heeft prima geholpen, maar als het nu ook anders kan...'

Wat kregen we nou! Wilde die kloteklapper hem kwijt? Werkte hij soms niet hard? Was d'r iets te klagen?

'Jawel,' klonk de stem van Rochèl, 'maar ik vind het niet aardig tegenover Rico. Die doet zijn best. En dat niet alleen:

het gaat ook uitstekend! Hij is snel en handig en je hoeft alles maar één keer te zeggen. Dat merkt u toch ook?'

Zie je, aan die ouwe had je wat! Die deed niet zo moeilijk en achterbaks.

'Jawel, jawel, jawel...' zei Bol.

'Als ik zo onbescheiden mag zijn...' ging Rochèl verder, 'is het soms een financiële kwestie? Hij staat niet bij u op de loonlijst, dat snap ik.'

'Nee, nee,' zei Bol, 'daar gaat het niet om! Dat is het punt niet. Het gaat om... de expertise, wil ik maar zeggen.'

Ja hoor, dure woorden d'r tegenaan gooien!

'Och,' zei Rochèl gemoedelijk. 'Nou, de expertise heb ik zelf wel, de twijfelgevallen leg ik aan u voor en de schelpen die mijn vrouw zelf wil bekijken, bewaren we tot zij er weer is! Ik meen dat dat uw eigen uitgangspunt was toen u met hem aankwam!'

Zo, mooi afgebokt, eikel! Eerst 'reuzeblij' zijn dat-ie uit de brand geholpen was, bla-bla-bla, en nou kon hij ineens oprotten!

'Jawel, jawel, jawel...' gaf Bol toe.

Hij hoorde iemand door het kamertje lopen, sloop geruisloos terug de grote werkkamer in en schopte daar wat tegen de kisten. Het zat hem niet lekker dat Bol hem weg wilde hebben. De afgelopen dagen had hij juist lopen nadenken over het voordeel dat de kennismaking met de schelpendokter hem kon opleveren. Mensen als Bol had hij nooit eerder ontmoet. Lui die in een sportwagen reden en honderd gulden per dag boden om schelpjes in te pakken... wanneer maakte je dat mee? En dan nog uit Amsterdam! Als ik eenmaal voor hem werk, had hij gedacht, dan heb je best kans dat hij me in Amsterdam kan gebruiken. Hij had gezegd dat-ie zestien was en van school af, dus wie weet! Niet dat het hem nu zo ideaal leek dag in dag uit met die schelpen bezig te zijn, maar als je daar maar eenmaal werkte, vond je wel wat anders! En misschien wist Bol een kamer waar hij voor niks op mocht of zo! Dijk kwam ook vaak in Amsterdam, kende daar een hoop jongens; vrienden had je zo! In gedachten was hij al een nieuw leven begonnen, weg uit dat gat hier... en nu wou Bol plotseling van hem af! Wat had hij verkeerd gedaan?

Rochèl kwam binnen, bekeek de schelpen die hij had neergelegd en ging weer aan de grote tafel zitten. Hij praatte over ditjes en datjes, maar zei niets over volgende week en Rico aarzelde om erover te beginnen.

Zo werkten ze tot een uur of vijf. Bol bleef in het zijkamertje bezig, maar kwam voortdurend iets zeggen, vragen of pakken; één keer liet hij daarbij nog een schelp uit zijn poten vallen – niet kapot helaas – wat Rico als een soort triomf ervoer en waarbij hij haast zeker meende te zien dat Rochèl een vluchtig glimlachje met hem wisselde.

Pas toen ze gedrieën aan het eind van de middag met een glas bier op het terras zaten, in de schaduw van de overhangende meidoorn, vroeg hij: 'Moet ik morgen ook komen?'

Hij wist heel goed dat dat niet de bedoeling was; over zondag had niemand gesproken, maar hij wilde een uitspraak over maandag en de rest van de week! Hij had tot nu toe aangenomen dat-ie van het baantje verzekerd was, misschien wel voor de hele volgende week, maar na wat hij vanmiddag in het zijkamertje gehoord had, wist hij het niet meer. En hij vroeg het expres waar Rochèl bij was, omdat hij zich door hem geruggesteund voelde.

'Nee, nee,' zei Bol direct. 'Morgen niet!'

Rochèl begon zachtjes te lachen.

'Hij weet van geen ophouden, die jongen! Morgen is het zondag!'

'Zondag ken me niks verschelen!' zei Rico.

'Moet je dan niet naar het strand?'

'Naar het strand ken ik altijd nog!'

'Ik ben hier morgen de hele dag,' zei Bol, 'van 's ochtends vroeg af, dus dat is niet nodig.'

'Nee, morgen kunnen wij het met z'n tweeën wel af,' beaamde Rochèl. 'Kom maandag maar weer. Ik ben blij dat je er nog niet genoeg van hebt.'

'Oké,' zei Rico.

Hij zag Bol strak naar de oude man kijken, maar hij zei niets en Rochèl merkte het blijkbaar niet en nam een slok van zijn bier.

Ze zaten nog even en toen Rico naar huis ging, rekende Bol met hem af. Tweehonderdvijftig ballen schoon in het handje!

Rochèl liep met hem mee naar buiten en bekeek glimlachend de Yamaha.

'Draag je nooit een helm?' vroeg hij.

'Ik heb er wel een, maar dat zijn van die rotdingen!'

De oude man knikte en keek hem aan.

'Nou, tot maandag dan,' zei Rico, terwijl hij de brommer startte.

'Ja,' zei Rochèl. 'Dag Rico.'

Toen hij op de Duinweg reed, moest hij opeens aan zijn oom uit Venezuela denken. Ook op de grote vaart, net als zijn vader vroeger. Die oom had hij maar één keer gezien, jaren geleden, toen hij Rotterdam aandeed en bij hen in de woonkamer op de bank had geslapen. Toen had hij drie dagen Spaans zitten lullen met zijn vader, een hele batterij rum en pils onder handbereik.

Een rare kerel, zijn oom. Iedere keer als Rico de kamer binnenkwam, begon hij tegen hem te kletsen. Zijn vader, bij wijze van uitzondering al die tijd in een goed humeur, had het vertaald. Advocaat moest hij worden, had zijn oom gezegd. Zou hij goed leren op school, zodat hij advocaat kon worden? Hij was toen een jaar of zes, zeven, wist niet eens wat advocaat was. Een heleboel G.I. Joe-speelgoed had hij van hem gekregen, waar hij toen nog gek van was... allemaal gloednieuw uit de speelgoedwinkel! En zijn oom had nog een beetje Nederlands geleerd in die paar dagen. 'Hallo klootzak,' zei hij de hele tijd en 'Krijg de klere', want dat hadden ze hem voorgezegd.

Maar toen ze hem weggebracht hadden naar Rotterdam, naar zijn schip, waren er bij het gedag zeggen geen geintjes meer bij. Toen had zijn oom zijn vader, die half stond te janken, steeds maar enorme klappen tegen de schouder gegeven alsof hij hem omver wilde slaan en toen hij daarmee klaar was, was hij opeens door zijn knieën gezakt en had hém bij de schouders gepakt en heel ernstig 'dag Rico' gezegd, met een gezicht of hij van zijn eigen zoon afscheid nam!

Hij wist niet waarom hij daar opeens aan denken moest; het was zo lang geleden.

VI

'Niet te veel wind?'

'Nee!' riep Rochèl.

Bol keek een moment opzij.

Rochèls bruine schedel glom als een ei in de laagstaande zon. Hij zat met zijn handen tussen zijn knieën en zijn tweed jasje dichtgeknoopt – mooi weer of niet, dit bleef Holland – en keek, geamuseerd naar het scheen, vanachter zijn zonnebril naar de groepjes badgasten die bepakt en bezakt de Duinweg afkwamen. De auto's stonden op deze eerste stralende zondag van het seizoen zelfs tot hier geparkeerd. Waar de Duinweg overging in de boulevard, konden ze nog maar heel zacht rijden vanwege al het invoegend verkeer.

Het was half zeven zondagavond, de ergste stranddrukte was al voorbij, maar veel mensen gingen nu pas weg. Auto's vol roodverbrande gezinnen stonden in file voor de stoplichten. Halfblote stelletjes slenterden met hot-dogs in de hand over de weg, verfomfaaide moeders trokken zanderige kinderen voort, flarden muziek uit kolossale gettoblasters klonken op, iedere keer als er een groep opgeschoten jongens voorbij kwam.

'Scheuren ze die spijkerbroeken expres kapot tegenwoordig?' vroeg Rochèl.

'Volgens mij wel!'

'En zo groot als die jongens allemaal zijn! Reuzen zijn het!'

Over meisjes heeft hij het niet, dacht Bol.

'En die gekleurde sportschoenen hebben de meisjes evengoed aan, hè?' zei Rochèl. 'Bij ons op Mindanao dragen meisjes nooit zulke schoenen. Elegant is ook anders, vind ik.'

Ze sloegen een zijstraat van de boulevard in, waar een Chinees restaurant was dat goed moest zijn. Na een stukje doorrijden lag het rechts.

'Wat een dag...' zei Bol, dromerig in de richting van de ondergaande zon kijkend, terwijl hij de auto afsloot, kennelijk met iets van spijt in zijn stem, want Rochèl zei meteen: 'Ja, u heeft het u zélf aangedaan! U had vandaag beter aan het strand kunnen gaan liggen, dat héb ik al gezegd.'

'Oh, nee. Ik vind dat we de dag uitstekend besteed hebben! We hebben een stuk werk verzet om u tegen te zeggen!'

Ze liepen het restaurant in, waar het Chinees gezellig was en gingen tegenover elkaar zitten aan een tafeltje met een rode lampion erboven. Rochèl bestelde een 'Martini on the rocks', waar Bol om moest glimlachen. Was dat op de Filippijnen nog bon ton?

'Erg vervelend voor uw vrouw dat het zo slecht met haar zuster gaat,' zei hij, terugkomend op wat Rochèl vanmiddag verteld had over de toestand van zijn schoonzuster, die volgens de berichten van Cecile met de dag achteruitging. 'Dat moet een heel triest bezoek voor haar zijn.'

'Dat is het ook,' knikte Rochèl. 'Ik hoor door de telefoon dat het haar aangrijpt. Mij trouwens ook, hoor. Ze is eenenzestig, Titia, net zo oud als ik; geen leeftijd om al dood te gaan. Een aardige vrouw ook. Ik kende haar al voor ik Cecile kende!'

'Ach...'

'Van de tennisbaan. Op de Haagse tennisclub heb ik haar ontmoet. We waren geen van beiden sterren en daarom speelden we vaak tegen elkaar, hè? Dan werd het talent niet met ons opgescheept.'

Hij zweeg even.

'Een lieve meid. Echt verkering hadden we niet, maar via haar heb ik Cecile leren kennen.'

'Die tenniste ook?'

'Nee, nee, die hield toen een voordracht over Anna Blaman

en daar nam Titia mij mee naar toe. Ik was erg onder de indruk!'

Hij begon te lachen bij de herinnering.

'Anna Blaman?' vroeg Bol. Hij moest even nadenken. 'Die schrijfster?'

'Ja. Daar was ze weg van toen. Na de oorlog, moet u rekenen, begin jaren vijftig. Ze had een soort literaire club in die tijd; heel gezaghebbend mag je wel zeggen! Daar kwam je alleen op uitnodiging bij! Cecile was de stuwende kracht...'

De glazen werden neergezet en Rochèl keek even peinzend in zijn Martini-glas, maar toen hij weer opkeek, twinkelden zijn ogen.

'En zal ik u eens wat vertellen? Ze rookte sigaren in die tijd!'

'Nee!'

'Ja. En niet van die kleintjes ook! Echte bolknakken!'

'Hoe is het mogelijk,' lachte Bol. 'En ze heeft juist zo'n hekel aan rook!'

'Ja. Nú.'

Ze zaten beiden even te grinniken bij de gedachte aan een bolknak rokende Cecile.

'Ach,' zei Rochèl, 'mijn vrouw en haar zuster zijn altijd zeer tegengestelde karakters geweest. Ze hebben nogal eens ruzie gehad, dat wil ik niet verhelen, maar uiteindelijk zochten ze elkaar toch altijd weer op.'

'Maar... als het nu een aflopende zaak is,' zei Bol, 'moet u er dan ook niet naar toe?'

Als Rochèl naar Menton afreisde, was het hele probleem Rico opgelost, dacht hij bij zichzelf. Want hoewel hij, na de eerste schrik over het verhaal van zijn zwager, de kwestie in gedachten steeds verder had lopen relativeren (het kon soms een behoorlijke handicap zijn iets uit iemands verleden te weten; voordat je het wist ging je in een onschuldige opa-kleinzoon verhouding de gekste dingen zien!), zat de mogelijkheid dat hij inderdaad de kat op het spek gebonden had hem nog niet helemaal lekker. Als Rochèl nu ook vertrok, betekende dat weliswaar uitstel in het sorteren van de schelpen, maar dan hoefde hij zich in elk geval geen zorgen te maken dat Cecile hem het in huis halen van die jongen zou verwijten! Maar al terwijl hij het zei, wist hij dat het niet kon. De collectie alleen achterlaten, dat zou Rochèl nooit doen. Daar had je het nadeel van dat idiote 'huis aan zee' alweer levensgroot! Als de schelpen gewoon naar het museum gebracht waren, hadden die twee nu samen in Menton kunnen zitten!

'Dat kan toch niet,' zei Rochèl dan ook, 'een van ons moet bij de schelpen blijven.'

Hij glimlachte.

'Mijn vrouw heeft zelfs het hele vriesvak van de koelkast met diepvriesmaaltijden gevuld, opdat ik maar zo min mogelijk de deur uit hoef! Zo huiverig is ze om de schelpen alleen te laten.'

Bol knikte.

'Maar u heeft gelijk...' zei Rochèl. 'Het spijt me dat ik daar nu niet zijn kan. Nu spreek ik Titia alleen soms even door de telefoon.'

Hij staarde een moment melancholiek in zijn glas, maar toen werd hun een gevuld deegdraakje voorgezet, bij wijze van voorafje, en raakten ze aan de praat over bijzondere gerechten. Rochèl vertelde over de vroegere kokkin op Curaçao, die de schelpdieren in de Strombus gigas bakte als schnitzels of er ook wel bouillon van trok en weidde daarna beeldend en verlekkerd uit over het visaanbod op de Filippijnse markt. Als je alleen met hem was, kon hij bepaald onderhoudend zijn.

De rijsttafel was voortreffelijk. En de anderhalve fles witte bordeaux die ze er samen bij soldaat maakten eveneens. Rochèl werd er vrolijk van. Toen ze aan het eind van de maaltijd het laatste bodempje uit de glazen dronken en hij, bij het terzijde schuiven van een schaaltje, iets van tafel liet vallen, riep hij uit: 'Ai, mijn bril pleurt op de grond!'

Bol verwerkte de mededeling.

'Kent u het werkwoord pleuren?' lachte Rochèl toen hij weer opdook en de gevallen zonnebril met zijn servet begon op te wrijven.

'Jawel,' zei Bol, 'dat zegt Rico zeker!'

'Ja. Voor mij was het nieuw. Ik ken al die woorden niet! De doodenkele Nederlandse krant die wij lezen, daar staan ze niet in. Maar ik vind ze prachtig, eerlijk gezegd! Ergens in pleuren... een krachtig woord toch? Sterker dan "donderen".'

Hij zat zachtjes voor zich heen te grinniken.

'Zo weet ik bijvoorbeeld ook dat die vriend van hem, die in een berg visafval gepleurd was, een dag later nog meurde!'

En hij schoot hevig in de lach.

Er was iets wonderlijks met het gezicht van Rochèl: als hij lachte was hij veertig jaar jonger. Dan glom er licht in die smalle ogen alsof er daarbinnen een lamp werd aangeknipt en dan deformeerde het hele netwerk van rimpeltjes zich, waardoor hij eensklaps een schooljongen leek, door een zeldzame ziekte verouderd voor zijn tijd.

Het was dit gezicht dat Bol opnieuw verontrustte.

'U heeft wel plezier in hem...' zie hij vorsend.

'Natuurlijk!' zei Rochèl. 'Hij ís ook om plezier in te hebben! De manier waarop hij kijkt als hij weer eens bij zichzelf staat te bedenken wat voor halve gare ik ben!'

En hij schoot nogmaals in de lach.

'...wat voor neurt ik ben, om in stijl te blijven!'

Bol lachte mee.

'U houdt hem toch wel een beetje strak?' vroeg hij toen.

'Strak?' lachte Rochèl. 'Nee! Maar maakt u zich niet ongerust. Ik zal heus wel op mijn portefeuille letten!'

Zijn gezicht onder de rode lampion werd weer ernstig en hij leek weer de stoïcijnse, oude pindaman, met zijn schuin hangende oogplooien of de heilige Indian Chank van vergeeld ivoor vol kleine haarscheurtjes.

'Ik breng hem niet in verleiding, hoor!' voegde hij eraan toe, met nauwelijks waarneembare spot in zijn ogen.

Sfinx, dacht Bol.

***

Hoewel dr. Bol niets te verwijten viel – integendeel, ze hadden er een vruchtbare dag op zitten en genoeglijk en smakelijk gegeten – was Rochèl blij dat hij nu alleen was. Het liefst was hij bij thuiskomst regelrecht doorgelopen naar de achtertuin om tussen de duinen door naar de zee te kijken, maar dat kon niet. Cecile moest gebeld worden.

Hij liep naar binnen en draaide het nummer in Menton.

'Ik had jóu al gebeld, maar je was er niet!' zei Cecile toen hij haar aan de lijn kreeg.

Nee, hij had met Bol een rijsttafel gegeten in het dorp. Ze hadden zo hard gewerkt vandaag dat ze dat wel verdiend hadden. Een hele kast Voluten weggewerkt!

'Toch niet de Lyria's die ik op de Seychellen opgedoken heb?' riep Cecile meteen. 'Daar moet ik nog een heleboel bij noteren!'

Nee, die niet. En hoe was het met Titia?

Het werd steeds minder, zei Cecile. Ze zou veel meer rust om zich heen moeten hebben, van vermoeidheid verviel ze in momenten van bewusteloosheid. Maar ja, eigenwijs, hè? Iedereen moest maar om dat bed zitten! Kinderen, kleinkinderen, vrienden, kennissen, wie er maar langskwam. En zijzelf was door Titia's aap gebeten, toen ze geprobeerd had dat ongemanierde beest een tros druiven af te pakken. Ze liep nu met haar duim in het verband.

Toen ze alles verteld had, was het even stil. Nu begint ze erover, dacht hij.

'En komt dr. Tillens morgen?' vroeg Cecile.

'Ja,' zei hij, 'de hele middag.'

'Fijn,' zei Cecile. 'Dus die jongeman uit het dorp komt niet meer?'

'Oh, jawel,' zei hij luchtig. 'Die kunnen we er best nog bij gebruiken.'

'Je werkt anders beter met z'n tweeën dan met z'n drieën!'

'We werken ook met z'n tweeën, maar hij doet dan het zwaardere werk. Hij heeft alles in de hal netjes opgestapeld bijvoorbeeld en hij maakt de kisten open en plakt de dozen af.'

'Hm.'

'We hebben geen last van die jongen, hoor. Ik bedoel: we hebben een hoop gemak van hem!'

'Oh. Ja,' zei Cecile.

Ze zwegen even en hij vroeg of hij Titia nog kon spreken.

Dat kon; er klonk geschakel en gezoem over de huistelefoon.

'Dag, Edu.'

Titia had hem haar leven lang Edu genoemd. Maar nu zei ze het met een nauwelijks hoorbaar stemmetje, als van een kind dat eigenlijk al sliep.

'Dag Titiana.'

'Jammer... dat ik je... niet meer zie... voor ik doodga,' klonk het moeizaam.

'Kom nou, meisje,' zei hij, 'zo'n vaart zet je er toch niet achter? Misschien zien we elkaar nog over een paar weken! Als de collectie veilig en wel in het museum is, kom ik meteen naar Menton!'

De huichelachtigheid tegenover een stervende. Ontkwam je daar niet aan?

'Nee,' zei Titia simpel.

Toen begon ze zachtjes te lachen.

'Edu,' zei ze, 'weet je nog... van die kip? Die kip van het medium?'

Hij wist direct waar ze het over had, al was het haast veertig jaar geleden en had hij zelden meer aan die kip gedacht.

'Je bedoelt die gematerialiseerde, biofysische projectie van een onstoffelijke realiteit? Die eh... die efemere kip?'

Titia begon zo te lachen dat ze het hoorbaar moeilijk kreeg en een andere stem op de achtergrond maande tot ophouden.

'Ik... zeg je maar... gedag,' zei ze.

'Dag meisje, tot ziens. Houd je maar taai!'

Hij kreeg Cecile weer, die zei dat hij Titia niet zo moest opwinden en spoedig daarna hingen ze op.

Hij verliet het huis weer via de keuken, sloot de deur af en wandelde de achtertuin door. De mei-avond was van een uitzonderlijke lieflijkheid, vol frisheid en geuren. Hij liep langs de vijver, tuurde even in het zwarte water, maar zag de vissen niet. Achter in de tuin stapte hij over het prikkeldraad, beklom het duin en keek naar de zee. Het was al donker, maar rechts hing nog een licht, violet waas over zee en links was de maan opgekomen, die een brede baan over het watervlak wierp, alsof daar een weg liep.

Op het strand was nog volop leven. Groepjes mensen wandelden langs de vloedlijn, kinderen zaten elkaar achterna, hun stemmen klonken als vogelkreten op. Een jongen in witte broek en wit truitje, gevolgd door een wit hondje, kwam hard rennend langs, maar bleef plotseling staan om buig- en strekoefeningen te doen, waarbij het hondje nerveus ging staan blaffen.

Hij liep van de duintop omlaag in de richting van de zee, over een slingerpaadje door de duinen dat naar een stenen strandtrap leidde, en dacht aan Titia. Aan die kip van veertig jaar geleden, die een van hun gezamenlijke herinneringen uitmaakte, en waaraan ze kennelijk dezer dagen, aan het eind van haar leven, had liggen denken.

Cecile flirtte in de tijd dat hij haar pas kende met het spiritisme. Voor ongeveer dezelfde vriendenkring die de literaire club vormde – waarover hij dr. Bol toevallig vanavond had verteld – organiseerde ze af en toe séances, waarbij altijd hetzelfde medium werd uitgenodigd: een schriele, scherp van de tongriem gesneden vrouw, die eruitzag alsof rondkomen met het huishoudgeld en het uit de kroeg houden van haar man haar voornaamste bezigheden waren, maar die in het Den Haag van die dagen als buitengewoon 'mediamiek' te boek stond. Tijdens de séances hadden zich opzienbarende verschijnselen voorgedaan die het ordinaire wandelen van een glas over tafel verre overtroffen. Onzichtbare vingers hadden afdrukken gemaakt in een bord met meel, een tafelkleedje had zich geheel op eigen houtje opgerold en een van de deelnemers had zelfs, naar Rochèl verteld was, een klap van een onstoffelijke hand moeten incasseren. Hij had zich laten overhalen een bijeenkomst bij te wonen en juist die avond had het medium een kip meegebracht. Die kip diende gezien te worden als 'materialisatie', als stoffelijk omhulsel van een onstoffelijke intelligentie en wel die van de geest die de taak op zich genomen had de Haagse dame in het geestenrijk te introduceren. Het was ook geen gewone kip – die daar wellicht te banaal voor zou zijn – maar een 'zijdehoen' als hij zich goed herinnerde; een kip die eerder haren, zilverwitte haren, leek te hebben dan veren en op blauwe lellen kon bogen. Tijdens de séance, waarbij de deelnemers een kring van handen moesten vormen, scharrelde de kip door de kamer. Op zeker moment had hij zijn benen andersom over elkaar willen slaan en daarbij onvoorzien de kip getroffen die juist onder tafel bleek te lopen! Het dier gaf een geaffecteerde tok en fladderde op tussen hun onderbenen. Hij had zich onder tafel gebogen en beleefd gezegd: 'Neemt u me niet kwalijk!', waarop Titia, die naast hem zat, in zo'n onbedaarlijke slappe lach was geraakt, dat het medium de séance als beëindigd verklaard had; zodat Cecile kwaad op hen allebei was.

Hardop grinnikend bij de herinnering aan het voorval liep hij de strandtrap af. Maar zijn gedachten bleven hangen in die tijd.

Hij was vierentwintig geweest toen hij trouwde, vrij jong nog. Cecile was negenentwintig. Een opzienbarend huwelijk destijds, want Cecile was een veelbesproken persoonlijkheid in Den Haag. Telg uit de roemruchte, oorspronkelijk uit de Elzas stammende champagnefamilie Rondee; oudste dochter uit een zeer vermogend, maar zeer onconventioneel bankiersgezin, waar af en toe voor de lol met het servies gegooid werd en waar de twee dochters naar hartelust de spot konden drijven met 'de goede partij' die ze waren door het dragen van buitenissige japonnen en hoofddeksels, het organiseren van nachtelijke expedities door het duingebied of door zich tot het boeddhisme te bekeren.

Het was iedereen onduidelijk waarom Cecile – de sigarenrokende, om haar eigenzinnigheid en scherpe tong gevreesde

Cecile – hém ten slotte uitgekozen had om mee te trouwen. Zelf had hij daar ook geen overtuigende verklaring voor. Hij mocht haar graag en zij was van het begin af aan aardiger tegen hem dan tegen andere jongemannen en had hem direct van de veel jongere, ingetogener Titia losgeweekt, die naar haar zeggen 'een flinke kerel' nodig had. Het kwam erop neer dat zij eenvoudigweg haar oog op hem had laten vallen. Hij had haar eigenlijk niet gevraagd en kon zich evenmin herinneren dat Cecile hem gevraagd had, maar dat was ook niet nodig: als Cecile uitmaakte dat er getrouwd werd, dan werd er getrouwd! Bovendien was zijn moeder ermee ingenomen en hij stond destijds nog zeer onder invloed van zijn moeder. Zij was een teruggetrokken, ernstige vrouw, die zich aan de antroposofie wijdde en hem vrijwel alleen opgevoed had. Zijn vader had hij niet vaak gezien. Die was advocaat in Brussel, niet wettig van zijn moeder gescheiden, en leidde sinds jaar en dag een eigen leven, waarvan Eduard de losbandigheid pas als student was gaan vermoeden, want zijn moeder had er altijd over gezwegen als het graf.

Uiteenlopender karakters dan zijn moeder en Cecile waren haast niet denkbaar, maar zijn moeder was zeer op Cecile gesteld geweest. Rijkdom kon haar niet veel schelen – minder dan andere mensen althans – en op het uiterlijk lette zij nooit, maar ze had kennelijk oog voor het eerlijke, het pure in Cecile, voor haar originele en onbedorven kern; en dat van die sigaren had ze nooit geweten. Achteraf geloofde hij ook dat zijn moeder, al haar antroposofie ten spijt, het in stilte wel toejuichte dat haar aarzelende, zwijgzame dromer in handen gevallen was van een kordate, eigenzinnige vrouw die de wereld ongegeneerd naar haar hand zette. Wie weet had ze dat eigenlijk zelf ook wel willen doen! Hoe dan ook, zij had hen, vol vertrouwen in de verbintenis, uitgewuifd naar Athene, zijn eerste post, en was spoedig daarop overleden.

Maar van het begin af aan was hun huwelijk wat eigenaardig geweest. Zij consumeerden het niet, zoals dat destijds nog heette. In de bijna veertig jaar dat ze nu getrouwd waren, had hij misschien veertig keer het bed met Cecile gedeeld en dan haast nog uitsluitend in de eerste twee jaren. Cecile 'hield er niet van'. Ze had al snel ruiterlijk toegegeven dat zij in dit opzicht faalde als echtgenote en met onthutsend aplomb te kennen gegeven dat hij zich daar niets van aan moest trekken en haar maar gewoon moest 'compromitteren'. Ze wilde niet dat hij onder haar gebrek aan passie leed en 'naar' vond ze het nu ook weer niet! Dat was gemakkelijk gezegd. Hij was – ongelooflijk, zelfs voor die tijd – als maagd het huwelijk ingegaan en zou enige inwijding van haar kant wel hebben kunnen gebruiken. Voor 'compromitteren' was hij het type niet. En zo hadden ze er gaandeweg gewoon van afgezien.

Het eigenaardige was dat hij daar nauwelijks onder leed. Hij had wel eens gefantaseerd over andere vrouwen en soms flakkerde zijn belangstelling voor die of gene een beetje op, maar het kwam nooit ergens van. Cecile wist en waardeerde dit, zonder er trouwens ooit over te spreken. Ze werd dik, begon in die tijd met de schelpenverzameling en als lichamelijke hartstocht ooit ter sprake kwam, duidde zij het aan met 'die dierlijke gevoelens' of 'de onderworpenheid aan het lichaam' en deed hem in dat opzicht aan zijn moeder denken. Kinderen pasten niet in hun leven, dus die misten ze niet. Hij was druk met zijn werk en Cecile was druk met het koeioneren van vissers, handelaren en personeel, het stichten van verenigingen tot bescherming van zeeschildpadden, voedselverstrekking aan zwerfhonden of het uitgeven van malacologische bladen in eigen beheer.

Pas op zijn achtendertigste werd alles anders.

Hij daalde de stenen strandtrap af en liep door het mulle zand. Op ieder zandstrand waar hij kwam, vooral in de schemering, betrapte hij zich erop naar spookkrabben te lopen turen, zelfs in Holland. Een erfenis uit het Caraïbisch gebied. Op verlaten stranden schoten daar de spookkrabben uit hun zandholen, zo tussen je voeten door en zo snel dat je ze amper goed zag. Razendsnel scharnierende poten en grote, bolle ogen op steeltjes waren het enige dat je zag wegrennen. Soms klommen ze, in datzelfde tempo, in de mangrovebomen en bleven daar roerloos zitten, wachtend op insekten. Cecile was altijd heel nuchter als het ging om schelpdieren, spinnen, schorpioenen en wat dies meer zij, maar op Curaçao had ze, op plaatsen waar spookkrabben te verwachten vielen, ten slotte alleen nog maar met een stok willen lopen, als een blinde links en rechts met de punt voor zich uit in het zand slaand.

Het was opeens minder druk geworden. De wandelaars en de kinderen leken zich op te lossen. De hardloper in het wit liep al een eind verder, gevolgd door het witte hondje. Het strand droeg de sporen van een lange, warme dag. Het leek wel een omgeploegd veld; overal kuilen, geulen en ingestorte burchten. Er riepen nog wat late meeuwen in de lucht en een groepje strandpleviertjes stond ijverig in een tractorspoor te pikken.

Hij bleef bij de vloedlijn staan en keek over de zoetjes aanrollende, donkere golven naar de maan. De verlichte weg was, zo dicht bij het water, veel minder duidelijk te zien.

Altijd als hij aan Sarah terugdacht, voelde hij nog wroeging; waarschijnlijk omdat hij haar zo teleurgesteld had.

Sarah was Française, violiste en zevenentwintig jaar toen hij haar leerde kennen. Roodbruine krullen, ogen als viooltjes en als er iets mis ging, sloeg ze driftig met haar hoge hakken tegen de vloer. Ze was in haar eentje in Washington en in vervelende juridische moeilijkheden verwikkeld... reden misschien waarom ze zich aan hem had vastgeklampt met een tederheid waarvan hij eigenlijk nooit helemaal geloofd had dat die voor hem bedoeld kon zijn. In ieder geval bleken zijn verwaarloosde amoureuze gevoelens nog lang niet dood. Drie, vier maanden van geheime afspraken, trillende omhelzingen, haastig uitkleden... Haar mond die krulde in de hoekjes, dat geurige, rosse haar, die witte hals vol sproeten, waar een diamanten kruisje aan een gouden kettinkje hing, haar kleine borsten en sterke, slanke benen die ze zo ongeduldig om hem heen sloeg, het hese Frans dat zij begon te lispelen... Kortom: onderworpenheid aan het lichaam. Hij had op haar gereageerd als een verdorstende die een kruik water aangereikt krijgt; zeker de eerste weken. Ze was lief en intelligent en had een prachtige zangstem waarmee ze wel liederen van Schubert voor hem gezongen had in het meest erotische Duits dat hij ooit gehoord had. Ja, als er één vrouw was die een man gek van geluk kon maken, dan was het Sarah wel.

Maar hij was niet gek van geluk. Hoe meer hij haar zag, hoe aanhankelijker ze zich tegen hem aandrukte, hoe duidelijker hij voelde dat er iets ontbrak. Een kwellend gevoel van gemis, een pijnlijke leegte, die hij zelf niet begreep. Ze ontroerde en vertederde hem met haar lieve woorden, haar meisjesachtige genotzucht, haar ernst en haar vrolijkheid, maar bij elke omarming, als ze begon te fluisteren en zich strekkend en wentelend voegde naar zijn lijf, voelde hij het: hij verlangde naar een vervulling die zij niet kon geven. Wat was er mis? Was hij een ongeneeslijke romanticus die bleef verlangen naar het onbereikbare? Die idealiseerde en projecteerde en niet meer bij machte was het geluk in de realiteit te vinden? Was hij de liefde misschien ontgroeid of er gewoon ongeschikt voor? Niet voor niets was hij een man die zich in een huwelijk zonder seksualiteit geschikt had! Als hij werkelijk naar een innige relatie met een vrouw verlangde, dan zou hij toch al veel eerder een vriendin gezocht hebben? Die zogenaamde onvervuldheid, dat gemis, het gevoel dat juist datgene waar het om ging ontbrak, was niets anders dan het besef dat hijzelf niet tot een verhouding van vlees en bloed in staat was, ondanks de aanvankelijke schijn van het tegendeel!

Nog lange tijd nadat hij Sarah had laten gaan, dacht hij aan haar en bleef het besef kwellen dat juist zij die hem alles geboden had wat hij jarenlang ontbeerd had, hem zo'n pijnlijk gevoel van onvolledigheid had gegeven. Hij leefde verder naast Cecile, als een broertje naast een grote zus. En als hij, op het strand gezeten, toekeek hoe haar zwemvliezen boven water tegen elkaar klapten bij het duiken naar een schelp, dan wist hij dat hij van haar hield. Maar het werd niet meer zoals het geweest was, de onrust bleef en het gevoel van onvervuldheid werd alleen maar groter.

Totdat alles opeens heel duidelijk was.

Vakantie in Mexico. Een stoffig kerkplein met bomen waar wrakke zitbanken omheen waren getimmerd. Hij was alleen; bij toeval verzeild geraakt in een uithoek van een kleine stad aan de kust. De zon was al onder, maar het was nog niet donker. Het kerkje was geschilderd in felle kleuren en er klonk gezang uit. Toen dat ophield, gingen de deuren open en kwamen de mensen naar buiten. Het plein was opeens vol kerkgangers, die nog even stonden te praten, maar zich al snel verspreidden. Na tien minuten was iedereen verdwenen op een groep jongens na, die bleef rondhangen onder de bomen aan de overkant van het plein. Ten slotte kwam de priester de kerk uit en beende met grote stappen het plein over, langs de jongens, die hem beleefd groetten. Maar nauwelijks was hij tussen de bomen verdwenen of het groepje haalde grote proppen papier te voorschijn, stak een ervan in de fik en begon ermee te voetballen. Vonken en flarden brandend papier vlogen over het pleintje. De jongens lachten en renden elkaar voor de voeten en hadden enkel oog voor hun vuurbal. Geloei klonk op als een van hen zo hard tegen de prop trapte dat die in een regen van vonken uit elkaar spatte. Dan staken ze een nieuwe aan en begonnen die weer, voorzichtig, maar welgemikt, naar elkaar toe te schoppen. Eén knaap kreeg een brandend stuk papier in zijn gezicht. Hij sloeg het direct weg, trok meteen zijn blouse uit en zwaaide daarmee rond om zich tegen rondfladderend vuur te beschermen. Ook de anderen trokken blousjes en T-shirts uit, sloegen ermee naar vliegende vuurdeeltjes en naar elkaar en brulden van het lachen. Hun gezicht, borst en armen zaten onder de roetstrepen.

Op zeker moment waren drie, vier vuurballen tegelijk in het spel en een ervan was tot vlak voor zijn voeten gerold. Een kleine jongen, het bovenlijf glanzend van het zweet en ogen stralend van fanatisme, stond plotseling voor hem en aarzelde een seconde. Hij had de vuurbal naar de jongen toe geschopt. Die lachte naar hem, trapte de bal meteen door naar een ander en was weer verdwenen.

Toen de voorraad proppen op was en het pleintje bezaaid lag met verbrand papier verdwenen de jongens, op een paar na die op een bank aan de overkant wat bleven smoezen en tersluiks in zijn richting keken. De kleine, donkere jongen die de prop opgehaald had, was erbij. Na een paar minuten verdwenen ze, behalve de kleine donkere, die een felrood truitje over zijn bezwete lijf had aangetrokken en naar hem toe kwam slenteren. Hij was bij hem op de bank gaan zitten en had met een behaagziek lachje gevraagd: 'You... USA?'

Je kon wel stellen dat 'laatbloeier' een eufemisme was in zijn geval. Wat een Mexicaanse straatjongen van twaalf, dertien jaar in één oogopslag doorhad, daar had hij veertig jaar voor nodig gehad.

De zee spoelde tot aan zijn schoenen. Hij bukte zich om een zware, met kokerworm begroeide mossel op te rapen en stak hem in zijn zak. Toen keerde hij zich om en liep terug naar de trap. Het was nu vrijwel helemaal donker op het strand. In de verte begon het hondje van de hardloper weer te blaffen – tijd voor de buig- en strekoefeningen – maar man noch hond was meer te zien. Hij volgde het duinpad, beklom even later het duin dat aan de achtertuin grensde en bleef op de top nog een moment staan. Aan de ene kant lag de zee, aan de andere kant de donkere villa met de tuin eromheen.

Wat voor wonderlijk vacuüm in zijn leven was dit: opeens alleen in een vreemde villa aan de Noordzee, als schelpenbewaker. Cecile ver weg, aan het sterfbed van haar zuster. Hij haalde zich het huis op Mindanao voor de geest en zijn boot en de schipper... maar het leken beelden uit een ver verleden, een ander leven. Goed bewaarde herinneringen aan een droom. En dat hij daar over een paar weken, maanden, weer zou wonen met Cecile, zou uitvaren en het net legen, dat was een onwezenlijke gedachte, iets onvoorstelbaars, alsof hij hier, aan de

Noordzee, in deze villa met de rieten kap, inderdaad in een tijdelijk luchtledig was terechtgekomen, een leven in een leven, dat geen enkele connectie had met wat ervoor en erna kwam.

Hij daalde het duin af, stapte over het prikkeldraad en liep door de achtertuin op het donkere huis af, maar ging nog niet naar binnen. Hij slenterde er wat omheen en stuitte opnieuw op het slipspoor van Rico's brommer in het grind. De jongen zette zijn brommer steeds op dezelfde plaats neer, schuin tegenover de voordeur, en omdat hij 's avonds niet erg zachtzinnig wegreed, was er al een soort geul in het grind ontstaan.

Hij leunde tegen de muur van de keuken en zag voor zich hoe Rico de brommer aantrapte, hoe hij één ogenblik met zijn hele tengere lijf op het pedaal hing... hij zag het jack vol glimmend metaal, met schouderstukken die de jongen twee keer zo breed maakten als hij was... het glimmende, achterovergekamde haar dat in de nek een beetje opgeschoren was, zodat je de nekwerveltjes in het kuiltje van het achterhoofd zag verdwijnen...

En plotseling brak een enorme vreugde in hem baan, een kinderlijke, verwachtingsvolle vreugde als van een jongetje dat aan de vooravond van zijn verjaardag stiekem een glimp opvangt van de glanzende, nieuwe fiets die men voor hem verborgen probeert te houden. Hij voelde zijn hart slaan, kneep in de mossel, die hij nog steeds in zijn zak had, zodat de randen van de kalkachtige kokerwormbouwseltjes in zijn duim kwamen te staan en was overweldigend blij: roekeloos, onverantwoordelijk en onverstandig blij. Dat het morgen maandag was en dat er een lange dag in de schelpenkamer aanbrak! Dat dr. Bol de hele dag wegbleef en hij Rico de hele lieve, lange dag voor zichzelf had! En God geve ook de dinsdag!

Verder durfde hij niet te denken.

VII

Zelfs zo vroeg in de ochtend, net kwart over acht, was de wind al lauw. De lucht was wolkeloos, de meeuwen lichtten spierwit op in de zon.

Rico speelde lonely biker op de Duinweg, zonder evenwel het achteropkomend verkeer uit het oog te verliezen, want je wist nooit of de surveillancewagen niet eens een andere route nam en al vroeg in de ochtend het dorp uitreed. Zijn jack flapperde los in de wind. Zijn Terminatorbril, die toch al iets te wijd was, woei haast van zijn hoofd, maar het was juist de sport om je gezicht zo tegen de wind te blijven houden dat dat niet gebeurde. Hij dacht aan gisteren, aan de groep meiden die ze op het strand hadden lopen opstangen door telkens de bal tussen hen in te schoppen. Dijk, Krokewit en Zafer vielen op een paar zware blondines, maar hij vond een kleintje het leukst, met bruin haar, gouden oorringetjes en witte punttietjes. De blonde grieten hadden uiteindelijk de bal niet meer willen teruggeven en waren, zogenaamd nijdig, met handdoeken beginnen te meppen, maar die kleine deed niks, alleen een beetje lachen. Hij had er maar wat bijgehangen en zich beperkt tot commentaar op het gedonderjaag van de anderen en ook later, toen ze hun handdoeken naast die van de meiden gelegd hadden, wist hij niet goed wat hij tegen haar moest zeggen. Uiteindelijk waren ze trouwens weggelopen – natuurlijk weer dankzij Zafer, die met een paal in z'n zwembroek van hier tot Den Helder tegen een van die grieten d'r benen was gaan liggen oprijden, de geile gorilla – dus toen hoefde het al niet meer, maar het viel nog niks mee met meiden.

Hij was bij de villa, draaide het grindpad op, zette de brommer bij de voordeur en trok hem op de steun. Terwijl hij naar de deur liep om aan te bellen, werd vanuit de achtertuin zijn naam geroepen. Rochèl stond achter de struiken bij de vijver.

'Je bent vroeg!' zei hij, toen Rico de tuin kwam inlopen.

'Ik was al vroeg op. Dus ik dacht: ik gaan maar vast!'

Wat had die ouwe nou in zijn hand? Een dooie vis in een boomblad?

'Moet je es kijken,' zei Rochèl. 'Knapen van goudvissen zitten hierin en ze zien d'r zo gezond uit als... als een vis! Maar iedere dag is er een dood! Soms wel twee. Ik snap er niks van. Toen we hier kwamen, waren het er wel vijfentwintig, nu nog tien, twaalf hooguit. Waar zou dat nou aan liggen?'

Rico tuurde in de vijver. Een paar felgekleurde goudvissen, knapen inderdaad, zwommen traag door het donkere water en lieten de ochtendzon op hun schubben weerspiegelen. Twee, drie kleintjes schoten achter elkaar aan – vurige lichtflitsjes in het zwart – en waren weer verdwenen.

Hij haalde zijn schouders op en keek Rochèl aan, die naast hem stond en naar hem keek alsof hij een raadsel opgegeven had en benieuwd was of hij de oplossing wist.

'Weet ik veel. Hebben ze wel genoeg te vreten?'

'Dat moet toch? In zo'n flinke vijver! In het begin heb ik ze trouwens brood gegeven, witbrood, en toen begonnen ze juist dood te gaan.'

'Dan kennen ze niet tegen witbrood!'

'Dat lijkt me sterk! Karperachtigen, die kun je toch gerust een stukje witbrood geven? Maar eerlijk gezegd dacht ik ook al zoiets, dus ik voer ze al meer dan een week niet. En nog gaan ze dood!'

Rico ging op zijn hurken zitten en roerde met een takje in het water.

'Steeds van die grote?' vroeg hij met een blik op de vis die Rochèl vasthield.

'Voornamelijk. Twee keer waren het kleintjes, maar voor de rest telkens grote.'

'Dat zijn de ouwe natuurlijk! Die zijn gewoon oud!'

'Ja, oud, goed, tot je dienst,' zei Rochèl, 'maar gaan ze dan opeens allemaal tegelijk? Alsof ze een precies aantal dagen toegemeten hebben gekregen en als die om zijn: hup... ffftt... weg jij, je tijd is om! 't Zijn geen gloeilampen!'

Rico kwam weer omhoog.

'Nou, misschien zit er dan wel zo'n geniepig Conusje onder water met zo'n harpoenslurfie. Dat die ze verrot steekt as ze langszwemmen!'

'Hi-hi,' lachte Rochèl, 'hi-hi-hi-hi.'

Hij boog zich naar het water, zodat de schouder van zijn jasje langs Rico's jack gleed en even bleef haken aan een metalen plaatje. Er kwam een lusje aan de stof, waar hij lachend overheen wreef.

'Heb je al ontbeten?' vroeg hij toen.

'Ik eet nooit niks 's morgens.'

'Dat is helemaal verkeerd!' riep de oude man uit. 'Laat mij maar eens wat klaarmaken. Ik moet zelf ook nog ontbijten.'

Ze liepen via de keuken het huis binnen. Rochèl rolde de vis in een stuk krant en gooide hem in de afvalbak. Daarna ging hij ontbijt maken, maar omdat Rico iets omhanden wilde hebben, liet hij hem eerst in de werkkamer zien waarmee hij alvast kon beginnen. In een hoek stond een flinke, houten kist die leeg moest, want dat was een prima verzamelkist voor alle Conusschelpen uit de dozen 'ongeregeld goed' die niet ingepast konden worden in andere dozen of laden. En wat er nu inzat kon best over een paar overgeschoten dozen verdeeld worden. De inhoud was eigenlijk te onbelangrijk voor zo'n goede kist.

'Er zitten dakpannen in,' zei Rochèl.

'Dakpannen?'

'Zo noem je ze. Op sommige plaatsen in de Filippijnen zie je nog oude huizen die ermee bedekt zijn, hele kerken zelfs. Het zijn nuttige dingen, maar een soort bulkgoed. We hebben er ook veel te veel. Het deksel is trouwens kapot, zie je dat?'

'Dat ken je zo maken,' zei Rico, 'die scharnieren zitten d'r niet goed aan, dat doe ik straks wel even.'

Hij zette de tuindeuren wijd open en begon de kist leeg te halen. De 'dakpannen', grote, platte, nogal grove schelpen, waarvan alleen de binnenkant wel mooi was vanwege het parelmoer, zaten met zo'n twintig stuks tegelijk in ribbelkarton gewikkeld; hij pakte ze over in kartonnen dozen, die direct afgeplakt konden worden; de dakpannen waren de moeite van het beschrijven niet waard, had Rochèl gezegd.

Terwijl hij bezig was, drongen vanuit de keuken de geuren van koffie en gebakken eieren met spek tot hem door en eerlijk gezegd liep hem het water in de mond.

Omdat de kartonnen dozen vrij slap waren en nu, zo volgestouwd met dakpannen, wel erg zwaar, moest er voor de zekerheid maar een stuk touw omheen. Op tafel lag een klos, maar nergens viel de schaar te bekennen. Hij aarzelde even, maar haalde toen zijn stiletto uit zijn zak, knipte hem open, sneed een stuk touw af en bond het om de eerste doos.

Toen hij het laatste touw had afgesneden en het mes weer terugklapte, stond Rochèl in de deuropening. Hij zag dat de oude man het mes al gezien had voordat hij het terug in zijn zak kon steken en vond dat vervelend. Stiletto's pasten niet in deze omgeving. En Rochèl had er niks mee te maken dat hij er een had.

'Kom je?' vroeg Rochèl. 'Het ontbijt is klaar.'

Rico omsnoerde de laatste doos met touw en liep naar de keuken. Op tafel stonden twee borden met gebakken eieren met spek en een broodrooster waarin, net toen hij binnenkwam, twee geroosterde boterhammen naar boven schoten. Rochèl schonk koffie in.

Dat Rico 's morgens nooit at, zou je niet gezegd hebben. Hij at er zijn vingers haast bij op, zodat Rochèl met een glimlachje aanbood nog een portie voor hem te bakken.

'Nee,' zei hij, 'bedankt. Maar ik wil nog wel zo'n boterham as het mag.'

Er waren alweer twee nieuwe geroosterde boterhammen omhooggekomen en die vond hij buitengewoon lekker. Waarom hadden zij thuis niet zo'n ding?

Hij wees naar een glazen schaaltje op tafel.

'Zijn dat gestampte muisjes?'

'Dat is suiker,' zei Rochèl, 'poedersuiker.'

'Dan neem ik dát toch...' zei Rico.

'Gestampte muisjes,' zei Rochèl. 'Ach ja, gestampte muisjes, dat weet ik nog. Hou je daarvan?'

'Ja,' zei Rico en hij grijnsde, omdat het eikelig was om dat te moeten toegeven.

Rochèl zat hem van terzijde op te nemen, terwijl hij suiker over het brood strooide, de boterham dubbelklapte en erin hapte. Hij merkte het wel, maar het stoorde hem niet. Die man keek nou eenmaal zo.

'Waar heb je zo'n hartsvanger voor nodig, jongen?' vroeg de oude man opeens.

Rico begreep onmiddellijk waar hij het over had, hoewel hij het woord nog nooit gehoord had.

'Zo'n wat?'

'Dat mes.'

Hij haalde zijn schouders op.

'Gewoon.'

En omdat Rochèl hem bleef aankijken, vroeg hij: 'Wat bedoelt u met "hartsvanger"?'

'Een hartsvanger, dat is een speciaal soort mes. Ik geloof dat ze dat bij de hertejacht gebruiken.'

'Oh'.

'Maar jij jaagt niet op herten, neem ik aan.'

'Nee.'

'En het is natuurlijk ook geen hartsvanger.'

Rico haalde opnieuw zijn schouders op.

'Maar een stiletto...'

Rico keek hem aan.

'As u dat zo goed weet,' zei hij brutaal, 'waarom vraagt u dan wat ik met een hartsvanger moet?'

Rochèl glimlachte.

'Goed. Wat moet jij met een stiletto?'

'Touwtjes doorsnijden,' zei Rico, maar omdat dat te flauw

was, voegde hij eraan toe: 'Die ken nou eenmaal wel es van pas komen.'

Rochèl bleef hem zwijgend aankijken.

'Ik moet me toch kennen verdedigen!'

Rochèl knikte langzaam.

'Is hij wel eens van pas gekomen? Niet om touwtjes mee door te snijden, bedoel ik?'

'Nee,' zei Rico naar waarheid. 'Ik ben niet zo'n vechtersbaas, hoor, as u dat soms denkt. Helemaal niet. Maar as ze míjn aanvallen, dan wil ik wel iets hebben! Voor as ze met z'n tweeën of z'n drieën zijn!'

Rochèl zweeg.

'Da's toch logisch!'

'Ja,' zei Rochèl. 'Maar het gevaar lijkt me dat er dan dingen kunnen gebeuren waarvan je naderhand spijt hebt. Ik bedoel: het is natuurlijk beroerd als je in elkaar geslagen wordt... maar hoeveel ellende haal je jezelf niet op de hals als je iemand gevaarlijk verwondt bijvoorbeeld?'

'Nou, dat zal heus alleen maar gebeuren as het niet anders kan, hoor! Uit zelfverdediging! Ik laat me eige toch niet doodschoppen of zo!'

'Is het wel eens zo erg dan?'

'Neee...' zei Rico afwerend, want wat moest je nou bij zo'n man met verhalen aankomen, 'maar d'r lopen gosers rond, van die aso's, die raggen je zo hard in je...'

Hij bedacht zich.

'Die rammen je totaal in de vernieling, wil ik maar zeggen!'

'Aso's...' zei Rochèl.

'Ja, van die complete asocialen. En die wil ik me van me lijf kennen houwen.'

'Dat snap ik.'

'En trouwens, as ze alleen maar zíen dat je een mes heb, dan nokken ze vaak ook al af!'

Rochèl knikte. 'Het werkt preventief, bedoel je.'

'Zoiets.'

'Nou', zei de oude man, terwijl hij opstond en de borden op

elkaar stapelde, 'laten we dan maar hopen dat dat zo blijft.'

''t Is net as met atoombommen!' zei Rico, want er schoot hem een theorie te binnen die hij op school eens had horen ontvouwen. 'Die heb een land ook niet om ze te gebruiken. De vijand weet dat je ze heb, daar gaat het om. Dan zijn ze veels te bang om je aan te vallen!'

'Hm,' zei Rochèl, 'een interessante vergelijking. Alleen, voor allebei geldt: er hoeft maar een gek te zijn die op het knopje drukt!'

Rico begon te lachen.

'U ken 't wel mooi zeggen!' zei hij complimenteus.

Het was nog warmer dan gisteren. Rico had zijn T-shirt alweer uitgetrokken (na zelfs, Bols reactie van afgelopen zaterdag nog in gedachten, netjes gevraagd te hebben of daar bezwaar tegen bestond). Het was zijn lievelings T-shirt, met de Harley Davidson-vleugeltjes voorop, net gewassen en hij wilde niet dat het nu alweer zweterig werd. Ook Rochèl had zijn jasje uitgedaan en zat in hemdsmouwen aan de werktafel over de papieren gebogen. Het was een ruim, wit katoenen overhemd dat hij droeg, waarbij het Rico opviel dat de manchetten niet gewoon dichtgeknoopt waren, maar dubbelgevouwen en bij elkaar gehouden door rode stenen in een gouden setting; een soort sieraden zoals hij nog nooit gezien had. Ouderwets natuurlijk, maar vast duur.

Ze waren net aan een nieuwe doos Conus-schelpen begonnen, waaronder een soort die Rico voor het eerst zag en die zo grappig was, dat hij zich kon voorstellen dat je die wilde hebben als je de schelpengekte had: zwart met witte stippels; stippels die eruitzagen of een of andere halve gare bezig geweest was ze er met de punt van een kwast een voor een op te zetten.

'Leuk,' zei hij waarderend tegen Rochèl.

'De Conus marmoreus,' zei Rochèl, over zijn brilletje kijkend, 'ofwel de Rembrandtschelp.'

O, we kregen weer les.

'Weet je wel, Rembrandt... die *de Nachtwacht* geschilderd heeft!'

'Oh. Ja,' zei hij maar.

'Rembrandt heeft deze schelp namelijk getekend. Een heel bekende tekening. In de zeventiende eeuw raakte het in de mode om schelpen te verzamelen en te schilderen. Zeelui brachten ze mee van hun grote handelsreizen. Dus Rembrandt bezat waarschijnlijk ook zo'n schelp.'

Ze werkten de hele doos weg. Rochèl legde groepjes schelpen apart onder één formuliertje en Rico pakte alles in de grote kist.

'Daar legt er nog een!' zei hij toen ze klaar waren en wees naar een schelp die terzijde was blijven liggen.

'Ja,' zei Rochèl, 'maar die mag jij hebben.'

'Ik? Hoezo?'

'Je vond ze toch zo leuk?'

Hij pakte de schelp op en gaf hem aan.

'Alsjeblieft, jongen. De Conus marmoreus Linné. Een wereldberoemd verzamelaarsobject. Die kun je aan je meisje geven.'

'Ik heb geeneens een meisje.'

'Dan weet ik het ook niet meer. Hou hem dan maar zelf.'

Rico draaide de schelp om in zijn handen. Het was een mooi exemplaar, groot en prachtig scherp getekend.

'Nou, bedankt...' zei hij en liep naar de hal om de schelp in het ritsvakje van zijn jack te stoppen.

Terug in de kamer besloot hij nu eerst het kapotte deksel van de kist maar eens te maken en liep naar buiten om een hamer uit de schuur te halen. De zon brandde op zijn lijf. Van ver weg, van het strand, klonk vaag gejoel op. Nou en? Díe lui verdienden geen honderd gulden per dag! Hij haalde de hamer uit de schuur, sloeg er in het voorbijgaan uit louter vrolijkheid een kever op een paaltje mee dood en ging via het terras de kamer weer binnen.

De telefoon ging net. Rochèl liep naar de hal.

'Ach, dr. Bol,' hoorde hij hem zeggen, 'ja hoor, uitstekend, uitstekend' en even later: 'Oh. ... Ja. ...Nou, dan zie ik hem wel komen. ... Ja hoor, hoe meer zielen hoe meer vreugd.'

Wat wou die zenuwlijer van een Bol? Nog meer mensen sturen?

Rochèl kwam de kamer weer in.

'Misschien komt de assistent van dr. Bol nog vanmiddag,' deelde hij mee, terwijl hij weer ging zitten.

'Ons helpen...' voegde hij er wat afgemeten aan toe, alsof hij van de hulp van die assistent geen hoge pet op had.

'Oh,' zei Rico. Klote, dacht hij erachteraan en terwijl hij een paar spijkers in het deksel sloeg, dacht hij daarover na. Wat was erop tegen dat er nog iemand kwam helpen? Eigenlijk niks. Daar verdiende hij toch geen cent minder om? Tenzij Bol het nu alsnog zou presteren hem weg te sturen, maar dat geloofde hij niet. En toch vond hij het vervelend. Waarom?

Toen hij zich realiseerde dat hij het doodgewoon leuk vond om met de oude man samen te werken, zo met z'n tweeën, zonder Bol of iemand anders erbij, geneerde hij zich een beetje en begon, hangend over het deksel, debiele bekken te trekken. Ben je fijn opa aan het helpen, watje, zei hij in zichzelf. Hamertje tikketikketik... Netjes schelpjes in doosje doen, hoor. Bakt opa lekker eitje!

Daar ging de telefoon weer.

Rochèl schoof zijn stoel achteruit en ging opnemen.

'Ja, die heeft net gebeld,' hoorde Rico hem zeggen. Toen was het een poosje stil en daarna zei hij: 'Oh, dat geeft niet, hoor! Nee, erg aardig van u, ik stel het erg op prijs, maar dat hoeft echt niet! Nee, nee, wij redden het wel, heel goed zelfs. Ja, dan hoor ik nog wel van u.'

Hij legde neer en kwam de kamer weer binnen.

'Zo,' zei hij, 'de assistent van dr. Bol kan toch niet komen. Hij heeft te veel te doen!'

Hij begon hevig over zijn neus te wrijven, alsof hij opeens een jeukaanval kreeg.

'Nou, graag of helemaal niet!' liet Rico zich ontvallen.

'Precies,' beaamde Rochèl. 'Sommige mensen doen altijd zo moeilijk.'

Ze keken elkaar aan en begonnen plotseling te lachen, alsof

ze dr. Bol en zijn assistent een mooie loer gedraaid hadden! Hij heeft ook helemaal geen zin in weer een andere knakker over de vloer, die zich overal tegenaan bemoeit, dacht Rico tevreden; hij is veel liever alleen met mij.

En meneer Rochèl deed iets eigenaardigs: hij greep zomaar een schelp van tafel, gooide die op en sloeg hem met zijn andere hand uit de lucht alsof het een tennisbal was!

Op het terras, in de schaduw van de meidoorn, met een bord boterhammen en twee glazen op een wiebelend tuintafeltje, vond Rico dat híj nu eens wat moest vertellen.

'Gisteren is d'r eentje bijna verzopen, hier vlakbij,' zei hij.

'Ga weg!'

'Ja, een eindje die kant op! Daar achter die groene huisjes, ken u die? Die had zeker kramp gekregen, want het water is nog hartstikke koud. Maar ze hebben 'em d'r uit gehaald, hoor! Een dikke vent. Hij was helemaal blauw aangelopen.'

'Heb jij het gezien?'

'Nou, uit de verte. Ik ben niet gaan kijken. Maar dat hoorde ik.'

'Ah.'

'Ja, iedereen gaat d'r dan met z'n neus boven hangen, maar daar had ik geen zin in,' lichtte hij zedig toe. Hij kon moeilijk zeggen dat Krokewit en hij in de consternatie rond de reddingsactie drie tassen leeggehaald hadden. Waar trouwens weinig inzat.

'Die heeft geluk gehad,' zei Rochèl. 'Je zal me daar verdrinken op zo'n mooie zondag aan het strand.'

'Nou, lekker.'

'Jaaa...' zei de oude man op een toon alsof hij zich opeens iets herinnerde, 'wat ík wel es meegemaakt heb... Dat was in de Golf van Mexico. Meer dan twintig jaar geleden. We waren daar met vakantie en we hadden een dagje gevaren met de boot; met z'n vieren, mijn vrouw en ik en twee kennissen. Enfin, 't was al wat later op de middag, maar nog zeer warm en ik had zin om nog even te zwemmen. De anderen zeiden: doe dat nou niet, want we waren behoorlijk ver uit de kust en er wil nog wel eens een haai voorkomen daar, maar ja: het water zag er zo heerlijk uit, ik kon de verleiding gewoon niet weerstaan. Dus ik erin. Eventjes maar, hè. Even een rondje om de boot heen.'

Hij nam zijn glas van tafel en nam een slokje.

Rico zag in gedachten een oud, gerimpeld mannetje in zwembroek van een jacht afspringen en baantjes trekken in helblauw water rond de boot. Maar toen was Rochèl veel jonger natuurlijk.

'Wel, ik zwom om de boot heen en nog een keer... en de anderen riepen boven aan het laddertje: kom er nu maar uit! Ze gingen een fles wijn openmaken. Ik denk: nog even drijven. En ik doe mijn ogen dicht en drijf een klein eindje van de boot vandaan, heerlijk op mijn rug met de zon achter me. En toen lieten ze op het dek iets vallen. Ik hoor glas breken, ik richt me op en doe mijn ogen open en wat zie ik?'

'Een haai!' zei Rico. 'Zo'n haaievin.'

'Nee, meneer! Tien, twaalf Portugese oorlogsschepen liggen er om me heen!'

'Hè?!'

Rochèl zette zijn glas op tafel, boog zich naar hem over en zei ernstig: 'Jongen, het Portugese oorlogsschip, "Portugese Man of war" zeg je in het Engels, dat is de schrik der zee! Het is een soort reuzekwal. Of eigenlijk bestaat-ie uit duizenden aan elkaar klittende organismen. Hij heeft tentakels die gemakkelijk vijftien, twintig meter lang zijn en een levend wezen dat daardoor aangeraakt wordt, verlamt ter plekke. Alsof er 600 volt door je heen slaat. Op die manier kunnen ze hun prooi langzaam verteren. Gruwelen zijn het! Ze hebben een met gas gevulde blaas aan de bovenkant, daarmee drijven ze op de wind door de oceanen. Die tentakels hangen in de diepte af. Leren jullie dat niet op school?'

'Nee. En wat dee u toen?'

Rochèl leunde achterover in zijn stoel en keek de tuin in.

'Ja, mijn eerste reactie was natuurlijk om als een gek naar de boot te zwemmen. Maar op hetzelfde moment begreep ik dat ik dat juist niet moest doen! Ze waren overal om me heen, overal dreven die blazen, eentje op anderhalf, twee meter afstand. Ze deinden heel rustig op de golven en ze hadden het ook niet op mij voorzien, hoor, een mens is geen prooi voor die beesten, maar als ik me nu opeens ging bewegen, zouden ze natuurlijk opschrikken en dan had ik direct zo'n tentakel om me heen! Een dodelijke omarming, kan je wel zeggen. En het gekke was: op het dek hadden ze niks in de gaten! Ze hadden de fles wijn laten vallen en waren de scherven bij elkaar aan het zoeken. Ze keken niet naar mij. Roepen durfde ik ook niet, want ik was bang dat die beesten daarvan zouden schrikken. En bovendien: wat zouden ze aan boord doen als ik riep? Lawaai maken, iets in het water gooien om me eruit te trekken? Dat kon allemaal fataal zijn. Ik begon heel voorzichtige beweginkjes te maken om in de buurt van de boot te komen. Zo voorzichtig, dat ik vrijwel niet vooruit kwam. Ik durfde amper naar de beesten te kijken en hield voortdurend mijn vrienden aan dek in het oog, tot ze naar me keken. Ik deed onmiddellijk zo...'

Hij legde een vinger tegen zijn lippen.

'...en ik wees zo voorzichtig mogelijk naast me. Nou, ze reageerden gelukkig goed. Die vriend van ons ging over het trapje hangen en stak me een lange stok met een band eraan toe. Die heb ik beetgegrepen. En heel langzaam heeft hij me verder getrokken, zodat ik mijn armen en benen niet hoefde uit te slaan. Al met al duurde dat misschien een minuut, maar het leek een eeuwigheid en halverwege had ik het gevoel dat ik toch door zo'n tentakel aangeraakt was en dat de verlamming al was ingetreden. Maar ik kwam voor het trapje en toen hesen ze me op. Want mijn benen trilden zo, dat ik er niet eens zelf opkwam!'

Hij grinnikte een beetje.

'Achteraf dachten we dat het door het licht kwam, dat we ze niet hadden zien aankomen. Het was het eind van de middag, de zon stond laag over het water en ze kwamen van de kant van de zon. Die blazen zijn doorzichtig, weet je, met een olieachtige weerschijn. Van een afstand hebben we dat geen van allen gezien.'

Rico lachte.

'Die zou ik wel es willen zien, die beesten!'

'Ze komen vrij veel voor,' zei Rochèl, 'over de hele wereld. En ieder jaar vallen er slachtoffers onder zwemmers en duikers. Ook heb ik wel vissers gesproken die blinde zeeschildpadden in hun netten hadden gekregen. Die waren dan tegen een Man of war aangezwommen. Schildpadden kunnen heel wat hebben, een en al leer en schild, maar de ogen zijn kwetsbaar!'

'En heb u daarna nog wel es in zee gezwommen?' vroeg Rico.

Rochèl trok zijn wenkbrauwen op tot boven zijn donkere bril.

'Wat dacht je, jongen! Dat ik me door een paar kwalletjes liet afschrikken?'

's Middags kwam de moeder van Krokewit in het huis werken, maar ze hadden weinig last van haar, want in de werkkamer hoefde ze niet te zijn en ze vertrok al weer tegen half vier om Krokewits jongste zusje uit school te halen.

'Moet jij niet op school zitten?' was natuurlijk het eerste dat ze gevraagd had toen ze Rico zag.

'Ik niet,' zei hij.

'Dennis van mijn zit gewoon op school...' zei ze ongelovig.

Dennis, dat was Krokewit.

'Maar ik niet!' zei hij en toen vroeg ze niet verder. Rochèl had het niet gehoord; die was net naar buiten omdat de rijdende winkel langskwam.

Ze werkten in een kalm tempo door – het was te warm om je erg in te spannen – dronken nog wat onder de boom op het terras en luisterden naar de top-tien op de radio. Rochèl vertelde over de boot die hij thuis had. Met die boot kon je schelpen opvissen tot op 300 meter diep! En Rico bedacht dat het best tof zou zijn om de schelpen die hij nu aan het inpakken was, zelf op te duiken (want er gingen ook wel eens duikers mee volgens Rochèl). Niet om de schelpen zelf trouwens, maar om het werk. Met zo'n boot de zee op, duiken met een zuurstoffles op je rug en een mes in je hand om brutale haaien op een afstand te houden en dan die schelpen van de zeebodem plukken, voorzichtig, dat ze niet staken. Hij vond het jammer dat hij niet in een land woonde waar zulke dingen mogelijk waren.

Later maakten ze nog een wandelingetje, want de tuin hier liep over in de duinen. Je stapte over prikkeldraad en klom zo het duin op, vanwaar een flink stuk strand te zien was. Het was er aardig druk, ook al was het hier een heel eind buiten het dorp.

'Zeg,' zei Rochèl toen ze boven op die duintop stonden, 'heb jij vanavond iets te doen?'

Rico keek hem vragend aan.

'Als je er iets voor voelt, kunnen we vanavond wel een paar uurtjes doorgaan. Overuren natuurlijk, hè? Dan eet je een hapje met mij mee.'

'Als ze dat bij je thuis goedvinden tenminste,' voegde hij er nog aan toe.

Dat was een goeie.

'Mij best,' zei hij schouderophalend.

'Bel dan zo maar even op naar huis.'

'Nou, dat hoeft niet.'

'Nee? Worden ze dan niet ongerust?'

'Nee, hoor.'

'Zoals je wilt,' zei de oude man. 'Je moet je wel met een diepvriesmaaltijd tevreden stellen, hoor! Iets anders heb ik niet in huis.'

Ze daalden het duin af, liepen de achtertuin weer door en werkten verder tot een uur of zes; toen vond Rochèl het welletjes. Rico droeg nog een paar dozen naar de hal en toen hij niets meer te doen had, trok hij de laden van een schelpenkast open, gewoon om even te kijken wat daarin zat.

De onderste twee laden lagen volgestapeld met plastic zakjes zand. Wit, geel of grijs zand, het een wat grover dan het ander, een paar zakjes zwart en rood ertussen.

'Wat is dit?' vroeg hij aan Rochèl, die nog een laatste formuliertje afmaakte.

'Zand. Schelpengruis.'

'Maar waar is dat voor?'

'Kijk,' zei Rochèl, opstaande. 'In dat zand zitten hele kleine schelpjes. Zo klein, dat je ze met het blote oog amper kunt zien; je moet ze onder een loep leggen, maar het zíjn schelpjes.'

Rico staarde hem aan.

'Dus dat verzamelt u ook? Dat zand?'

'Ja.'

Rochèl begon te lachen.

'Wat denk je nu?' vroeg hij.

Kennelijk viel het van zijn gezicht te lezen.

'Dat u stapelgek ben!' flapte hij eruit.

'Heb je dat nu pas in de gaten!' riep Rochèl en hij lachte nog harder. 'Maar eerlijk gezegd gaat het mij ook te ver, hoor! Toch zijn er mensen die zich speciaal toeleggen op het bestuderen van die allerkleinste soorten. Dr. Bol bijvoorbeeld vindt ze heel interessant. Daarom hebben wij er een gewoonte van gemaakt van ieder strand waar we komen een zakje zand mee te nemen. Hier ligt zeker van zestig, zeventig stranden!'

'Tsss,' zei Rico. Echt iets voor die kapsoneslijer van een Bol om dat interessant te vinden, dacht hij.

'Maar nu ga ik naar de keuken. Eens kijken wat we zullen eten. Er ligt in ieder geval een goeie fles witte wijn koel. Dan maken we er nog iets van!'

Rico ging pissen, kamde aan het fonteintje op de wc wat water door zijn haar en liep weer naar de werkkamer om zijn T-shirt aan te trekken. Dat lag echter niet meer op de kist waarop hij het neergelegd had. Hij keek achter de kist, tussen de dozen, achter de ladenkasten, liep de hal in om te zien of Rochèl het soms aan de kapstok gehangen had, maar nee. Terug in de kamer tilde hij een paar dozen op – niet dat hij ooit een doos boven op zijn T-shirt zou zetten, maar waar was het dan?! – liep het terras op... niets.

Hij liep de keuken in, waar Rochèl op zijn hurken voor de oven zat.

'Heb u soms mijn T-shirt gezien?'

'Je T-shirt?'

'Dat ben ik kwijt! Ik had het over die grote kist gelegen en daar leg 't nou niet meer!'

'Dan is het er zeker achter gevallen.'

'Nee!'

Rochèl keek over zijn schouder naar hem.

'Hoe kan dat nou?'

'Ja, as u 't snap, snap ik 't!'

Rochèl ging rechtop staan.

''t Is natuurlijk ergens tussen geraakt. Kijk nog maar eens goed. Wat heb je trouwens liever: pikante Thaise groenteschotel of kip-kerrie met appeltjes?'

''t Maakt míj niet uit, ik lus alles wel,' zei Rico en hij liep terug naar de kamer, waar hij de gordijnen naar voren haalde, nogmaals tussen de kasten keek en vervolgens langzaam om zijn as draaide.

Rochèl kwam binnen.

'Kun je het niet vinden?'

'Ik snap d'r geen reet van!'

'Waar heb je het dan uitgedaan?'

'Hier! Ik zeg nog tegen u, ik zeg: ik doe me T-shirt effe uit! En ik leg het zo, hier, op die kist!'

'Met die vleugeltjes...' zei Rochèl peinzend.

'Ja, me Harley-T-shirt! Zou mevrouw Krokewit het soms gehad hebben?'

'Dat kan ik me haast niet voorstellen. Ik geloof dat ze niet eens in deze kamer geweest is. Maar het kán niet weg zijn. Het komt weer te voorschijn natuurlijk.'

Hij verdween naar de keuken. Rico ging nog in het zijkamertje kijken, waar ze vandaag helemaal niet geweest waren, wierp een blik in de voorkamer, waar hij niks te zoeken had, maar je wist het maar niet, en liep weer de keuken in.

'Me mooiste T-shirt,' mopperde hij tegen Rochèl.

'Straks vind je het opeens ergens,' zei de oude man. 'Wil je soms iets van mij aan?'

Nou werd ie helemaal goed!

'Nee,' zei hij. ''t Is warm zat. Ik ken 't alleen niet uitstaan!

Hij keek toe hoe Rochèl met een vork gaatjes prikte in het afdekfolie van de kant-en-klaar maaltijden.

'Moet ik helpen?'

'Nee, jongen. Dit moet twintig minuten in de oven, staat erop. Ga maar even lekker buiten zitten.'

Rico liep de keukendeur uit en slenterde de tuin in met de laagstaande avondzon warm op zijn lijf. Hij liep het grindpad op naar de voorkant van het huis, langs zijn Yamaha, waarvan het stuur stond te blinken in de zon, keilde een half vergane denneappel naar de toppen van de dennebomen voor aan de weg en voelde aan zijn maag dat hij honger had.

***

Rochèl zat een tijdlang aan de keukentafel naar het etiket van de fles Sancerre te kijken, alsof daar belangwekkende informatie opstond. Hij had de tafel al gedekt en verder viel er niets te doen dan wachten tot de maaltijden uit de oven gehaald konden worden. In plaats van Rico achterna te gaan naar buiten, was hij aan tafel gaan zitten en had zichzelf vast een glas wijn ingeschonken. Het was goed om even alleen te zijn. Rico's voortdurende aanwezigheid werkte als een roes die hij nog maar amper bij machte was te beteugelen.

Hij dacht aan Anouar. Of liever gezegd aan het feit dat hij niet meer aan Anouar kon denken, nú niet en eigenlijk de laatste jaren al niet meer. Anouar was in zijn herinnering tot een bleke schim vervaagd, een droom, een dierbare zinsbegoocheling uit het verleden, temeer daar het nieuwsgierige, aanhankelijke jongetje van toen helemaal niet meer bestond. Die was in een man van tegen de dertig veranderd, waarschijnlijk zelf al met kinderen. Een man in wie hij amper meer de sprinkhaan met de warrige krullen zou herkennen voor wie hij destijds, een eeuwigheid geleden, alles had willen opgeven, maar voor wie hij nu, als hij hem zou terugzien, niets meer zou kunnen voelen dan een nostalgisch soort sympathie. De jongen Anouar was dood; de man Anouar wekte in hem geen ander gevoel dan de hoop dat hij tegen een goede vrouw aangelopen zou zijn en dat hij profijt trok van het geld dat destijds aan zijn familie betaald was.

Maar het verlangen van toen, dat allesoverheersende verlangen naar Anouars nabijheid, naar zijn zwarte ogen, zijn vuile handen, zijn fluwelen huid, het verlangen om hem te strelen, te koesteren, alles te doen waar zijn brutale jongenslijf van gediend was... dat verzengende verlangen, dat als alcohol in zijn bloed zat en alles wat niets met die jongen te maken had in een mist van onbelangrijkheid deed verzinken... dat doodgewaande verlangen leefde nog. Dat had zich lange tijd verborgen gehouden, maar was weer opgebloeid, los van Anouar.

Op het wijnfles-etiket herhaalden Rico's bewegingen zich in eindeloze variaties voor zijn geestesoog: het bokkig ophalen van de schouders, het gebaar waarmee hij met wijdgespreide hand zijn haar teruggooide als het naar voren viel, het traag bijdraaien van het linkeroog als hij plotseling opzijkeek, waardoor het altijd alerte jongensgezicht opeens iets weerloos kreeg – iets waardoor hij deze dagen telkens moest denken aan het mysterieuze, negentiende-eeuwse schilderij dat hij eens op een veiling overwogen had te kopen: een jonge faun die tussen de bladeren van een linde door naar de beschouwer omkijkt – de manier waarop Rico lachte: kort en verlegen, alsof hij zichzelf niet toestond dat het lachen uitbundiger vormen aannam. Hij zag de dunne armen voor zich met slechts het begin van spierballen, de schouderbladen die als grote, tweekleppige schelpen over zijn rug uitstonden en meebewogen met iedere armbeweging, de smalle billen in de zwarte spijkerbroek... En hij zag

Rico op de voorplecht van zijn boot staan; blootsvoets en met alleen een bermudashort aan. In uiterste concentratie, zijn glanzende lijf over het water gebogen, hief zijn rechterhand een harpoen die hij een paar seconden doodstil boven zijn hoofd geheven hield en toen recht naar beneden wierp. Het staal flitste in het zonlicht. Rochèl voelde de scherpe pijn in zijn borst. En de jongen haalde het harpoentouw alweer op, draaide zich triomfantelijk om en toonde de vis, die kronkelde aan het staal.

Hij schudde het beeld van zich af, stond op, zette de oven op een lagere stand en liep toen alsnog naar buiten. Even bleef hij op het terras staan, maar liep toen om het huis heen en keek de voortuin in. Daar stond Rico, onder de pijnbomen. Hij stond tussen de vermolmde denneappels kleine hupjes op de plaats te maken met zijn handen voor de borst, als een bokser in de ring die de aanval van de tegenstander afwacht. Toen schoot zijn rechterhand ineens uit, kaarsrecht gestrekt, en stokte in karateslag net boven een kaal ondertakje van de boom. Zijn haar schoot door de schok naar voren. Rug en schouders stonden een secondelang gespannen. Toen ontspande zijn lijf zich, zijn hand sloeg het haar terug en het huppen ging door, nu iets verder van de stam af, totdat dezelfde kale tak op een haar na getroffen werd door een flitsende ninjaschop. En direct daarop nóg een, nu van links, minder hoog, maar even fel. En nogmaals van rechts. Het huppen ging tussendoor gewoon verder. Tientallen zonnevlekjes dansten op zijn rug mee.

Opeens weerklonk het geluid van abrupt afremmende brommers voor de oprit. Rochèl dook weg achter het voordeurportiek en zag twee jongens van Rico's leeftijd voor de tuin stoppen. De een was een zwaargebouwd, Turks ogend type in een wijde, felgekleurde, gebloemde broek, gezeten op een brommer met een overdreven hoog stuur. De ander was een lange, blonde jongen met een onaangenaam frettegezicht, die op een veel zwaardere, turkooiskleurige brommer reed.

'Hé, ouwe rukker!' riep de blonde, 'moet je niet werken?'

Rico slenterde in hun richting.

'Jawel, man! Ik moet overwerken straks. Ik blijf hier eten!'

'Bùùùhhh,' riep de donkere en liet een klinkende boer.

'Oh, kennen wij ook meeëten?' riep de blonde. 'Ga 't effe vragen!'

'Vreten jullie de kaas maar van je tenen!' riep Rico.

De donkere ging in het zadel zitten rijden als een kind op vaders knie.

'Je doet toch wel goed je best, hè?' vroeg de blonde op lijzige toon, zijn hoofd op de lange nek pesterig naar voren gestoken. 'Dat ik geen klachten over je krijg!'

'Pleur op, lul!' riep Rico en hij bukte zich, raapte vliegensvlug wat denneappels van de grond en smeet die naar zijn vrienden toe. De jongens lieten hun brommers knetteren en draaiden een rondje. Rico verzamelde een nieuwe partij denneappels en begon ze naar hun kop te smijten. Ze reden weg, de Duinweg op, maar aan het brommergeluid was te horen dat ze al snel weer omkeerden. Rico had de tijd benut door zoveel denneappels bijeen te graaien als hij in twee handen kon vasthouden en toen de jongens opnieuw voor de oprit verschenen, werden ze direct onder vuur genomen. Ze maakten de gekste zwiepers om de projectielen te ontwijken en toen Rico zich bukte om een volgende lading op te rapen, kon hij slechts op het nippertje voor de brommer van de Turk wegspringen, die helemaal het grindpad opkwam om hem te overrijden. Bij het wenden van zijn hoge stuur maakte de jongen zo'n schuiver over het grind dat hij haast kwam te vallen, maar hij gaf zoveel gas dat hij toch nog vooruitspoot en nét niet tegen de turkooizen brommer van de blonde vloog. Alledrie brulden ze van het lachen. Rico zette opnieuw de aanval in, maar uiteindelijk reden de jongens echt weg.

'We zullen Angelique de groeten van je doen!' riep de donkere nog.

Rico sloeg het vuil van zijn handen en kwam, nog nalachend, het pad oplopen.

Rochèl was snel weggedoken, maar kon nu niet meer ongezien de achterkant van het huis bereiken, zodat hij maar, met zijn rug naar de jongen toe, aan het witgeschilderde houten bankje tegen de buitenmuur van de keuken ging staan wrikken, alsof dat niet goed stond. Rico's stappen naderden over het grind.

'Ah,' zei Rochèl, opkijkend, 'ik wilde je juist roepen. We kunnen dadelijk eten.'

De jongen keek naar de tuinbank. Blijkbaar realiseerde hij zich dat alles hier te horen moest zijn geweest.

'Kwamen er vrienden van je langs?' vroeg Rochèl achteloos en gaf een trap tegen de bank alsof het ding maar steeds niet goed wilde staan.

'Mmwááh...' zei Rico, 'een stelletje gekken!'

Hij had een paar zwarte vegen in zijn gezicht, zijn wangen gloeiden nog van opwinding en zijn borst glom van het zweet. Je zag de aderen in zijn hals wild kloppen.

'Die kennen 't gewoon niet hebben dat ik hier een tof baantje heb,' voegde hij er nog aan toe, alsof hij een verklaring toch wel op zijn plaats vond.

Het kippevel van ontroering stond Rochèl op slag op het lijf. Een tof baantje. Rico had hier een tof baantje.

Hij lachte en liep naar de keuken, gevolgd door de jongen, die meteen doorliep naar het toilet in de hal om zich op te frissen. Rochèl haalde de gloeiende aluminium bakjes uit de oven, schepte de porties op borden over, intussen luisterend naar het spetteren van het fonteintje in de hal, en schonk de wijn in.

Toen Rico verscheen, met gekamd haar en gewassen gezicht en blijkbaar ook met opgefriste borst, want hier en daar glom nog een druppel, sloeg er opnieuw zo'n golf kippevel over hem heen, alsof hij aan koortsrillingen leed. De jongen bleef aarzelend bij de tafel staan.

'Ga daar maar zitten,' zei Rochèl. 'Ik had jou de kip met kerriesaus toegedacht.'

Rico ging voor zijn bord zitten, pakte zijn vork vast en wachtte nog even.

'Smakelijk eten,' zei Rochèl.

Rico begon snel te eten, alleen met zijn vork. Na een paar

happen pakte hij ook zijn mes op, maar deed er niet veel mee. Hij keek nauwelijks van zijn bord op, zodat Rochèl met zijn wijnglas in de hand ongegeneerd de rechte, natte voren van de kam in zijn haar kon bekijken, de frisse, rode vlekken in zijn pas geboende nek, de gladde, nog volstrekt baardloze kaken die het voedsel vermaalden, de bescheiden slikbewegingen van de hals...

Opeens keek de jongen op, het linkeroog weer net een halve seconde te laat.

'U eet ook niet veel!'

'Oh jawel, jawel... Smaakt het?'

'Het smaakt best.'

Rico pakte zijn glas op en nam een klein slokje wijn.

'Drink je wel eens wijn?'

'Nee. Nooit.'

'Hoe vind je het?'

'Ik vin 't net zure appelsap, maar niet vies, hoor.'

Rochèl glimlachte en de jongen at door. Toen zijn bord schoon leeg was, begon hij aan de snee brood die Rochèl er maar uit voorzorg naast gelegd had.

'Wil je nog wat van mij?'

'Nee!' zei Rico geschrokken en hij nam vlug een hap van zijn boterham.

De zwijgzaamheid en de afwerende, jongensachtige linksheid, die hij vooral in het begin vertoond had, was, nu ze hier wat onwennig samen aan de avondmaaltijd zaten, opeens weer duidelijk aanwezig. Rochèl begreep dat die meer uit klasse- dan uit leeftijdsverschil voortkwam en dat vervulde hem zowel met vertedering als met spijt vanwege de onoverbrugbaarheid van dat verschil. Dat Rico vanmiddag '... dat u stapelgek ben!' gezegd had, was al heel wat, maar de ruwe, brutale, jonge-roofdierachtige vrolijkheid die hij daarnet buiten met zijn vrienden getoond had, zou hém nooit ten deel vallen. Wat dat betreft kon hij slechts voyeur zijn.

Zelf wist hij trouwens ook niet veel te zeggen. Hij zou naar Rico's ouders willen vragen, naar zijn huiselijke omstandigheden, zijn bezigheden in het algemeen, maar daar was die jongen niet erg van gediend en bovendien vreesde hij geen neutrale vragen te kunnen stellen; daarvoor was zijn brein al te veel beneveld, louter door Rico's aanwezigheid aan tafel. Maar opeens dacht hij aan zijn Augur! Speciaal in zijn broekzak gestopt om op een geschikt moment te kunnen laten zien. Dit was een geschikt moment.

'Ben jij wel eens gedag gezegd door een schelp, Rico?' vroeg hij langs zijn neus weg.

De jongen keek hem aan.

'Ik bedoel: heeft er wel eens een schelp "hai" tegen je gezegd?'

Hij hield zijn gezicht zo onnozel mogelijk in de plooi en nam de gelegenheid te baat om de jongen diep in de donkere ogen te kijken, nu daar een volkomen legitieme reden voor was. Rico had zijn mond nog vol brood, maar was opgehouden met kauwen.

'Hoezo?' vroeg hij.

'Nou kijk...'

Hij haalde de Augur te voorschijn en hield hem tussen duim en wijsvinger met de goede kant naar de jongen toe. Deze Conus augur Hwass had hij jaren geleden in een verzamelbak bij een achteraf-handelaartje op Cebu tussen de kegelschelpen gevonden. Dit soort schelpen vertoonde op een witte ondergrond een ritmisch patroon van zwarte tekens, een soort grafietstreepjes die veel van schriftuur weg hadden, van onbegrijpelijke notities. En bij dit exemplaar was de inscriptie zo uitgevallen dat er tegen een geheel blanco achtergrond een scherp getekende H stond, gevolgd door een kaarsrecht i-tje, compleet met loepzuivere punt. Hij was gek op deze schelp. Dit was er een die dr. Bol niet kreeg.

'Hi...' zei Rico.

'Da's in het Engels *hai*.'

Nu lachte de jongen breeduit. Hij pakte de schelp over en bekeek hem aandachtig.

'Da's ook een Conus, hè?'

'De Conus augur Hwass om precies te zijn.'

'Toe maar!'

Hij zat een beetje naar Rochèl toegebogen aan tafel, zijn handen draaiden de schelp rond vlak naast Rochèls hand met het wijnglas. Over Rochèls rug volgden de rillingen elkaar snel op. Kalm, kalm, dacht hij, ik moet mijn verstand erbij houden. Ik hoef de vis aan zijn harpoen niet te zijn.

De ladenkast met kegelschelpen die ze die avond nog overhoop haalden, had net zo goed onaangeroerd kunnen blijven, want alles wat erin zat bleek keurig en volledig beschreven te staan, alsof Cecile vanaf hier haar leven gebeterd had. Overal lagen formuliertjes bij en die hoefden alleen maar even bekeken te worden; er viel niets op te zoeken of toe te voegen. De schelpen hoefden ook helemaal niet uit de laden gehaald te worden en daardoor had Rico eigenlijk weinig anders te doen dan de laden te voorschijn te halen, ze weer op hun plaats te schuiven en af te plakken. Om te voorkomen dat hij zich verveelde, vertelde Rochèl verhalen over de giftigheid van de soorten, de wijze waarop duikers of vissers tot slachtoffer geraakt waren en onder wat voor helse pijnen deze ongelukkigen aan hun eind gekomen waren of op zijn minst een arm of been hadden moeten missen. Gevaarlijkheid viel bij Rico beter dan schoonheid of zeldzaamheid en hij aarzelde dus niet deze eigenschap flink aan te dikken of geheel uit zijn duim te zuigen. Het was maar goed dat dr. Bol er niet bij was.

Om half tien leek het net of ze een enorme hoeveelheid werk verzet hadden en Rochèl stelde voor buiten nog een biertje te drinken. Ze verlieten de schelpenkamer – nadat Rico voor de laatste keer achter dozen en kasten gekeken had of hij zijn T-shirt nu plotseling ergens zag – en liepen naar de keuken. In het voorbijgaan pakte de jongen vast zijn jack van de kapstok en schoot dat over zijn blote lijf aan.

'As ze straks in dat museum de hele zwik openmaken, komt mijn T-shirt zeker te voorschijn,' mokte hij.

In de keuken haalde Rochèl drie briefjes van vijfentwintig

uit zijn portefeuille en hield die de jongen als een waaier voor.

'Is dat redelijk? Als avondtarief?'

Het was te veel, dat wist hij wel, maar als Rico op die manier enthousiast werd voor overwerk, kon hij het morgen weer vragen. Het gebaar van bankbiljetten voorhouden gaf hem bovendien de sterke sensatie dat hij voor heel iets anders betaalde en hij zocht, tegen beter weten in, op het gezicht van de jongen naar een spoor van dezelfde associatie.

'Ja... natuurlijk...' zei Rico en terwijl hij het geld aanpakte, voegde hij er eerlijk aan toe: '...ik heb haast niks gedaan vanavond!'

'Dan zal ik je morgen extra aan het werk zetten,' zei Rochèl.

Met een beugeltje bier en twee glazen liepen ze naar buiten en gingen op het houten bankje tegen de keukenmuur zitten, vlak bij Rico's brommer. Het was nog niet eens helemaal donker en de muur achter hen was nog warm.

'Je krijgt maar één glas,' zei Rochèl, terwijl hij het bier inschonk, 'want je moet nog rijden en ik wil geen last met je moeder krijgen!'

'Me moeder is dood,' zei Rico effen.

Rochèl hield op met schenken.

'God, jongen...'

Rico zweeg.

'Allang?'

'Ja.'

Deze informatie moest blijkbaar maar weer volstaan. Rochèl gaf hem zijn glas bier aan.

'En je vader?'

Omdat Rico niet direct antwoordde, vermoedde hij al dat het een pijnlijke vraag was. Misschien ook dood. Misschien kende hij zijn vader helemaal niet... was hij bij familie of pleegouders in huis.

Rico's gezicht lichtte bleek op in het schemerduister. Rochèl legde zijn arm achter hem langs op de rugleuning van de bank en reduceerde zijn neiging hem over z'n haar te strelen tot een voorzichtige aanraking van een der stalen plaatjes op de schouderpartij van het motorjack. Daar voelde hij toch niets van.

'Me vader...?' vroeg Rico op een toon die weinig illusies liet omtrent de gevoelens voor zijn vader.

'Die leeft nog.'

Hij zweeg even en dronk zijn glas half leeg.

'Die komt uit Venezuela. Vroeger zat-ie op de grote vaart, maar nou werkt-ie op de visafslag. Sjouwt de hele dag kratten schol en kabeljauw, da's 't enige wat-ie ken!'

Hij viel stil na deze onverwachte mededeelzaamheid en tuurde in zijn glas. Hij mist zijn moeder, dacht Rochèl, zodat zijn vader nu geen goed meer kan doen.

'Nou ja...' begon hij, 'het zal ook niet makkelijk zijn voor je vader. Hij heeft waarschijnlijk...'

'Ach,' viel Rico hem in de rede, ''t is gewoon een lul! As-tie niet zuipt, dan loopt-ie op iedereen te schelden, en as-tie wel zuipt, dan zit-ie te janken dat-ie terug wil naar Caracas! Maar goed...'

Hij haalde geïrriteerd zijn schouders op.

'Dat heb toch allemaal geen zin!'

'Heb je nog broers of zusjes?'

'Nee. Ik ben allenig.'

Rico was allenig.

Rochèl keek voorzichtig van opzij naar hem. De jongen hing wijdbeens op de bank met het bierglas op zijn kruis en zijn gympies in het grind geplant. Je zag jongens hier de raarste schoenen dragen vol felle neonstrepen en hoog op de enkel, met lippen en banden erover, alsof ze allemaal bang waren voor verstuikingen, maar Rico droeg iedere dag zwarte gymschoenen. Zijn spijkerbroek, steeds dezelfde, was ook zwart. En zijn jack natuurlijk. Alleen het T-shirt, dat hij nu kwijt was, was wit.

Hij keek tersluiks naar de lieflijke welving in de zwarte spijkerbroek, waar het bierglas op rustte, en hoger, naar de minuscule plooitjes die er onder het openhangende jack in Rico's middel ontstaan waren, nu hij zo onderuit zat... en krabde op zijn arm die over de rugleuning lag om op die manier een beetje naar de jongen over te kunnen buigen. De geur van leer en jongenszweet drong, door de bierlucht heen, in zijn neus en ook, vaag, die van de brillantine die Rico in zijn haar smeerde, de gel. Dat was een goedkoop citroenluchtje dat 's morgens, als het net aangebracht was, prikkelend sterk was, maar nu nog slechts nauwelijks waarneembaar. Het melange bedwelmde zijn brein, liet zijn adem stokken en zijn hart haast pijnlijk zwaar slaan. Hij raakte overspoeld door een verliefdheid waaraan hij, van het ene moment op het andere, zo willoos werd uitgeleverd, dat het was of hij aan een soort emotionele incontinentie leed. Hij klemde zijn hand om de leuning van de bank om te voorkomen dat hij Rico naar zich toe zou trekken.

De jongen keek opzij.

'Die brommer van jou...' bracht Rochèl met moeite uit, terwijl hij strak langs zijn gezicht heen naar de Yamaha keek, 'je zou zweren dat het een Harley Davidson was, zoals hij daar staat.'

'Nou,' zei Rico met een gevleid lachje, 'dan heb u d'r wel erg weinig verstand van! Een Harley is nog wel effe wat anders!'

'Natuurlijk. Maar zo op het eerste gezicht. Wat heb je er eigenlijk allemaal aan gesleuteld?'

Hij had een dringende behoefte aan nuchtere, technische details.

'Nou...' begon Rico, 'dat Harley-stuur, dat heb ik d'r op gelast, hè? Dat mocht op school, dat was een project bij lastechniek. Mocht je allemaal wat voor jezelf doen! Dat heb ik van een sloperij. En ziet u die kick-steps?'

'Wat?' vroeg Rochèl en legde heel voorzichtig een paar vingers om Rico's leren schouder.

'Die eh... die voorsteuntjes, waar je je voeten opzet. Die heb ik van de Harley Davidson-club, daar gaan ik wel es met een vriend naar toe. 't Was een heel gedoe om die d'r op te zetten! De koplamp heb ik daar ook vandaan. Maar de spiegels zijn gloetjenieuw. In Amsterdam gekocht, in een motorzaak.'

Hij keek met gepaste trots opzij.

'Dat je dat allemaal kunt! Al die dingen er zelf op monteren!'

'Ja, dat ken ik wel,' zei Rico eenvoudig.

Hij zwaaide het bodempje bier in zijn glas rond en vervolgde dromerig: 'Ik denk wel es: je zou zo'n knalpijp d'r op moeten kennen zetten, hè? Maar dat ken echt niet! Die passen alleen op een Harley. Die horen helemaal bij het motorblok.'

'Als je nog een paar jaar spaart,' zei Rochèl, met zijn wijsvinger heel licht de omtrek van een metalen sterretje op de bovenmouw van het jack natrekkend, 'dan kun je een echte kopen.'

'Weet u wat die kosten?'

'Nou?'

Rico keek hem aan. Zijn gezicht had iets plechtigs in het duister.

'As je dertigduizend gulden heb, hè? Dan ken je 'em nog op je buik schrijven!' zei hij, omslachtig voor zijn doen, en zweeg even om zijn woorden te laten inwerken.

''t Type dat ik bedoel tenminste. Dat kost vijfendertigduizend!'

'Allemachtig!'

'Mooi wel!'

'Dus dat is je grote wens.'

'Dat wil ik het liefste op de hele wereld,' zei de jongen en de kinderlijkheid van die ontboezeming in het donker werd Rochèl haast te veel. Het liefste op de hele wereld wilde Rico een Harley.

'Maar je kunt ze toch ook tweedehands kopen?'

'Ja, natuurlijk. Daar zal 't ook wel op neerkomen. Ik zie mij nog niet zoveel poen hebben as ik achttien ben.'

'Je weet nooit.'

Daar gaf Rico geen antwoord op. Hij glimlachte, dronk het laatste slokje uit zijn glas en ging rechtop zitten, uit Rochèls heimelijke omarming vandaan.

'Ik gaan es!'

Ze stonden beiden op, zetten de lege glazen op de bank en liepen naar de Yamaha.

'Hoe hard kan hij nou?' vroeg Rochèl.

'Oh...' zei de jongen met perfecte onverschilligheid, 'honderd haalt-ie makkelijk!'

'Dat is toch vreselijk gevaarlijk!'

'Ja, dat ken je ook niet altijd doen. Maar ik ben d'r zelf bij, hoor! Ik weet percies wat ik wel of niet ken doen op dit ding. Het gaat erom of je de remweg ken overzien, dat is het. Hij heb in feite maar lichte remmen natuurlijk.'

'Je gaat nú toch geen honderd rijden?'

'Nee.'

Hij klikte de drukknopen van zijn jack dicht, trapte de brommer aan en duwde hem van de steun.

'Bedankt voor het overwerk,' zei hij opeens beleefd en weer licht verlegen naar het scheen, 'en voor het eten.'

Rochèl maakte een kleine buiging.

'It has been my pleasure.'

Rico reed heel bedaard het grindpad af – de lichtbundel van zijn koplamp verlichtte de struiken – gaf echter, zodra hij op de Duinweg was, een stoot gas en was verdwenen.

Rochèl bleef staan luisteren totdat het geknetter in de verte niet meer te horen viel. Toen pakte hij de bierglazen van de bank en ging het huis binnen, waar het nu helemaal donker was. Hij zette de glazen in de keuken en liep meteen door naar de duistere voorkamer, waar de meubels stijf in het gelid stonden, trok een lade van de servieskast open, haalde het T-shirt met de Harley-vleugeltjes te voorschijn, drukte zijn gezicht erin en haalde door het katoen heen diep adem.

Zoals een afgesneden bamboescheut of een hibiscusstam jarenlang geheel verdord, afgestorven, levenloos kan schijnen en dan plotseling, in de aarde geplant, een vitale, jonge loot te voorschijn brengt... een loot die zich met de geheimzinnige kracht die zelfs asfalt omhoog laat komen door de verschrompelde bast heen een weg naar het licht breekt... als zo'n scheut, zo'n hard, verdroogd stuk hout voelde Rochèl zich uitbotten. Alsof een mysterieuze oerkracht bezit genomen had van zijn tanige, verdorde lijf. De geur van Rico's T-shirt maakte zijn hoofd licht en leeg, maar zijn schoot zwaar en viriel en kloppend. Door het T-shirt heen kuste hij op zijn eigen pols de fijne, bruine huid van de jongen, zijn hals, zijn schouder, zijn bovenarm en trok hem dicht tegen zich aan, fluisterend, stamelend, overlopend van liefde.

Laat op de avond maakte hij nog een wandeling naar zee en liep een eind langs de vloedlijn.

Terug in de nachtzoele tuin stond hij een tijdje aan de rand van de vijver en probeerde de vissen in het maanlicht te betrappen op het moment van doodgaan, maar geen van de vissen gedroeg zich ook maar enigszins bijzonder. Daarna liep hij het huis binnen, de grote achterkamer in, knipte het licht aan en keek rond.

Daar stond de collectie, in grauwe dozen, en had alle glans verloren. Hij staarde langs de kisten en ladenkasten en vroeg zich af waarmee de afgelopen vijftien jaren van zijn leven toch gevuld waren geweest. Met de kalkachtige omhulsels van schaal- en weekdieren, in wier oneindige variatie in vorm, kleur en motief hij belang gesteld had.

Het had in elk geval een wereldberoemde collectie opgeleverd. Zelden had sublimatie zo doeltreffend gewerkt.

VIII

Nauwelijks had Rico de brommer in de bosjes getrokken, achter een oude, op instorten staande gereedschapskeet, of de surveillancewagen minderde vaart ter hoogte van het pad waar hij ingeschoten was. Even leek het erop dat de auto zou afslaan om het hobbelige zandpad te nemen en, dicht tegen de keet aangedrukt, hield hij een moment zijn adem in, maar toen reed de auto door, verder de Duinweg af richting centrum.

Er ontsnapte hem een zucht van verlichting. Hij wachtte even – je wist nooit of ze soms toch nog omkeerden – maar duwde de brommer toen weer het zandpad op en liep ermee terug naar de weg, waakzaam turend in de richting waarin de auto verdwenen was.

Op de Duinweg keek hij nog even wantrouwend de kant van het dorp op, maar trapte toen de brommer aan en reed verder. Wat deden ze hier in alle vroegte een eind buiten het centrum? Kon je nou nergens meer rustig rijden? Hij kon niet op een andere manier bij de villa komen, een fiets had hij allang niet meer en de bus die erlangs kwam, reed maar eens in de twee uur of zoiets. Hij kon moeilijk gaan lopen!

Bij het huis aangekomen zette hij de brommer niet op de gewone plek bij de voordeur, maar een stuk verder, half in de struiken tegenover de keuken, daar zag je hem van de weg af niet staan, voor het geval ze hier nog langs kwamen rijden!

Rochèl stak zijn hand al op achter het keukenraam.

'Waarom zet je de motor daar neer?' vroeg hij toen Rico via de keuken binnenkwam.

'Daar staat-ie meer in de schaduw.'

Hij trok zijn jack uit en liep ermee de hal in.

Aan de kapstok hing zijn Harley-T-shirt.

'Verrek! Heb u 't nou toch gevonden?!'

'Wat?' riep Rochèl terug.

'Me T-shirt!'

Rochèl kwam de hal inlopen.

'Ja, jongen. Dat lag achter die doos houtwol, op de kast.'

Rico staarde hem verbluft aan.

'Dat ken niet!'

'Daar lag het!'

'Dan ben ik zeker gek! Daar heb ik gisteren wel drie keer gekeken!'

'Vast niet!'

Hij haalde zijn schouders op. Het voornaamste was dat het T-shirt weer terecht was.

Rochèl had een koekepan op het fornuis gezet en begon eieren met spek te bakken. Hij ging er blijkbaar automatisch van uit dat Rico mee ontbeet, want de tafel was met twee borden en twee kopjes gedekt.

En er stond een bekend doosje naast Rico's bord.

'Waar heb u nou opeens gestampte muisjes vandaan?' vroeg hij.

'Uit de rijdende winkel,' zei Rochèl.

'Speciaal voor mijn?'

'Jazeker!'

Rico lachte.

'Heb u eigenlijk kinderen?' informeerde hij.

'Nee,' zei Rochèl, 'daarom grijp ik mijn kans om nu eens voor iemand muisjes te kopen, dat snap je!'

Je zag aan die oude man zijn gezicht nooit goed of hij lachte. Vaak glommen alleen zijn ogen een beetje onder die Chinese oogplooien van hem, zoals nu.

Ze ontbeten samen. Rico strooide een berg muisjes over een warme, geroosterde boterham, waarbij Rochèl, zijn kin op zijn gevouwen handen steunend, zo belangstellend toekeek dat hij het gevoel had een soort verloren zoon te zijn die hier zat te bikken, zo keek die man naar hem.

'Waren d'r weer dooie vissen?' vroeg hij toen hij klaar was met eten.

'Ik ben nog niet buiten geweest,' zei Rochèl.

'Zal ik effe kijken?'

Hij kwam meteen overeind.

'Doe dat,' zei Rochèl.

Hij liep naar buiten. Het gras in de tuin was nog bedauwd, maar de zon was al warm. In de struiken zaten vogels te zingen alsof er een wedstrijd gaande was. Als Rochèl mijn vader was, dacht hij, zou ik dan beter af zijn? Dan was ik natuurlijk heel iemand anders geweest.

De vijver lag er vredig bij, de vissen stonden stil in het donkere water. Geen dooie te zien helaas. Hij raapte een paar steentjes op, verzekerde zich ervan dat de oude man hem niet achterna kwam lopen en probeerde de slome beesten ermee te raken. De een na de ander begon als een gek door de vijver te schieten. Toen hij er genoeg van had, zag hij opeens onder de takken van een overhangende struik een oranje staartje steken, dat door de beweging in het water naar voren gedobberd was. Ha, toch een dooie! Hij zocht een tak en probeerde de vis naar zich toe te halen, maar stond wat te dicht langs de vijverrand: net toen hij hem naar zich toetrok, zakte zijn hele linkervoet tot aan de enkel in de modder! Hij gooide de dode vis op de kant en trok zich los, maar zakte daarbij ook nog met z'n rechtervoet gedeeltelijk weg. Een gronderige stank steeg uit de ingetrapte kant op. Hij ging op het gras zitten en trok zijn natte gymschoenen en sokken uit. Gatverdamme! Hij gooide de goudvis, een behoorlijke knaap, in een van zijn schoenen, dat maakte nu toch niks meer uit, en liep naar het huis.

Rochèl zat nog steeds aan tafel.

'Ik ben in de vijver gezakt!'

Hij hield zijn natte gympies omhoog.

'Daar spoelen de dooie vissen in je schoenen!' en hij gooide de goudvis op een leeg bord op tafel.

'Verdikkeme,' zei Rochèl, 'weer een! En weer zo'n grote!'

Hij prikte met zijn wijsvinger in de vis, die wegglibberde over het gladde oppervlak van het bord.

'Ik lijk de mafia wel!' zei Rico, want die gedachte kwam plotseling bij hem op.

'De mafia?'

Rico moest lachen.

'Ja, dat komt... ik heb een keer een film gezien... en als ze dan iemand moesten hebben, die mafiosi, dan gooiden ze een dooie vis bij 'em voor de deur! Dat betekent: jij leg binnenkort op de bodem van de rivier!'

'Nou,' zei Rochèl, 'toch vriendelijk dat ze dan van tevoren even waarschuwen. Dan kun je nog verhuizen!'

'Oh nee!' riep Rico. 'Dat helpt dan niet meer! As ze je moeten hebben, dan weten ze je overal te vinden!'

Hij spoelde schoenen en sokken onder de kraan schoon en zag, opzij kijkend, dat Rochèl nog steeds naar de dooie vis zat te staren.

'Maarre... daar nemen ze geen goudvissen voor, hoor!'

'Nee, nee,' zei Rochèl, 'dat snap ik! Daar jaag je iemand de stuipen niet mee op het lijf. Dan moet je toch minstens een flinke kabeljauw hebben! Met van die uitpuilende ogen.'

De natte gymschoenen zette Rico op het terras in de zon, met de sokken ernaast. Die kon hij vanmiddag wel weer aan.

Op een stoel naast Rochèl aan de schragentafel gezeten keek hij een uur later toe hoe deze een doosje met in watten verpakte schelpen opende, niet om dat leeg te halen, want alles wat erin zat, was al beschreven, maar alleen 'om te laten zien hoe mooi ze waren'. Het waren spierwitte schelpen met zes, zeven puntig uitstekende verdiepinkjes boven elkaar, 'net Chinese tempeltjes', naar beneden uitlopend in een lange, priemachtige punt en de oude man draaide het exemplaar dat hij uit de watten losgemaakt had zo aandachtig rond, dat het leek of hij zichzelf van hun schoonheid wilde overtuigen in plaats van Rico.

'Columbarium pagoda,' zei Rochèl plechtig.

'Ja,' lachte Rico, 'Fikkie lust 't wel!'

'Het kan nooit kwaad de dingen bij hun naam te noemen.'

'Dus eh... dit is het mooiste wat je in de oceanen ken vinden,' zei Rico, een beetje spottend, maar toch ook om belangstelling te tonen voor wat de oude man blijkbaar dierbaar was.

'Het mooiste...' zei Rochèl nadenkend, 'die keus valt niet te maken. Er is zoveel moois in de oceanen! Maar nee, als ik dan toch moest kiezen, dan koos ik helemaal geen schelp. Dan nam ik toch iets anders.'

'Wat dan?'

Rochèl keek hem geamuseerd aan.

'Dan koos ik het gebladerd zeepaardje.'

''t Wát?'

'Kun je je een zeepaardje voor de geest halen?' vroeg Rochèl.

'Ja, hé! Die verkopen ze hier in de souvenirswinkels. Op vaasjes geplakt en zo.'

'Maar heb je wel es een levende gezien?'

'Nee.'

'Kijk,' zei Rochèl en hij draaide zich om in zijn stoel zodat zijn knieën de zijne haast raakten, 'zo'n zeepaardje is op zichzelf al een leuk diertje, hè? Zo parmantig als ze door het water gaan, met die kleine vinnetjes aan weerskanten. En daarbij zijn het de kangoeroes van de zee: de mannetjes hebben een buideltje voorop, waarin ze de jongen uitbroeden, wist je dat? Maar nu komt er voor de kust van West-Australië een soort voor, waarbij al die fijne ribbetjes die ze over hun lijf hebben, uitlopen in een takje met blaadjes eraan! Groene blaadjes, niet van echt te onderscheiden, met bladnerf en al! Je weet niet wat je ziet! En al die blaadjes trillen en dansen met de zwembewegingen van het beestje mee. Onvoorstelbaar mooi! 't Is als camouflage bedoeld trouwens. Het zijn precies dezelfde blaadjes als die van de kelpwouden waarin ze voorkomen. Onderwaterwouden, zal ik maar zeggen.'

Hij tuurde glimlachend de tuin in, langs Rico heen, alsof hij daar zo'n beestje zag zweven.

'Er is een oud Grieks verhaal, dat gaat over de bosnymf Daphne die achterna gezeten wordt door de god Apollo. Hij is verliefd op haar, maar zij wil niets van hem weten. En om aan hem te ontkomen, verandert ze zichzelf in een boom! Haar lichaam wordt de stam en haar armen en hoofd het gebladerte.'

Ken-die lekker boompjeneuken, dacht Rico.

'Daar doen ze aan denken, aan vluchtende Daphnes die bezig zijn boom te worden. Ze zijn heel zeldzaam en nog niet eens zo lang bekend. Maar een jaar of zeven, acht geleden hebben Japanse duikers er een paar gevangen; die waren toen in een aquarium in Tokio te zien. Ik heb ze niet gezien, helaas, hoewel ik een tijdje met het plan rondgelopen heb ervoor naar Tokio te vliegen. Maar mijn vrouw voelde er niet voor. Zij wil de collectie nooit alleen laten en dus kwam het er niet van. En toen het er bijna toch van kwam, bleken ze al dood te zijn, daar in Tokio.'

'Wil u zeggen, dat u speciaal om die beestjes te zien helemaal naar Tokio zou vliegen?!' riep Rico.

'Nou, da's niet zo gek ver van het eiland waar wij wonen vandaan, hoor! Reken maar van hier naar Zuid-Italië.'

'Dan nog! Dat kost nogal niet een paar centen! Om een paar zwemmende twijgies te zien!'

Rochèl lachte.

'Je bedoelt zeker: da's haast een halve Harley!'

Rico snoof en zei maar niks.

'Nou,' riep hij toen, 'wat krijg ik van u as ik d'r hier eentje uit de Noordzee opduik?'

'Noem je prijs maar!'

'Duizend ballen!'

'Verkocht! Dat is te geef, jongen! Voor een Noordzee-exemplaar nog wel!'

'Tienduizend dan!'

'Ja, daar ben je nu te laat mee!'

Ze lachten allebei. Rochèl hing met zijn kin in zijn handen naar hem overgeleund. Zijn ogen glinsterden. Alle rimpeltjes in zijn gezicht lachten mee. Hun knieën raakten elkaar.

Freak, dacht Rico, halve gare freak!

Als over gloeiende kolen liep hij, half op de zijkanten van zijn voeten, over het hete grind naar het schuurtje om tussen het afvalhout een paar plankjes te zoeken. Ze hadden een wrak sinaasappelkistje vol grote, logge 'moordenaarsmossels' leeggehaald, waarvan de bodemlatjes niet te vertrouwen waren, zodat Rico er als de kippen bij was om daar wat aan te doen. Even lekker timmeren was nooit weg! Toen hij wat geschikte plankjes had gevonden, vermeed hij op de weg terug het grind en liep de afstand van schuur naar terras tussen de lage struikjes langs het grindpad. Opeens sneed er iets in zijn grote teen. Verdomme! In glas getrapt. Wat had-ie vandaag? Eerst in die smerige vijver zakken en dan uitgerekend in de enige glasscherf trappen die hier in de hele tuin te vinden viel! Hij legde de plankjes naast het kistje, dat al op het terras stond en hinkte de kamer in.

'Ik heb in een stuk glas getrapt!' riep hij en keek rond waar hij het beste kon neervallen.

Rochèl kwam overeind en keek naar zijn bloedende voet. Hij trok meteen zijn eigen stoel bij en liet hem daarop zitten.

'Laat es kijken.'

Hij greep een stuk pakpapier, zette Rico's voet daarop op de vloer en knielde erbij. Toen hij aan de gewonde teen kwam, drupte het bloed op het papier.

'Shit,' siste Rico door zijn tanden heen.

'Dat moeten we even schoonmaken,' zei Rochèl, liep naar de keuken en kwam terug met een natgemaakte handdoek.

'Geef maar,' zei Rico, maar Rochèl trok een stoel bij, legde de voet met papier en al op zijn schoot en begon voorzichtig de onderkant van zijn voet schoon te wrijven, om de wond heen.

'Normaal heb ik niet zulke vuile voeten, hoor,' zei Rico.

'Ik zie geen glas,' zei Rochèl, door zijn brilletje heen aandachtig de teen bekijkend, 'maar kom es... even flink zijn!'

Hij zette beide duimen aan weerskanten van de wond en trok de snee wat verder open.

'Auw!'

'En als ik er zo tegen druk... doet dat dan pijn?'

'Nee.'

'Nou... d'r zit niks meer in. Blijf zo zitten. In de auto ligt een verbandtrommel, die ga ik even halen.'

Hij liep het terras op, het grindpad over en Rico bleef gehoorzaam op de stoel zitten. Over de rugleuning hing het jasje van meneer Rochèl, daar zat hij tegenaan. Hij keek langs zijn rechterarm naar beneden en duwde met één vinger het rechtersjaspandje opzij. In het voeringzakje stak een portefeuille. Buiten klonk het geluid van de klemmende garagedeur die opengetrokken werd. Hij pakte de portefeuille, sloeg hem open en ging snel met zijn vingers door het papiergeld. Drie honderdjes, twee vijfentwintigjes en een tientje. Aan de andere kant een pakje cheques, een paar pasjes en – toevallig dat hij het zag, want het zat nogal weggestopt – een klein, wat gekreukt zwart-wit fotootje, dat hij even te voorschijn trok: een magere, donkere jongen van een jaar of vijftien, met alleen een broek aan, stond breed lachend in het zand naast een rund met enorme horens. Hij duwde het fotootje terug en streek nog even over het papiergeld.

'Afblijven, eikel!' zei hij zachtjes. Als hij hier nou zijn eigen glazen wilde ingooien, moest hij een beetje gaan lopen jatten!

In de garage werd een portier dichtgeslagen. Hij deed de portefeuille dicht en stak hem, net zoals hij gezeten had, terug in de binnenzak van het jasje.

Het grind knarste en even later verscheen Rochèl weer voor de tuindeuren met een EHBO-doosje in de hand.

'Hier moet alles inzitten.'

Hij zette het doosje op tafel en zocht er wat spullen uit. Toen ging hij weer zitten en nam opnieuw Rico's voet op schoot.

'Een beetje schuin houden..., zo ja, dan kan ik er beter bij.'

Hij druppelde jodium in de wond en hield de voet met twee handen vast, de voetzool naar boven gericht, zodat de jodium er niet af zou lopen.

'Even opdrogen,' zei hij en blies er zachtjes over om het opdrogen te bespoedigen.

Rico voelde zich belachelijk, zo onderuit hangend in de stoel, met zijn voet in de handen van meneer Rochèl. Uiteindelijk legde deze een gaasje onder zijn grote teen, drukte dat aan en pakte een pleister van tafel. Zorgvuldig, alsof het allemaal van het grootste belang was, plakte hij de ene kant van de pleister tussen de grote en de tweede teen op de bovenvoet vast en de andere kant langs de zijkant van de voet. Vervolgens begon hij stevig over de plakgedeelten van de pleister te strijken, vooral over de zijkant, en nam daarbij Rico's hele voet haast tot aan de enkel toe mee.

'Hier laten ze altijd gauw los,' zei hij.

'Nou, hij zit wel goed,' zei Rico.

Maar Rochèl liet zijn voet niet los.

'Beweeg je teen eens!'

Hij bewoog zijn tenen een moment op en neer. Rochèl keek naar de onderkant van zijn voet en wreef toen nogmaals met z'n hele hand over de zijkant van zijn voet heen en weer om de pleister nog steviger te laten plakken en om tegendruk te bieden sloot hij ook z'n andere hand om de voet en hield die daar.

Dit duurde misschien tien seconden.

Maar in deze tien seconden drong er een verpletterende waarheid tot Rico door: dit had niets meer met het plakken van een pleister te maken! Dit was strelen, aaien, opvrijen!

Die vent zat zijn voet te strelen!

Het zweet brak hem op slag uit. Zijn haarwortels prikten in zijn hoofd. Hij trok dadelijk zijn voet weg... en had daar meteen spijt van. Niet van het wegtrekken zelf, maar van de bruuske beweging waarmee hij het gedaan had, want Rochèl schrok en er viel een vervelende stilte.

Toen draaide Rochèl de dop op het jodiumflesje en zei: 'Loop er eens op.'

Rico stond op en deed een paar stappen.

''k Voel d'r niks meer van, bedankt,' zei hij en liep meteen het terras op. Buiten, op de warme tegels, zette hij direct de kist ondersteboven, terwijl zijn hart nog zwaar tegen zijn ribben sloeg. Hij legde de twee geschiktste plankjes uit de schuur over de bodem en begon zijn verwarring weg te timmeren, af en toe een steelse blik op Rochèl werpend, die met zijn rug naar hem toe het EHBO-doosje stond in te pakken. Onder het spijkers inslaan kon hij goed nadenken.

Eerst liet hij de gedachte dat meneer Rochèl een flikker was vrijwel net zo snel weer varen als ze was opgekomen. Flikkers, dat waren die vieze mieten van het strand, de types die met hun pik in een driehoekkie en een touwtje door hun kontspleet liepen te handballen. Daar waren ook wel ouwe mannen bij, maar een heel ander slag. En dan had je nog een soort: getatoeëerde bikers met veel spieren in zwart leer – van wie het hem trouwens niet helemaal lekker zat dat het poten waren, want hij vond hun jacks en broeken en alle metalen versieringen die ze droegen nogal tof. Maar deze oude man met z'n honderdduizend schelpen een flikker? Dat was idioot! Daar was hij niet alleen te oud voor, maar ook te ouderwets en te deftig. En bovendien was-ie getrouwd!

Hij had het zich verbeeld. Of je moest het zo zien, dat die man zijn pijn had willen wegstrijken of zoiets. Hij was nou eenmaal een beetje maf: almaar verhaaltjes vertellen, veel te veel betalen voor een paar uurtjes overwerk, gestampte muisjes kopen. Of misschien ging het er daar in de Filistijnen wel zo aan toe, dat je iemand die gewond was een beetje aaide, wist hij veel. Neem zijn Venezolaanse oom, die bij hen op bezoek geweest was: die had zijn vader voortdurend omhelsd en gekust!

Hij gluurde van tijd tot tijd naar binnen. Rochèl zat voorovergebogen aan tafel notities te maken en draaide af en toe een schelp rond. Hij leek meer in zijn werk verdiept dan hij de hele ochtend geweest was. Die man een flikker? Kom nou gauw!

Maar verschillende dingen begonnen hem opeens in een ander licht te verschijnen. Zoals Rochèl altijd naar hem zat te kijken... en die opmerkingen, over gel in zijn haar bijvoorbeeld... Hij kwam eigenlijk ook wel vaak erg dicht bij hem staan... en neem nou gisteravond, toen ze buiten nog een pilsje gedronken hadden: toen zat-ie op een bepaald moment helemaal naar hem over geleund! Ook aan het fotootje dat hij zojuist in de portefeuille had zien zitten, moest hij denken.

En hoe langer hij deze feiten overwoog, hoe meer nog geheel andere gedachten in zijn hoofd opdoken. Als het zo was, zou het poen kunnen opleveren! Rochèl was rijk. En iemand die vijfenzeventig gulden betaalde voor een paar uurtjes schelpjes inpakken, wat had die over voor ander soort werk?

Hier stokten zijn gedachten, want met dit soort bijverdiensten was hij niet vertrouwd. Wat zou hij dan moeten doen... of laten doen? Aftrekken? Desnoods. Pijpen? Alsjeblieft niet! Zich laten neuken? Vergeet 't maar!

Hij droeg de kist naar binnen en zette hem op het uiteinde van de lange tafel.

'Is het gelukt?' vroeg Rochèl met een korte blik op de kist.

'Al stort u 'em vol aardappels, die bodem blijft erin,' zei Rico strak.

Rochèl lachte, maar keek hem niet aan.

'Mooi. Prachtig. Fijn,' zei hij en schreef door.

Rico keek naar de lichtbehaarde pols die onder de manchetten van het overhemd uitkwam, naar de smalle, oude hand die zwierige, paarse letters produceerde, zoals hij ze nog nooit iemand had zien schrijven. Misschien hoorde dat bij zo'n pen als Rochèl gebruikte. Mooi, prachtig, fijn, dacht hij. Wat zegt-ie dat raar.

'Ze kunnen er allemaal weer in,' zei Rochèl met een armgebaar naar de schelpen op tafel, 'en die kleintjes vallen onder één briefje.'

Hij maakte het laatste formuliertje af en stond toen op.

'Als ik eens een boterhammetje maakte?' vroeg hij luchtig en keek hem even aan.

Het was een korte blik, maar lang genoeg.

Op dat moment wist Rico dat het waar was. Hij zag het in Rochèls ogen. Het was de blik van iemand die zich betrapt weet en probeert te doorgronden hoe zwaar zijn vergrijp wordt opgevat. Nu weet je het, stond er op dat gezicht te lezen, en wat denk je nu?

'Wat wil jij erop?'

Hij keek rustig zwijgend terug, want hij voelde opeens macht over de oude man.

'Muisjes,' zei hij toen ernstig en nadrukkelijk, op een toon alsof hij eigenlijk iets heel anders zei.

Rochèl lachte nerveus: 'Hoe kan ik het ook vragen!' en hij verdween naar de keuken.

Rico wikkelde de moordenaarsmossels weer in het krantenpapier waar ze uitgekomen waren en pakte ze in de kist, terwijl er de meest uiteenlopende gedachten door zijn hoofd gingen. Hij dacht aan Rachid, de neef van Zafer, die jarenlang bij Zafer in huis gewoond had, maar daar nu geen voet meer over de drempel kon zetten, anders sloeg Zafers vader hem dood. Rachid was een mooie jongen en verdiende goud geld met de hoer spelen. Ze zagen hem nog wel eens, als hij zijn nieuwe kleren en dure horloges kwam laten zien; Zafer ging nog wel eens met hem om en kreeg soms ook geld van hem, hoewel hij dat niet wilde weten en nooit anders dan met minachting over hem sprak. Aan de ouwe kerel met zijn jonge vriendje dacht hij, die vorig jaar naar de politie was gegaan om Dijks broer aan te geven, alleen omdat die hem een beetje op stang gejaagd had op het strand. Een vent van een jaar of tachtig was dat, als je de verhalen moest geloven. Ook speelde er een voorval van vorig jaar zomer door zijn hoofd. Toen geilde hij een beetje op Debbie van de buren. Die was wel tegen het debiele aan, maar ze liep de hele tijd buiten in bikini met de bouvier te spelen, zodat alles hupte en trilde. Hij zat op het pad achter de schuurtjes aan de brommer te sleutelen en opeens was zij verdwenen en hoorde hij haar in hun schuurtje stommelen. Hij wou d'r laten schrikken en was daarnaartoe geslopen, maar ze was het niet: het was haar moeder! Hij had iets gezegd van 'dacht dat 't Debbie was' en toen had de buurvrouw zo'n beetje gelachen, opeens haar ontzettend dikke tieten tegen hem aangeduwd en gezegd: 'Kejje 't met mij nie af, klein haantje van me?' En voor hij het wist had ze haar volle hand in zijn kruis gelegd! Hij had haar weggeduwd, razend op dat wijf, maar zo zag je maar: hoe ouwer hoe geiler.

Rico's ervaringen op seksgebied waren niet groot. Het gerommel met meisjes op house-party's of achter de garages bij Smits of 's zomers bij de bunker, was eigenlijk nog maar twee keer op iets concreets uitgelopen: met een griet achter de garages, die eerst door Dijk gepakt was, en pas geleden, op een party in de oude Hijmans-loods met een meid bij wie de stoppen zo doorgeslagen waren dat zij hém had meegetrokken en voor wie hij eigenlijk een beetje bang was geweest. Met mannen had hij nooit iets te maken gehad, laat staan met een ouwe vent.

Toen hij de kist in de hal had neergezet, liep hij het terras op en ging aan het tuintafeltje onder de kromme meidoorn zitten. Wat zou Rochèl willen? Als een beetje trekken nou genoeg was... dan liet je de poen toch niet liggen? Daar ging je niet dood van en niemand die het zou weten! Rochèl was een onbekende in het dorp, die ging weer weg over een tijdje. Geen haan die d'r naar kraaide!

Daar kwam Rochèl het terras oplopen. Hij had zijn zonnebril op en droeg een blad voor zich uit met een bord vol dubbele boterhammen in de vorm van driehoeken, een glas melk, een glas cola en twee appels.

'Kijk es, jongen,' zei hij zacht, terwijl hij het blad voorzichtig op het wiebelige tafeltje zette en een stoel bijtrok. 'Ik heb maar aangenomen dat jij liever cola wilt dan melk.'

Rico zweeg even. Hij begreep instinctief dat Rochèl in feite zo bescheiden was dat hij, na wat er daarnet gebeurd was, niet snel een nieuwe poging tot toenadering zou doen. Die was doodsbang dat hij kwaad zou worden of zoiets! Als hij spijkers met koppen wilde slaan, dan moest het nu van zíjn kant komen. En dan moest hij er niet te lang mee wachten, want wie weet hoelang hij hier nog maar alleen met hem was! Over een paar dagen kwam in ieder geval zijn vrouw alweer thuis.

'U verwent me eigenlijk veels te veel,' zei hij.

Rochèl keek hem aan.

'Mag dat niet?' vroeg hij timide.

''t Is mijn best!' zei Rico en hij lachte breed naar de oude man, die teruglachte onder zijn zonnebril.

'Nou dan!' zei hij.

Het ijs was weer gebroken.

Rico greep een boterham en begon te eten, maar Rochèl leunde achteruit in zijn stoel en zei: 'Weet je, op Mindanao voer ik es een keer uit met de schipper om naar een rijtje kleine, onbewoonde eilandjes ten oosten van het eiland te gaan. Ik had gehoord dat daar, tussen die eilandjes in, een vindplaats was van een heel bijzonder soort Murex-schelp.'

Rico grijnsde. We kregen meteen weer een verhaal!

'Enfin, we waren al een paar uur onderweg, toen we ontdekten dat we de proviandbox niet aan boord hadden!'

'Wat voor box?'

'De proviandbox. Waar het eten inzat. Water hadden we gelukkig wel, maar geen hap te eten! Nou ja, dan maar een dagje zonder eten, hè? We waren al veel te ver om terug te gaan. Maar het werd een zware dag: de lier kwam een paar keer vast te zitten, de schipper moest verschillende keren het water in, we verspeelden een net, allemaal ellende waar je flinke honger van kreeg. En vistuig hadden we ook al niet aan boord, uitgerekend die dag niet, dat zal je altijd zien! Goed, op zeker moment voeren we om een van die eilandjes heen en daar bleek een prachtig baaitje te zijn, waar je zo kon aanleggen. Nou, zei de schipper, het moet toch raar lopen als daar aan land niets eetbaars te vinden is! Dus we legden aan en gingen op zoek. Maar eieren, vruchten, bessen... ho maar! Het stierf er alleen van de insekten en je moest verduveld goed oppassen om niet op spinnen of schorpioenen te trappen. Maar opeens duwt de schipper een omgevallen boomstam om en daar wemelde het van de larven: grote, dikke, witte larven. Honderden. Zo groot als flinke garnalen. Keverlarven.'

'En heb u die toen opgegeten?!'

'Ja. Geroosterd. We hebben een vuurtje gemaakt en daar een ijzeren plaatje overheen gelegd dat we aan boord hadden, en de schipper schudde die larven zo uit de doek op die gloeiende plaat. Een hoop gekronkel en gesis. Die dingen krompen tot meer dan de helft in, werden bruin en dan kon je ze zo aan de vork prikken. Ik dacht eerst nog: ik wacht wel tot vanavond, maar hij zat er zo smakelijk van te eten, fles water erbij, en het rook zo lekker! Toen ben ik er ook maar aan begonnen en ik moet zeggen: heerlijk was het! Lekker knapperig en toch sappig van binnen.'

'Gatverdamme!' zei Rico en liet zijn boterham zakken. 'Krijg je daar dan niks van?'

'Jawel, een tevreden gevoel in je maag.'

Rochèl pakte een boterham van het bord en hapte erin.

'Je moet alles leren eten,' zei hij lachend.

'Nou, een goser die ik ken,' zei Rico, 'die komt uit Turkije, of z'n ouders dan, en daar thuis eten ze schapekoppen met de ogen d'r nog in! Kejje lekker op bijten, op die oogies!'

'Mmm.'

'Maar weet u wat smerig is?'

'Nou?'

'As in je bier! Dat hebben ze mijn een keer geflikt. Jezus, wat werd ik daar beroerd van! En bij een andere jongen... nou, een etterbak, hoor, daar niet van... maar die z'n frikadel daar hebben ze een lik hondestront opgesmeerd. Dacht-ie dat 't mosterd was! Hij heb d'r nog van gegeten ook!'

'Dat is echt gemeen!'

Zo zaten ze nog een poosje genoeglijk te praten, in de schaduw onder de boom, net of er niets gebeurd was. Rico ging nog een glas cola inschenken en toen hij daarmee terug kwam lopen en het op het tafeltje neerzette, Rochèls ogen achter de zonnebril weer onveranderlijk op hem gericht, dacht hij: nu dan maar.

''t Is behoorlijk heet,' zei hij en trok met breed uitgezette borstkas zijn T-shirt omhoog, sjorde er een beetje aan, alsof het niet goed over z'n hoofd wou glijden, gooide het achteloos over zijn stoel en viel daar vervolgens zelf op neer. Om z'n loomheid te onderstrepen, gleed hij meteen met zijn benen wijd onderuit, raakte daarbij met zijn knie de knie van Rochèl en liet die daar een paar seconden... alsof hij niet direct in de gaten had dat hij iemand aangestoten had.

De oude man zat roerloos.

'Jaa...' zei hij langzaam, alsof hij naar woorden zocht, 'het is warm... voor Hollandse begrippen.'

Rico keek opzij. Rochèls ogen waren door de donkere bril niet te zien en dat gaf hem de brutale moed naar de oude man te glimlachen en hem recht aan te kijken. Zijn hart bonsde in zijn borst, maar hij bleef kijken. Rochèl keek zo bewegingloos terug dat het leek alsof hij niet meer leefde, waardoor Rico plotseling weer oog kreeg voor zijn deftige broosheid, die hem weer hevig aan het twijfelen bracht en zelfs in lichte paniek. Wat doe ik, dacht hij. Die man denkt dat ik gek ben, die schrikt z'n eigen de pleuris!

Toen legde Rochèl zijn hand op de zijne, die op de stoelleuning lag, en de rimpeltjes om zijn mond plooiden zich tot een glimlach.

'Rico...' zei hij zachtjes.

Op dat moment knarste het grind onder de wielen van een auto die het pad opdraaide. De MG van Bol!

Rico trok dadelijk zijn hand weg.

'Verdomme!' liet Rochèl zich ontvallen.

Rico lachte een beetje. Die vloek, zo ongewoon voor meneer Rochèl, was een bezegeling. Een belofte voor de toekomst. Een vrijbrief voor ongekende mogelijkheden. Alleen strooide die biljartbal nog even roet in het eten.

***

Ernst Bol was in het beste humeur van de wereld. De onderhandelingen met de minister waren boven verwachting gunstig verlopen en hij was vervuld van zo'n groot optimisme over de toekomst van het Seba-instituut, dat hij nu niets liever wilde dan zich ongecompliceerd gelukkig te midden van de collectie – zijn collectie – bevinden en zijn vreugde met de Rochèls, met Eduard Rochèl althans, te delen.

Het was werkelijk voor de wind gegaan vanochtend! Voor

de minister, een gedecideerde, maar niet oncharmante vrouw, had hij een presentje meegebracht: een Wedding Cake Venus, de Callanaitis disjecta Perry 1811; een groot, blankroze, geheel gaaf exemplaar. Een schelp die het altijd goed deed bij leken met z'n wulpse taartcrèmerandjes, en meestal voor iets heel bijzonders gehouden werd, zo ook door de minister. Ze had gezegd dat het niet iedere dag voorkwam dat een verzoek om meer subsidie met zoveel schoonheid ondersteund werd. Op zo'n soort reactie was hij voorbereid geweest – cadeautjes bléven natuurlijk een hachelijke zaak – dus hij had gepareerd met een van tevoren bedacht grapje. Als vertegenwoordiger van het Seba-instituut zette hij nu eenmaal graag de traditie van onze verre voorouders voort: geen onderhandeling zonder schelpjes! Daarna was de bespreking in allerplezierigste sfeer verlopen, met de Wedding Cake Venus als trofee midden op tafel. Uiteraard had de bewindsvrouw geen definitieve toezegging gedaan, maar zowel zij als haar ambtenaren hadden zich niet alleen geïnteresseerd en welwillend betoond, maar duidelijk de indruk gegeven dat er aan de financiële problemen rond een nieuwe behuizing wel een mouw te passen viel! Er was zelfs al over mogelijke panden nagedacht! Er stond een nieuwe afspraak voor over veertien dagen in zijn agenda. Nu alleen morgen de vergadering met het College van Bestuur nog, waar nog wel enige tegenstand te verwachten viel, maar beslist geen onoverwinnelijke tegenstand!

Hij stapte uit de auto en liep om het huis heen naar het terras; de tuindeuren zouden wel openstaan. Kijk eens aan: meneer Rochèl zat net met Rico buiten! De jongen hing met een glas cola in de hand onderuit op zijn stoel – halfbloot, ging het meteen weer even door hem heen, maar was dat iets bijzonders bij dit weer? – en Rochèl at een sandwich.

'Goedemiddag, goedemiddag!' riep hij vrolijk. 'Al aan de lunch, zie ik! Da's jammer, want ik heb gebakken vis meegebracht!'

'Daar hebben we dr. Bol,' zei Rochèl.

'Hallo,' zei Rico.

Bol schudde Rochèl de hand.

'Hebt u zich los weten te scheuren uit de houdgreep der ambtsdragers?' informeerde Rochèl.

'Dat hoefde niet eens,' riep Bol, 'de bespreking was gewoon afgelopen. En bevredigend verlopen, kan ik wel zeggen. Zeer bevredigend!'

Hij gaf Rico een tikje tegen de schouder.

'Zo jongen, hoe gaat het? Warm?'

'Nou, 't vriest niet.'

'Kan ik jullie nog een plezier doen met een stukje vis? Net gebakken! Nog lekker heet! Ik pak wel wat bordjes.'

Onder het verorberen van een scholletje – hij had een reusachtige honger gekregen nu de spanning over het gesprek met de minister van hem afgevallen was – deed hij Rochèl even later verslag van het verloop van de onderhandelingen. Rico was opgestaan, had zijn schoenen aangetrokken, die midden op het terras stonden met de sokken ernaast uitgespreid alsof ze te drogen lagen, en was de tuin ingeslenterd. Een soort discretie van die jongen, dacht Bol, om niet te willen aanhoren wat niet voor hem bestemd was.

'Nee, deze minister is echt gevoelig voor het representatieve aspect van de zaak,' zei hij tegen Rochèl. 'Het argument dat het doodzonde is om van zo'n rijke collectie nog geen honderdste deel te kunnen tonen, sprak haar beslist aan! Ze is persoonlijk geïnteresseerd in uw verzameling.'

'Hm-hm... mooi,' antwoordde Rochèl.

'We zullen haar uitnodigen voor de eerste expositie!'

'Ja, dat moet u doen.'

''t Zou leuk zijn als ze hem kwam openen,' draafde Bol door.

Rochèl zat te knikken, maar leek afwezig. Hij at amper van de vis. Zijn reactie op het verheugende nieuws stelde Bol teleur. Hij zat het aan te horen, vroeg haast niets en zat maar wat de tuin in te staren, alsof het hem niet raakte.

'Dat zou uw vrouw vast ook leuk vinden!'

'Oh, ja,' zei Rochèl drie seconden te laat, 'dat zou ze beslist!'

Bol at nog een stuk vis. Zijn opgetogenheid was wat geluwd door de lauwe manier waarop er op zijn verhaal gereageerd werd – was Cecile er nu maar! – en hij had opeens, als een piepklein, zwart wolkje in het hemelse blauw, het onbestemde gevoel hier een beetje als indringer gezien te worden, maar hij verdreef dat gevoel onmiddellijk weer en was te veel van sympathie voor de Rochèls vervuld om het Eduard Rochèl kwalijk te nemen. Die was nu eenmaal een laconieke persoon, die niet snel in overdreven enthousiasme verviel. En híj kwam nu net van een enerverende vergadering, moest je rekenen, was nog een beetje in die roes, maar hier hadden ze de hele ochtend kalmpjes schelpen genoteerd en ingepakt!

Hij had wel drie kwartier staan bellen in de hal – met Tillens, met de hoogleraar Taxologische Zoölogie, met de decaan van de faculteitsraad – en tijdens die gesprekken zijn ogen goedkeurend over de opgestapelde kisten en dozen laten gaan. Er stond al zoveel dat de eerste lading nu eigenlijk al af te halen viel! Dat moest toch te regelen zijn deze week: morgen vergadering, donderdag transport, vrijdag hijzelf in de villa en Rico weg, want dan kon Cecile alweer thuiskomen!

'Wat zijn jullie geweldig opgeschoten in die paar dagen!' zei hij, de grote achterkamer binnenlopend waar Rochèl en Rico bezig waren een lade tijgerslakken te sorteren.

'Wat dacht u dan!' zei Rochèl.

Bol bleef een moment bij de inpaktafel rondhangen en bekeek de groepjes die Rochèl gevormd had en nu van notatie voorzag. Weinig schelpen uit deze laden bleken fatsoenlijk beschreven te staan, want het waren voornamelijk melanismen, nikkelverkleuringen, waaraan Cecile een hekel had en die dus stiefmoederlijk behandeld waren. De zwarte kleur van deze schelpen werd door haar als een akelig soort huidziekte beschouwd en vooral als de beminde Cypraeidae erdoor getroffen waren, wilde ze eigenlijk niets meer met ze te maken hebben. Hij herkende direct het groepje van zeven eigenaardig smalle tijgerslakken, die Cecile hem een paar jaar geleden, tijdens zijn bezoek aan de Filippijnen, had laten zien. Want ze mocht de melanismen dan veronachtzamen, ze was trots genoeg op het malacologisch unicum dat dit zevental vormde om hem dat te tonen. Deze schelpen kwamen namelijk níet uit de wateren van New Caledonia, zoals vrijwel alle andere, maar voor de kust van West-Java vandaan, een plek waar door niemand ooit eerder nikkelverkleuringen waren gesignaleerd. Hij keek op het formuliertje dat Rochèl er al bijgelegd had. Vindplaats: New Caledonia. Hè?

'Zijn dit niet de Javaanse tijgertjes, meneer Rochèl, deze zeven? Heeft u dan nog meer van die smalle dingen?'

Rochèl keek op, tuurde een paar seconden peinzend naar het groepje schelpen en begon toen te knikken.

'U heeft gelijk,' zei hij. 'Dit zijn die uit de Java Zee. Goed dat u het ziet!'

Hij nam het formuliertje weg en schreef een ander.

'Wat een domme vergissing!' zei hij.

'Nou, je zou d'r ook dol van worden!' lachte Bol. 'Dag in dag uit papiertjes invullen!'

Maar hij verbaasde zich. Rochèl deed – godzijdank! – lang niet zo moeilijk over de precieze herkomst van de schelpen als zijn vrouw, die, zeker als compensatie voor het jarenlang verwaarlozen van de notatie, een half uur kon tobben over de vraag of een bijzonder exemplaar opgedregd was of opgedoken. Alsof je je dat nog kon herinneren na zoveel jaren! Rochèl schoot beter op, omdat hij het belang van de notatie wist te relativeren. Maar iets van zoveel belang als dit zevental!

Je vroeg je af de hoeveelste vergissing dat dan wel was, dacht hij, terwijl hij naar het zijkamertje liep om een speciale doos Muricidae onder handen te nemen. En als er zulke fouten gemaakt werden... wat was dan in godsnaam nog de winst van deze omslachtige, tijdrovende en dure omweg naar het museum, dit hele absurde plan van Cecile, dat in feite niets anders was dan het onvermogen om afstand te doen! Had hij de schelpen onbeschreven in het museum gekregen, goed, dan was dat in speciale gevallen lastig geweest, maar nu werd het helemaal hachelijk! Wat was fout en wat was goed? Wat leek goed en was fout? Wat leek fout en was wel degelijk goed?

Maar hij haalde zijn schouders op en lachte hardop. Deze dag kon niet stuk.

In de doos Muricidae trof Bol een in zachtgroen rijstpapier gewikkelde schelp aan. Op dat papier stond, in Ceciles handschrift, alleen maar 'Sakato' geschreven. Sakato? Een handelaar? Een visser?

Om Rochèl opheldering te vragen liep hij het zijkamertje uit, de hal in, en trof daar Rico, die net een reusachtige Spider Conch boven op de kapstok legde.

'Waarom moet die daar liggen?' vroeg Bol.

De jongen keek hem brutaal aan.

'Die mag ik hebben!'

'Oh?'

Rochèl riep vanuit de achterkamer: 'Ja, die ontgaat het Seba-instituut, dr. Bol. Daar is Rico zo van onder de indruk, die mag hij meenemen.'

Bol glimlachte, hoewel niet helemaal van harte. Gingen we de boel nu ook al weggeven? Spider Conches waren niet zeldzaam, dat niet, maar zo'n groot en fraai exemplaar als dit zag je zelden.

'Ga je ook al verzamelen?' vroeg hij aan Rico.

'Helemaal niet,' zei de jongen, 'maar deze zijn gewoon tof. Net spinnen.'

Hij zag Rochèl in de achterkamer lachen.

'Nou,' zei hij sportief tegen Rico, 'dan ben je nu in het bezit van een echt stuk uit de Rochèl-Rondee-collectie!'

Rico keek wantrouwend.

'Wat is Rondee?'

'Dat is de meisjesnaam van mevrouw Rochèl.'

'Oh.'

'Meneer Rochèl,' zei Bol, de kamer binnenstappend. 'Weet u wie of wat "Sakato" is?'

Rochèl haalde zijn schouders op.

'Sakato?' vroeg hij. 'Nooit van gehoord.'

Om half zes liepen ze met een glas Chablis in de hand de achtertuin in om vanaf het duin een blik op de stranddrukte te werpen. Rico was al naar huis. Bol opperde ideeën voor de komende tentoonstelling die zo snel mogelijk in het oude pand georganiseerd zou worden ter ere van de nieuwe aanwinsten en nog veel meer ideeën voor een grote overzichtstentoonstelling die in het nieuwe gebouw gehouden zou kunnen worden; hij weidde uit over het kwaad dat de bezuinigingsgolf van de laatste jaren had aangericht en over de connecties met de afdeling Taxologische Zoölogie en al pratend waren ze het duin weer afgedaald en de achtertuin ingelopen.

Rochèl zei weinig. Hij beperkte zich tot luisteren en korte instemmende opmerkingen en zag er vermoeid uit achter zijn donkere zonnebril. Misschien werkte hij te hard.

Bij het vijvertje bleven ze staan. Hoe vredig en stil was het hier, besefte Bol, zo dicht bij het drukke strand. De tuin lag in een soort kom achter de duinen en als de wind van land kwam, zoals nu, hoorde je de geluiden van het strand en het ruisen van de zee slechts heel gedempt op de achtergrond. Er geurde een bloeiende struik. Blauwe libellen scheerden over het zwarte vijverwater en bleven daar seconden roerloos hangen. De laagstaande zon stoofde zijn rug. Hij zweeg, sloot zijn ogen en bleef zo enige tijd verzaligd staan.

'Wist u,' zei Rochèl, 'dat als de mafia iemand om zeep wil helpen... dat ze bij die persoon dan een dooie vis thuis bezorgen?'

Bol keek op.

'Ja,' zei Rochèl, 'dat betekent: jíj ligt binnenkort op de bodem van de rivier!'

'W-wat bedoelt u?'

Rochèl haalde de schouders op.

'Niets. Zo doen ze dat gewoon. Een oude Siciliaanse gewoonte, mag je aannemen. Even een waarschuwing. En vluchten helpt dan niet meer. Als ze je moeten hebben, weten ze je overal te vinden!'

'Aha...'

Rochèl zag er inderdaad moe uit. Waarom nam hij Ceciles plan om de hele collectie de revue te laten passeren eigenlijk zo serieus nu ze er niet was? Hij zou gewoon met een boek onder de meidoorn moeten gaan zitten.

***

Toen Rochèl in de schemerige hal bij de telefoon stond, bedacht hij dat Cecile nu pas vijf dagen weg was; onvoorstelbaar kort. Hij had het gevoel al wekenlang alleen in de villa te zijn. Hij draaide het nummer in Menton en terwijl in Frankrijk het toestel overging, keek hij naar zijn spiegelbeeld naast de kapstok: oud en geel in het duister, als een spook tussen de dozen.

Toen hij Ceciles vertrouwde stem hoorde, voer er een rilling van ontroering door hem heen alsof het lang geleden was dat hij haar voor het laatst gehoord had. Net als wanneer hij vroeger vanuit Athene, zijn eerste post, zijn moeder opgebeld had.

Met Titia ging het nu opeens heel snel, vertelde Cecile. Ze was vanmiddag buiten bewustzijn geraakt, gewoon stilletjes weggegleden, alsof ze sliep. Een beginnende coma, volgens de behandelend arts, van waaruit ze mogelijk nog zou kunnen bijkomen, maar die toch het einde inluidde. Het was maar goed dat ze niet gewacht had met naar Menton te komen. Hoelang ze nog bleef, wist ze niet. Dat hing ervan af hoelang dit nog kon duren. De arts kwam vanavond opnieuw kijken.

Rochèl staarde voor zich uit. Die kleine Titia... de kip van het medium was dan het laatste waarover ze samen gesproken hadden.

'En hoe is het bij jou?' vroeg Cecile. 'Is dr. Tillens vandaag geweest?'

'Bol is geweest, vanmiddag, met heel goed nieuws.'

Hij was blij uitvoerig over Bols hoopgevende gesprek met

de minister te kunnen uitweiden en zoals te verwachten viel hield dit Cecile geruime tijd bezig; maar nadat hij zelfs de ministeriële opening van de komende tentoonstelling ter sprake had gebracht, vroeg Cecile opeens: 'En is die jongen er nog?'

'Die jongen?' herhaalde hij, alsof hij niet meteen begreep over welke jongen ze het had. 'Oh, ja, die is er ook nog. Die doet goed zijn best. Daar hebben we een hoop plezier van.'

Hij had het luchtig gezegd; een druk bezet manager die een paar woorden aan de jongste bediende van het bedrijf wijdt.

Cecile zweeg.

'Hij eh... hij is razendsnel met in- en uitpakken. En hij repareert dingen in een wip. Een kapot kistdeksel of zo. Een handig type, hè?'

Cecile bleef zwijgen.

'Hoe is het trouwens met je apebeet?' vroeg hij.

'Die geneest.'

'Mooi. Fijn, fijn. Je moet een beetje voorzichtig zijn met zulke beten. Laat je die dokter er nog eens...'

'Ja,' zei Cecile. 'Maar ik begrijp eruit dat jullie hem nog laten blijven deze week?'

'Wie?' vroeg hij.

Fout!

'Die jongen?' hervatte hij snel. 'Ach ja, waarom niet? Dr. Bol is erg met hem ingenomen! En eh... die jongen verdient er een paar centen aan. Hij begint ook zowaar al wat aardigheid in de schelpen te krijgen. Weet al een Voluut van een Conus te onderscheiden... hi-hi.'

Weer fout!

'Oh ja,' zei Cecile.

Toen ze opgehangen hadden, bleef hij een moment in de hal staan, vermeed in de spiegel te kijken en liep toen het huis uit; opnieuw naar zee.

IX

'Búhhh, wat goor! Mango!'

Dijk slingerde het ijsje van zich af. Het vloog met zo'n smak tegen het raam dat het trilde in de sponning.

'Ja, maak maar flink herrie!' riep Krokewit, die al tien minuten achter een oud, kinderachtig fruitmachientje stond.

'Hou jij je d'r buiten!' riep Dijk. 'Wie zei d'r dat hier geluidsapparatuur stond hè? En een Random Runner? Je wordt bedankt voor de inlichtingen! Nog nooit zo'n kale troep gezien as hier!'

'Ik zweer je dat ik het met me eigenste ogen gezien heb,' zei Krokewit, 'nog geen maand geleden! Ken ík weten dat ze 't allemaal weggehaald hebben!'

'Keertje te veel bezoek gehad zeker,' zei Zafer landerig vanuit een grote, doorgezakte fauteuil en hij schonk een half flesje cola netjes bij een grote gatenplant naast hem.

'Dit ijssie is wél lekker,' zei Krokewit, kennelijk niet van plan zich te laten opnaaien.

Dijk greep met beide handen in de vrieskist en gooide twintig, dertig ijsjes op een hoop op de vloer. ''k Zal ze effe voor je opwarmen!' riep hij, trok zijn gulp open en piste er, zwaaiend met z'n pik, overheen, 'dan zijn ze nog lekkerder!'

Krokewit lachte en gaf de fruitmachine een klap. Zafer zat te gapen als een nijlpaard.

'Goed,' zei Dijk, 'afnokken hiero! Buit: een ouwe transistor en drie dozen Nutsen! Gefeliciteerd! Of wouen jullie die partij cement ook nog meenemen?'

Hij wees op de gootsteen die vol gekieperd lag met gevulde koeken, waar Zafer uit verveling de cactussen uit de vensterbank ondersteboven ingeplugd had.

'En wat gaan we dan doen?' riep Krokewit, als een kind dat nog niet weg wil uit de speeltuin.

Dijk haalde chagrijnig zijn schouders op.

'Weet ik veel.'

Hij draaide Rico's kant op.

'Nog effe bij die ouwe schelpeneuker langs misschien!'

Rico zat in de vensterbank een stripblad te lezen dat daar rondslingerde – althans hij deed alsof hij las. In zijn hoofd maalden de hele avond al zoveel gedachten dat het hem goed uitkwam zijn kop eens even in zo'n blad te steken. Dat gedoe hier, in dit clubhuis waar een blind paard nog geen kwaad kon, interesseerde hem toch niet. Hij keek nauwelijks op.

'Nee,' zei hij kort.

'Ochgotttegot!' zei Dijk. 'De schele is d'r tegen! En waarom as ik vragen mag? Je zegt zelf dat je daar zo de keukendeur binnenkomt!'

Rico keek langzaam op, gestoord in z'n lectuur.

'A: omdat d'r niks te halen valt,' zei hij duidelijk alsof een zwakzinnige het moest snappen, 'en B: omdat ík d'r werk.'

'En C?' riep Krokewit.

'Dan blijf jij toch buiten staan!' zei Dijk. 'Of je gaat helemaal niet mee. We doen die ouwe niks, hoor. We kijken alleen maar een beetje rond!'

'Ja, en dan kom ik daar morgenochtend aanzetten en dan rij ik meteen de smeris in de klauwen! Doe niet zo stom, man!'

'Hij is bang dat-ie niet meer mag meeëten!' zei Zafer.

'Ik zeg toch,' zei Rico, 'hij héb niks bijzonders! Geld legt daar heus niet rond te slingeren, as je dat soms dacht, en verders is d'r gewoon niks. Of je moet koekepannen willen hebben of tafelkleden!'

'En die schelpen dan?'

'Jezus...'

Rico zuchtte vermoeid.

'Daar begint-ie weer! Man, daar moet je toch verstand van hebben! En dat heb jij niet!'

'Nee, maar jij misschien! Jíj heb toch onderhand wel in de gaten welke je moet hebben?'

'Ja,' riep Krokewit, 'dat die vent bijvoorbeeld zegt: laat díe niet uit je poten vallen, dat zijn hele dure!'

'Nee. Daar heb-tie het nooit over.'

Dijk keek hem wantrouwend aan.

Het hele voorstel ergerde Rico verschrikkelijk. Van Rochèl en van de schelpen en van de hele villa bleven ze met hun grote tengels af! Alleen de gedachte al dat de anderen daar binnen zouden dringen en de schelpen uit de laden zouden pakken, dozen zouden openmaken, overal aan zouden komen, maakte hem razend, alsof de schelpen, door al het werk dat hij er de afgelopen dagen aan had gehad, ook een beetje van hem waren geworden. In gedachten zag hij Dijk Rochèls wijn al opzuipen, de koelkast leeghalen, de gestampte muisjes door de keuken strooien...

'En nou kappen met dat gezeik!' beet hij hem toe.

'Ja, ja...' zei Dijk smalend, 'volgens mijn wil jij de hele boel daar voor je eige houwen!'

'Je ben gek!'

Dat was het vervelende met Dijk; hij had alles veel te goed door.

'Woeoeaaah...' gaapte Zafer, 'ik wil naar me nest! Het is bijna half twee!'

'Ik ook,' zei Rico, 'ík ken morgenochtend weer om half acht op!'

Dijk trapte met zijn hak in de smeltende berg ijs.

'Softies!'

'Stelletje mieten!' riep Krokewit.

'Maar goed...' zei Dijk, 'as ík nog es wat weet, dan gaan ik mooi zonder jullie!'

Hij pakte kalm de transistorradio op en liep naar het raam waardoor ze binnengekomen waren.

'Zonder jullie!' riep Krokewit, die de fruitmachine in de

steek liet en op de dozen met Nuts toeschoot, die hij alledrie onder zijn arm nam, 'dan gaan wij mooi met z'n tweeën!'

En hij ging Dijk achterna.

''t Is dat jij je melkgebit nog heb,' riep Zafer hem na, 'maar wel tandjes poetsen, hoor, met al die zoetigheid! Leer je dat wel op de kleuterschool?'

Rico kwam uit de vensterbank. Zafer hees zich eveneens uit de oude stoel en knipte keurig het licht uit, voordat ze uit het raam klommen en naar de brommers liepen. Het clubhuis lag op een open plek in een verlaten en verwaarloosd stuk dennebos; het was er niet erg donker, de maan, voor driekwart vol, verlichtte het grijze zand. De hemel was van een soort marineblauw met duizenden sterren tussen een paar zwartgrijze wolkenvegen. Achter het clubhuis reed Dijk rondjes op zijn brommer, en Krokewit, die de Nutsdozen op de grond gezet had, rende tussen de dennebomen om een verblind konijn in de lichtbundel van de koplamp te jagen, zodat Dijk het zou kunnen overrijden. Zafer tikte op zijn slaap tegen Rico.

'Hé,' zei Rico tegen hem, 'ik geloof dat ik Rachid vanavond op de boulevard zag lopen. Met een ouwe vent.'

Hij zocht de hele avond al een gelegenheid om met Zafer onder vier ogen over Rachid te kunnen praten, hoewel hij zich weinig illusies maakte over Zafers mededeelzaamheid. Maar wie weet, als die twee idioten daar nog even bezig bleven...

'Oh,' zei Zafer, 'en hij zou de hele week in Parijs zitten! Liegen doet-ie dus ook al, die vuile reetkever.'

'Nou, ik ken me vergissen,' zei Rico. 'Ik zag hem van achteren. Maarre... een hele ouwe vent!'

Zafer haalde onverschillig zijn schouders op en riep: 'Krook, die zit allang in z'n hol, man!'

Maar Krokewit begon een omtrekkende beweging om een bosje te maken en Dijk speelde daar vast op in door het bosje van de andere kant te naderen.

'Ik vraag me eige af: wat doet-ie met die kerels?' vroeg Rico nogal plompverloren, want hij wist niet hoe hij het anders moest inkleden en veel tijd was er niet.

'Pff,' zei Zafer, 'dammen! Nou goed?'

'Nee, maar ik bedoel... wat eh... wat moet-ie allemaal doen om aan z'n centen te komen?'

'Man, ken ik dat weten!' riep Zafer geërgerd. 'Gewoon, allerlei smeerlapperij. Denk je dat mijn dat interesseert? Hoezo? Wou je 't ook gaan proberen?'

'Mij niet gezien! Maar ik bedoel: je moet 't maar kennen met zo'n oud lijk!'

'Voor geld ken veel, hoor!'

'Hij schoot de andere kant op!' gilde Krokewit, slingerde de stok die hij in zijn hand had achter het gevluchte konijn aan en kwam naar zijn brommer gelopen.

'Hij doet zeker gewoon zijn ogen dicht en denkt aan een lekker wijf,' opperde Rico.

'Waarom vraag je 't em zelf niet!'

Zie je wel, dit leverde niets op. Hij had gewoon de hele avond lopen verdoen!

Achter elkaar aan reden ze even later in een kalm tempo over een zandpad vol kuilen dat naar de straatweg leidde; Dijk voorop op zijn glimmende Honda, dan Krokewit op een wrakke Suzuki van de sloperij, Zafer op zijn oude Puch en achteraan Rico.

Om Krokewit te treiteren, die met één hand reed omdat hij de dozen Nuts onder zijn arm hield, ging Zafer naast hem rijden en porde tegen de dozen. Krokewit probeerde af te weren met zijn elleboog, maar daardoor reed hij de kant in en ontglipten hem twee van de drie dozen. Een daarvan brak open, waardoor alle Nutsen verspreid in het zand kwamen te liggen.

'Smerige Turk!' gilde Krokewit en hij stopte om de intact gebleven doos op te rapen, terwijl de anderen doorreden. Daarna haalde hij hen weer in en begon, venijnig trappend naar Zafer, pogingen te doen hem van het pad af te krijgen. Rico vond het allemaal kinderachtig gedoe. Waarom had hij zijn avond aan dat stelletje mafkezen verspild? Hij had beter een plan kunnen maken voor morgen. Of nog beter: hij had bij

Rochèl langs kunnen gaan. Dat had hij aan het begin van de avond ook wel overwogen, maar uiteindelijk toch niet gedurfd. Had hij het maar gedaan!

Waar het zandpad op de straatweg uitkwam, gaven ze allevier gas en scheurden richting dorp, maar Rico riep bij de eerste afslag al dat hij rechtsaf sloeg. Je kon de buitenwijk waar hij woonde zo ook bereiken, weliswaar via een omweg, maar dan vermeed je het centrum.

'Schijthak!' moest dat galbakkie van Krokewit hem natuurlijk nog naroepen, maar die had mooi praten! De bonk roest waar hij zelf op reed, zakte van ellende zowat in elkaar. Daar was niks aan verloren als hij in beslag genomen werd! En Dijk en Zafer hadden niets te vrezen: die waren allebei zestien.

Nu hij de anderen kwijt was en moederziel alleen over het smalle weggetje tussen de doodstille akkers reed, voelde hij zich eensklaps zo prettig of deze verlatenheid net was waar hij de hele avond naar verlangd had. Hij dacht ook nog nooit zo'n mooie sterrenhemel gezien te hebben en ging heel langzaam rijden, steeds maar omhoogkijkend, totdat hij de sensatie kreeg op zee te zijn.

Hij voer in een boot. Ze waren een eind uit de kust, nergens was meer land te bekennen en ze hadden het net uitgeworpen om nachtschelpen te vangen, je mocht niet praten. Tegen de donkere hemel stonden waaierpalmen van vuur, uitbarstende vulkanen.

Hij kwam geheel tot stilstand en tuurde naar de maan. En eensklaps was het of alle stoute dromen die vandaag in hem opgekomen waren in volle luister aan de twinkelende hemel stonden. Want in de loop van de avond was Rico in zijn fantasieën over het voordeel dat Rochèls belangstelling hem zou kunnen opleveren het stadium van 'een meier voor een potje afrukken' allang gepasseerd! Veel grootsere verwachtingen speelden door zijn hoofd, verwachtingen die zijn hele leven op een ander plan zouden brengen! En terwijl hij daar zo stond, één voet aan het asfalt en zijn hoofd in zijn nek, kijkend naar de sterren, was hij dezelfde jongen al niet meer, had hij niets meer te maken met kleine, miezerige uitbuiterijtjes, met hap-snap handeltjes, met klunzige inbraakjes in clubhuizen waar niks te halen viel, met dit hele waardeloze rotdorp en openden zich nieuwe verschieten, een nieuwe, veelbelovende toekomst.

Hij bracht de brommer weer aan de gang, reed langzaam verder onder de heldere hemel vol beloften en ging op het punt waar hij linksaf moest slaan gewoon rechtdoor. Hij had nog geen zin om naar huis te gaan. Dit weggetje door de velden kwam uiteindelijk op de Duinweg uit en hij wilde langs de villa rijden. Zomaar. Om in deze nacht, waarin hij rondreed als de enig overgebleven persoon op aarde, het huis te zien waarin Rochèl lag te slapen. In een kalm gangetje reed hij de Duinweg op. De maan scheen over de duintoppen, in de verte glinsterde de zee er af en toe tussendoor, je hoorde het geluid van de branding.

En opeens: een ree midden op de weg! Op een plek met aan weerskanten lage bosjes, stapte het dier plotseling de weg op, bleef onbeweeglijk staan, de kop naar hem toegewend en keek hem aan. Hij stopte schielijk, met twee voeten aan de grond en staarde het dier met ingehouden adem aan. Het was de eerste keer in zijn leven dat hij een ree zag. Hij wist niet eens dat die hier voorkwamen! Toen maakte het dier een kleine, sierlijke sprong naar de overkant van de weg en verdween tussen de struiken.

Hij kwam er niet direct toe verder te rijden en tuurde naar het struikgewas – dat amper bewogen had en ook niet geritseld, alsof hij zich het hele dier maar verbeeld had, alsof het een zinsbegoocheling was geweest – voordat hij weer voorzichtig gas gaf. Het leek wel of er met dat vreemde dier dat zijn pad gekruist was en hem aangekeken had, een teken was gegeven! Alles was veranderd! Deze maanverlichte weg was de Duinweg niet meer, dit was het dorp niet meer, het was al niet meer de oude Rico Gabrieli die hier reed. Er was een nieuw tijdperk begonnen. Hij boog zich over het glanzende Harley-stuur en streelde de grote, verchroomde koplamp, alsof hij zich ervan wilde vergewissen dat zijn vertrouwde Yamaha nog dezelfde was.

Daar was de villa al. Donker stak de rieten kap tegen de lucht af. Hij minderde vaart en reed er met zo min mogelijk motorgeluid langs. Alles was donker. Het was bijna kwart voor twee. Daar boven, in een van de kamers waar hij nooit geweest was, moest Rochèl nu liggen te slapen. Hij reed nog een stukje door, stopte toen en bleef een moment midden op de weg stilstaan.

Zo in de directe nabijheid van het huis namen zijn gedachten een prozaïscher wending. Wat de hele avond al in zijn hoofd opdoemde, als beeld van hoop en vrees tegelijk, was hoe Rochèl hem vanmiddag aangekeken had vanachter zijn donkere zonnebril en zijn hand op zijn arm gelegd had, de klank van zijn stem...

Morgen zou het gebeuren. Maar wat? Het lukte hem niet zich daar een aannemelijke voorstelling van te maken. Al verschillende keren had hij geprobeerd voor zich te zien hoe hij, in het ergste geval, op zijn buik op bed zou liggen met Rochèl over zich heen... maar hij kon die gedachte niet eens ten einde denken. Behalve afschrikwekkend was het ook idioot, onwezenlijk, belachelijk! Hij kon zich de oude schelpenverzamelaar eenvoudigweg niet zo voorstellen, dat paste niet, dat was te gek om waar te zijn. Het was wél waar natuurlijk, het was zelfs de dobber waarop zijn plannen dreven – zonder gymnastiek kwam hij nergens; als hij wat wilde bereiken, dan bleef het niet bij voetje strijken, dan moest zijn broek uit, dat was duidelijk – alleen... dat deel van het scenario wilde maar niet uit de verf komen.

Rochèl was verreweg de aardigste volwassene die Rico ooit ontmoet had. Voor zichzelf wilde hij wel toegeven dat het niet alleen om het geld was dat zijn rare, onverwachte inpakbaantje hem zo goed beviel; het was wel degelijk de oude man zelf, met zijn verhalen en zijn ouderwetse manieren waardoor hij zo graag kwam. Nog nooit had hij zich door iemand zo welwillend, zo kritiekloos, zo geïnteresseerd bekeken gevoeld en het leek alsof het feit dat juist deze Rochèl een flikker was nog altijd niet helemaal tot hem doorgedrongen was, alle berekeningen die hij de afgelopen uren op dat feit gegrondvest had ten spijt. Alsof hij diep in zijn hart nog geloofde dat Rochèl hem alleen maar verhalen wilde vertellen en eieren voor hem wilde bakken en toekijken hoe hij brood met gestampte muisjes at. Alsof hij een soort verloren grootvader was, ongekend, maar plotseling hervonden, in plaats van een vent die wat van hem wilde en aan wie geld te verdienen viel.

Hij keerde om, reed voor de tweede keer langs de donkere villa en dacht aan de schittering in Rochèls ogen toen ze vanochtend geintjes over dat zwemmende takkebosje gemaakt hadden, aan het fotootje van de jongen met de buffel in zijn portefeuille en weer aan Rochèls roerloze gezicht vanmiddag achter de zonnebril, aan de hand op zijn arm, aan alles wat er morgen misschien kon gebeuren... en hij voelde zich opeens zeer veertien.

In de wijk met lage jaren-vijftig woninkjes waar Rico woonde, was het doodstil. Zijn vaders trots, de grijs-metallic Toyota, super-occasion, stond onder de lantaarn voor het huis te glanzen naast de gebutste oranje Opel van de Marokkaanse overbuurman. Vanaf de hoek van de straat had hij de motor al uitgezet. Hij liep met de brommer achterom, zette hem naast de stapel oud ijzer, waarmee het lapje achtertuin vol lag en keek op zijn horloge: twee uur geweest.

De bouvier van de buren, die vanwege een huidaandoening niet meer binnen mocht, kwam schuddend met zijn achterlijf het schuurtje uitlopen en drukte zijn kop tegen een gat in de omheining om aangehaald te worden. Hij krauwde het dier even achter de oren. Vervolgens haalde hij zijn sleutel te voorschijn, opende zo stil mogelijk de keukendeur, ging zonder licht te maken pissen en nam daarna met snelle, verende sprongen de trap.

Boven aan de trap stond zijn moeder in haar roze teddy ochtendjas.

'Ik schrik me eige de ziekte!' riep hij met nauwelijks gedempte stem.

Zijn moeder drukte een vinger tegen haar lippen en liep zwijgend met hem mee zijn kamertje in.

'Wat is-ter?' vroeg hij, zodra ze binnen waren.

'Waar kom je vandaan?' vroeg zijn moeder.

Ze had een blauw sjaaltje om haar kapsel en een krans van knipjes in het zwart geverfde haar, op het uiteinde waarvan plastic lieveheersbeestjes zaten, die een vreemd contrast vormden met haar tanige, vermoeide gezicht.

'Wezen picknicken!'

Zijn moeder keek hem zwijgend aan, maar hij trapte zijn gympies uit en gooide zijn jack op het voeteneind van zijn bed.

'Rico,' zei zijn moeder plechtig, 'as ik merk dat jij met die vertiefte goser van Dijkman op pad gaat, jongen, dan ben je nog niet jarig!'

'Gossie...' zei hij, 'nou moet je me niet zo bang maken, hoor! Dan ga ik akelig dromen!'

Hij viel op bed neer en begon zijn sokken uit te trekken, die groengrijs opgedroogd waren van de vijver in Rochèls tuin. De pleister die de oude man onder zijn teen geplakt had, zat nog stevig. Dat zou hij morgen tegen hem zeggen: 't heb wel geholpen, dat wrijven!

'Z'n broer zít al vast!'

'Tss... stoute broer! Alleen is hij z'n broer niet.'

'Ze deugen daar geen van allen! En die Dennis Krokewit, die ken je ook maar beter links laten leggen! Die heb van de week bij Lijnman een hele krat bier gejat. Dat heb Lijnman me zelf verteld!'

Hij trok zijn broek uit, hing hem over de stoel en drapeerde er ook zijn T-shirt overheen.

'Sta je me speciaal op te wachten om dat te vertellen? Interessant!'

'Nee,' zei zijn moeder en wachtte een moment. Hij zat in zijn onderbroek op bed en keek haar aan.

'D'r is een brief van school gekomen. Daar ben je al drie

weken niet meer geweest, staat erin. Of je je eige morgen bij de directeur wil melden!'

Hij keek naar de poster tegenover zijn bed: een blond stuk op een Harley, kleine vleugeltjes in d'r zachte bovenarm getatoeëerd.

'Nou, bedankt voor de boodschap,' zei hij, sloeg de deken terug en kroop eronder.

'Je vader weet 't nog niet,' zei zijn moeder, 'maar as-tie 't te weten komt, berg je dan maar!'

Hij werd opeens pissig. Niet alleen had ze zijn mooie nachtstemming verpest met haar gezeur, maar nu kreeg ze het ook nog in haar hoofd hem met zijn vader te dreigen! Was er van hun stille verbond dan helemaal niks meer over, dat ze dat er zomaar, zonder dat ze ruzie hadden, uitgooide? Hij haatte haar.

'Oh...' zei hij en kwam overeind om haar recht in haar harde, grijze ogen te kijken. 'Dan zou ik maar mooi me muil houwen as ik jou was! Anders zou-ie ook wel es te weten kennen komen wie d'r hier op d'r rug legt in de bouwkeet van Koops!'

Ziezo. Het was altijd goed om een troef achter de hand te hebben. Die dacht zeker dat-ie achterlijk was!

Zijn moeders ogen vlogen naar de deur. Ze leek een moment te verstarren, sloeg toen haar handen om haar ellebogen en graaide met gekromde vingers in de teddystof. In haar hals begonnen spiertjes te trekken. Haar angst deed zijn verachting toenemen.

'Weet ie gelijk waar die schapevacht in de auto vandaan komt!' treiterde hij. 'Van de zegeltjes... ha-ha-ha!'

'Dat benne dingen... die jij niet ken begrijpen,' bracht zijn moeder er schor uit.

'Oh, die ken ik best wel begrijpen, hoor! 't Oudste beroep noemen ze dat!'

Zijn moeder opende haar mond alsof ze iets ging zeggen, maar staarde toen zwijgend naar de gordijnen.

'Rot nou maar op,' zei hij en ging demonstratief liggen met het dek over zich heen.

'Ja,' zei zijn moeder zacht, 'maar... ga je morgen dan naar school?'

'Nee.'

Het bleef even stil.

'Dan krijgen we de politie aan de deur...'

Hij gaf een schamper lachje onder de dekens.

'Ja, de politie heb niks anders te doen!'

'Ze maken d'r werk van, dat staat in die brief!'

'Ach, mens! As ze achter iedereen aan moeten jagen die niet op school komt, dan hebben ze dagwerk!'

'Je bent nog leerplichtig!'

Hij gaf geen antwoord, maar zijn moeder bleef staan. Hij begreep dat de zachte manier waarop ze sprak en het feit dat ze daar maar bleef staan een soort excuus van haar was, een excuus voor wat ze deed. Erover praten wilde ze niet, maar ze vond blijkbaar dat ze niet zomaar weg kon lopen, nu bleek dat hij het wist. Alsof ze iets goed maakte door hier zo stilletjes te blijven staan. Ze snapte heus wel dat hij het nooit tegen z'n vader zou zeggen, al haatte hij haar nog zo erg. En dat zíj over het spijbelen zou beginnen, geloofde hij evenmin.

'Ik kén helemaal niet naar school,' zei hij, toen hij het zwijgen niet langer uithield en hij sloeg de deken een stukje naar beneden. 'Ik moet morgen werken!'

'Werken?'

'Ja, toevallig!'

'Heb je dan een baantje?'

'As je moet werken, heb je een baantje, hè?'

'Waar dan?'

'Bij iemand die jij niet ken.'

Hij trok de deken weer omhoog en deed zijn ogen dicht.

'Wat voor werk dan?' drong zijn moeder aan.

Blijkbaar vatte ze zijn mededeelzaamheid op als teken van verzoening.

'Iets wat jij niet snapt!'

'En verdient het goed?'

'Behoorlijk. En ga nou eindelijk naar je nest! Ik wil slapen!'

Zijn moeder bleef nog even staan, maar zei toen liefjes: 'Nou, welterusten dan,' knipte het licht naast de deur uit en verdween geruisloos.

Toen ze weg was, lag hij een tijdlang met open ogen in het donker te kijken, zonder slaap en vol gedachten die god weet waar vandaan kwamen.

Vorig jaar had zijn moeders zuster van haar vakantie in Spanje een poppetje meegebracht. Zo'n stom poppetje met een Spaanse jurk aan en een zwarte, kanten sjaal om het hoofd. Zijn moeder was daar gek mee. Die pop stond boven op de televisie, maar dikwijls, als ze iets aan tafel zat te doen, zette ze haar naast zich neer. Op een keer was zijn vader ontzettend nijdig, greep dat ding van tafel en draaide het doormidden, zoals je een kip de nek omdraait. Zijn moeder scheeuwen – zodat ze ook nog een lel kon krijgen – maar toen zijn vader de deur uit was, was ze een uur lang bezig geweest het kapotgeknepen plastic met plakband te omwikkelen en het gescheurde jurkje zo goed mogelijk te herstellen. En nog steeds stond het ding op de televisie, een beetje scheefhangend. Waarom moest hij daar nu aan denken?

Hij ging overeind zitten en trok het gordijn voor het raam weg, zodat de straatlantaarn het kamertje verlichtte. Uit het kastje naast zijn bed haalde hij de twee schelpen te voorschijn die Rochèl hem gegeven had: de kegelvormige met de stippen en de grote, versteende spin, die hij vandaag gekregen had. Hij legde ze op zijn hoofdkussen, leunde er op zijn elleboog naast en volgde met zijn wijsvinger de grillige poten van de spin.

In zwembroek stond hij op de voorplecht van de boot. Ze scheerden met een vaart over azuurblauw water. Vissen in alle kleuren van de regenboog sprongen met zwiepende staarten links en rechts op. Toen werd het sleepnet uitgegooid en gingen ze langzaam varen. Na een tijdje moest het net opgehaald worden, maar het bleef vastzitten. Hij dook het water in, met een riem om zijn middel gegespt, waar in een speciaal foedraal zijn mes zat. Het net bleek aan een rotspunt te zijn blijven hangen. Voorzichtig losmaken nu, dat het niet scheurde en er geen schelpen verloren gingen... maar daar kwam opeens een fel, gemeen haaitje aanzwemmen, recht op hem af. Vliegensvlug greep hij z'n mes en voor het beest z'n bek nog had kunnen opendoen, had hij hem al van keel tot buik opengehaald. Wolken bloed kleurden het water rood. Doormidden gereten en wel deed het beest nog een aanval, maar nu volstond een welgemikte trap tegen de kop. De haai dreef naar de zeebodem en bleef stuiptrekkend in het zand liggen. Met het net als een hoorn des overvloeds in de armen kwam hij boven. Rochèl hing over de rand van de boot.

'Toch geen trammelant?'

'Hoezo?'

Hij schudde het net in de boot leeg. Glinsterende, kleurige schelpen in alle soorten en maten op een hoop op het dek...

Hij kwam uit bed en ging voor het raam staan. Het licht van de straatlantaarns bescheen de auto's en de voortuintjes. De vissende kabouter in het tuintje van de buren was op zijn rug gevallen en stak stom grijnzend zijn hengeltje ten hemel. Bij de Marokkanen aan de overkant was het voortuintje gevuld met een oude ijskast met scheefhangende deur en twee aftandse kinderwagens, waar kleuters van verschillende grootte elkaar overdag in rondreden. Als hij zijn hoofd scheef tegen het glas hield, kon hij de maan zien die recht boven het huis stond, dezelfde maan die ook het verre tropische eiland waar Rochèl woonde bescheen, maar dan als het hier dag was natuurlijk. Hij draaide zich om en keek zijn kamertje rond. Dat mat tweeenhalf bij drie, een kaal, verveloos hok waar hij, behalve om te slapen, nooit was; vooral niet meer sinds zijn vader de oude muziekinstallatie kapotgetrapt had, waarop hij nog wel eens bandjes gedraaid had. Hier was niets waaraan hij ook maar enigszins gehecht was.

Hij legde de schelpen terug in het kastje en ging weer op bed liggen, maar het duurde lang voordat hij sliep.

Toen hij wakker werd, bleek het pas zes uur, te vroeg om op te staan, en hij sliep opnieuw in.

De boot legde aan bij een klein eilandje. Ze gingen aan land en opeens was Rochèl verdwenen, zodat hij alleen ronddwaalde. Er krijsten papegaaien in de bomen, harige spinnen renden door het gras naar donkere spleten in de aarde, slangen kronkelden om boomtakken. Opeens kwam zijn moeder uit het struikgewas. Haar haar viel in krullen op haar schouders en ze had een rode jurk aan die om haar benen danste als ze liep. Op een open plek begon ze een vuur te maken en hij ging erbij zitten. Ze spraken niet. Daar kwam Rochèl terug met een mandje vol larven. Daar moest je niet kinderachtig over doen, het was maar net wat je gewend was. Zijn moeder begon de larven te bakken in een grote koekepan en zo zaten ze met z'n drieën om het vuur. Op zeker moment wees zijn moeder naar de boot, die je van hieruit kon zien liggen. En toen zag hij iets wat hem tot dusver nog helemaal niet opgevallen was: om de boot waren goudkleurige banden geslagen, als hoepels om een ton. Zijn moeder zei nog steeds niets, maar hij begreep plotseling dat zíj die banden gesmeed had, om te voorkomen dat de boot in duigen tegen de rotsen zou slaan. Dát had ze de afgelopen maanden in de bouwkeet van Koops gedaan. Rochèl knikte hem toe. Die wist dat allang. Er welde een groot gevoel van vreugde in hem op. Zijn moeder schepte drie borden vol en toen ze begonnen te eten, waren het helemaal geen larven. Het was chili con carne, waar hij juist nogal veel van hield.

Om half acht stond hij onder de douche. Daarna kamde hij met aandacht gel door zijn natte haar, stopte alle kleren van de vorige dag in de wasmand en trok alles schoon aan: onderbroek, sokken, spijkerbroek en T-shirt.

Zijn moeder stond, gekleed in een oud, slobberig sportpak, bij het schuurtje toen hij wegging. Ze had een paar hoge, witte pumps op een stuk karton gezet en stond die paars te spuiten.

'Waar ga je nou heen?' probeerde ze nog een keer.

'Naar de andere kant van de wereld gaan ik!'

Hij trapte de Yamaha aan en trok hem van de steun.

'Ach, krijg toch de tering!' zei zijn moeder.

X

Rochèl werd met de minuut onrustiger. Of hij zich nu al voorhield dat die jongen zich gewoon verslapen had – laat gemaakt gisteren – of pech met de brommer had of eerst nog een of ander karweitje moest opknappen... de angst dat Rico niet meer zou komen, helemaal niet meer, kneep hem zowat de keel dicht. Hij had allang in zijn eentje en zonder trek ontbeten, was de tuin al in geweest – weer een dode vis – en liep nu doelloos heen en weer tussen keuken, tuin en grindpad, zijn oren gespitst op ieder brommergeluid dat naderde. Maar alle brommers gingen voorbij.

Het was nu vijf voor half tien en om half tien precies ging hij echt opbellen! Hij had Rico's telefoonnummer via Inlichtingen opgevraagd, want noch dr. Bol noch de jongen zelf had het hem ooit gegeven en in het telefoonboek stond geen enkele Gabrieli vermeld; dat had hij een paar dagen geleden al geconstateerd, toen hij Rico's adres had willen opzoeken. De jongen was zo weinig mededeelzaam over zijn huiselijke omstandigheden, dat hij op de vraag waar hij woonde slechts vage handgebaren in de richting van het dorp had gemaakt. 'Die buurt ken u vast niet!' Bij Inlichtingen verstrekte men evenmin adressen, had hij te horen gekregen, zodat hij het nu nog niet wist.

Toen hij om half tien voor het telefoontoestel stond, twijfelde hij weer. Wie weet hoe vervelend Rico het vond als hij naar zijn huis belde. Maar als hij inderdaad van plan was niet meer te komen, na wat er gisteren gebeurd was, dan móest hij hem spreken! De gedachte dat hij Rico niet meer zou zien, was onverdraaglijker dan diens mogelijke kwaadheid om zijn telefoontje. Hij draaide het nummer, maar hoorde een vreemd, sirene-achtig signaal. Hij probeerde het nogmaals, maar kreeg hetzelfde geluid. Direct erachteraan belde hij Inlichtingen opnieuw.

'Dan is die lijn afgesloten,' zei de dame die hem te woord stond.

Afgesloten? Hoezo? Ja, dat kon zoveel oorzaken hebben, hield ze zich op de vlakte. Kon ze hem dan bij wijze van uitzondering het adres van die abonnee geven? Dan kon hij er even langs gaan. Nee, adressen gaf men niet, van die regel werd niet afgeweken.

Zou hij dr. Bol dan bellen? Misschien had die iets vernomen! Natuurlijk was dat onzin: als Rico dr. Bol gebeld zou hebben, had die het wel laten weten, maar waarom in hemelsnaam zou Rico dr. Bol bellen in plaats van hem? Bij dit argument uitgekomen – voor de zoveelste keer die ochtend – nam zijn ongerustheid monsterlijke vormen aan. Was zijn taxatie van gisteren helemaal fout geweest? Moest Rico niets van zijn avances hebben en bleef hij daarom weg? Zat hij er volkomen naast met alle overspannen verwachtingen voor vandaag? Hij wist zeker dat de jongen het gistermiddag, op het terras, zelf uitgelokt had, dat leed geen enkele twijfel. Waarom? Om eraan te verdienen natuurlijk. Hij was intelligent, had het snel doorgehad en direct berekeningen gemaakt, dat was duidelijk. Maar als hij er nu later anders over was gaan denken? 's Middags nog niet, toen had hij, na de komst van dr. Bol, geen stap opzij gedaan als Rochèl, ondanks hun gezamenlijke poging een normale werksfeer na te bootsen, te dicht naast hem was komen staan. Maar 's avonds? Vond hij het toch 'eng'? Had hij erover gepraat met zijn vrienden? Was hij gewaarschuwd? Wilde hij niet voor 'flikker' versleten worden?

In de stille achterkamer staarde hij over de dozen levenloze schelpen, die ieder belang verloren hadden. Hij had de afgelopen dagen geheel bij de dag geleefd. Iedere nieuwe ochtend, middag, avond met Rico lag als een geschenk voor hem, dat hij aanvaard had zonder over het vervolg te durven nadenken. De veronderstelling dat Rico nu niet meer kwam, niets meer van hem wilde weten, een afkeer van hem had, maakte hem zo wanhopig dat het hem bij de keel greep; hij moest een paar keer diep ademhalen om weer lucht te krijgen. Daarna rilde hij en voelde zich angstaanjagend leeg worden, alsof hij al dood was, voor altijd afgestorven. Wat er nog aan jaren voor hem lag telde niet, was waardeloos, ondraaglijk zelfs; hij wílde de last van die dorre jaren ook niet meer dragen. Als hij die jongen verloor, maakte hij aan dat laatste restje leven ook een eind! Zonder Rico doorleven of dood zijn, dat leek slechts een gradueel verschil en de gedachte dat hij zelf tenminste nog tussen die twee mogelijkheden kon kiezen troostte hem ten slotte enigszins, alsof hij een bodem zag waar eerst alleen een gapende diepte geweest was. Ceciles vertrouwde tapirgezicht doemde even op, maar vaag, een schim uit een ver verleden, en verdween weer.

Hij liep het terras op en liet zich door de zon verwarmen als een afgekoelde hagedis die pas weer in actie kan komen wanneer hij op temperatuur is. Hij dacht aan de brommer van vannacht. Hij had tot laat in de tuin gelopen en naar de zee staan kijken, maar net toen hij op bed lag, half twee, twee uur, was er een brommer langsgereden die als Rico's brommer klonk. En terwijl hij daarover lag na te denken, kwam diezelfde brommer weer voorbij, nu van de andere kant. Hij was uit bed gesprongen en naar Ceciles slaapkamer aan de voorkant van het huis gerend, maar toen hij daar eenmaal voor het raam stond, viel er niets meer te zien dan een verdwijnend achterlicht op de Duinweg. Het had hem nog uren wakker gehouden! Als dat Rico eens geweest was... die evenmin kon slapen en maar een stukje was gaan rijden midden in de nacht... in de hoop een glimp van hém op te vangen achter het raam of in de tuin? Om 'tot zaken te komen' wellicht, maar eigenlijk, zonder dat hij het zelf besefte, instinctief als een jong dier, ernaar verlangend om door hem gestreeld te worden, gekoesterd, gekust, bemind...

Je moest wel verregaand seniel zijn om dat laatste te denken, maar dat was hij intussen ook. Hij kon niet meer gewoon nadenken. Hij was gek en ziek van verliefdheid en onderging zijn rillingen van opwinding, hoop en gelukzaligheid als een hulpeloze patiënt de koorts.

Hij keek op zijn horloge. Tegen tienen. Rico was nu dus anderhalf uur te laat, want hoewel dr. Bol 'officieel' negen uur als aanvangstijd met hem afgesproken had, was hij er tot nu toe altijd om half negen of zelfs eerder geweest. Somber slenterde hij voor de zoveelste keer het grindpad af en keek tussen de pijnbomen door de Duinweg op.

Toen sprong zijn hart op in zijn borst! Daar kwam Rico aan! Lopend!

De jongen zag hem niet, want hij liep naar de grond te kijken, maar hij was al vlakbij! Rochèls hart ging zo wild tekeer van vreugde, dat hij een moment steun zocht aan een boomstam. Hij voelde zich een veroordeelde die met het hoofd al op het schavot gratie krijgt!

Toen maakte hij met grote sprongen dat hij zo snel mogelijk achter het huis kwam, want die jongen hoefde niet in de gaten te krijgen dat hij naar hem stond uit te kijken. Hij slipte de keuken in, greep het eerste het beste kopje en hield dat onder de kraan dat het spatte. Een engelenkoor jubelde in zijn borst. Rico was helemaal niet weg voor altijd! Gewoon pech met de brommer! Kwam nu het hele eind lopen, die arme lieverd! Hij drukte met één hand krachtig tegen zijn borstkas om de opgetogenheid te temperen; hij barstte haast uit elkaar van geluk.

Daar klonken al voetstappen op het grind. Rustig nu. Bedaard opkijken en zeggen: 'Zo meneer, uitgeslapen?'

'Hallo.'

Hij draaide de kraan uit en keek op, maar de woorden bestierven hem op de lippen. Rico zag grauw en aan zijn ogen was te zien dat hij gehuild had, ook al zette hij een onverschillig en afwerend gezicht. Een hevige ongerustheid bedekte zijn vreugde weer als een klamme doek.

'Jongen,' zei hij, 'wat is er gebeurd?'

Rico haalde nors zijn schouders op, trok een stoel van de tafel weg en viel daar wijdbeens op neer met zijn rug naar hem toe.

'Wat d'r gebeurd is?' herhaalde hij met een stem die hij nauwelijks in bedwang had. 'Me brommer is in beslag genomen! Dat is er gebeurd!'

Rochèl slaakte een onhoorbare zucht. De brommer was in beslag genomen. Goddank, dat was het maar! Moeilijkheden met de brommer. Vertederd streelde hij met zijn ogen Rico's voorovergebogen gestalte. De jongen steunde met zijn ellebogen op zijn knieën, hield zijn gezicht in zijn handen en haalde hard zijn neus op. Hij was zijn brommer kwijt. Dat was verschrikkelijk voor hem.

Hij droogde zijn handen af en liep naar hem toe.

'In beslag genomen? Hoezo? Door wie?'

'Ja, door wie?!' viel Rico nijdig uit. 'Door de politie natuurlijk! Door die vuile, gore tyfuslijers die al weken achter me aan zitten! Die niks anders te doen hebben as in de gaten houwen wie d'r nog geen zestien is! En wie d'r z'n brommer een beetje opgevoerd heb!'

Hij haalde drie, vier keer achter elkaar zijn neus op en bleef hardnekkig naar beneden kijken. Rochèl trok een stoel bij, ging naast hem zitten en tikte zachtjes met een vinger tegen een van de metalen plaatjes op zijn jack.

'Is het net gebeurd?'

Rico knikte snuivend.

'Ik was op weg hierheen,' zei hij, 'en toen stonden ze heel smerig in een bocht, daar bij de waterzuivering, een stukkie buiten 't dorp. Ik dacht meteen: nou ben ik d'r bij. En ik had 't kennen weten, want gisteren had ik ze ook al gezien! Alleen, toen kon ik nog een zijweg pakken en dat ging nou niet meer. Het had helemaal geen zin meer. Ze kwamen meteen achter me aan en rejen me de kant in.'

Hij zweeg, trapte een op de vloer gevallen stukje cracker tot gruis en vervolgde: 'Nou... proces-verbaal, hè? En die ene meteen met de mobilofoon de technische dienst oproepen, die etterbak! Of ze het voertuig kwamen ophalen! Het voertuig! Daar hebben we toen nog een hele tijd op staan wachten... tot dat busje kwam. Je ken wel gaan hoor, zegt-ie nog, je hoef-ter niet bij te blijven. Maar dat wou ik niet, ik heb daar net zo lang rondgehangen tot dat busje kwam. Nou...'

Zijn kaakspieren trilden even hevig.

'...toen hebben ze 'em ingelaaien en meteen waren ze pleite.'

De herinnering aan hoe zijn brommer afgevoerd was, werd hem te veel en hij sloeg zijn handen voor zijn gezicht en begon te huilen.

Rico's tranen stegen Rochèl zo snel naar het hoofd alsof hij op zijn nuchtere maag een waterglas jenever achterover sloeg. De golven ontroering die in hem aanrolden vertroebelden zijn blik en maakten hem haast letterlijk blind en dronken. Door uiterste wilsinspanning wist hij te voorkomen dat hij de jongen tegen zich aan zou trekken – dat kon niet, daarvoor was het verdriet veel te groot – en beperkte zich ertoe hem door zijn haar te strijken, dat in plakkerige, verwarde strengen voor zijn gezicht viel. Daarna begon hij hem zacht, maar allengs steviger door zijn nek te wrijven. Rico kwam tot bedaren en hield zich roerloos als een jonge kat die in het nekvel gegrepen is.

'Maar luister es,' zei Rochèl, toen hij zijn stem weer vertrouwde, zonder het strelen te onderbreken, 'je kunt hem toch weer terugkrijgen! Die gooien ze toch niet op de schroothoop! Als je de boete betaalt, dan mag je hem toch wel weer ophalen?'

Hij zou hem geld geven. Een fikse boete was misschien een paar honderd gulden en dat kon voor die jongen al een onoverkomelijke barrière zijn.

'Je wordt volgende week toch zestien? Dan mág je er toch op rijden?'

Rico zat nu met één hand onder zijn voorhoofd. Hij hield zich nog steeds heel stil en het duurde lang voordat hij antwoord gaf.

'Een jongen die ik ken...' zei hij ten slotte, nog wat verstikt, 'die heb 't ook gehad. En die heb 'em teruggekregen. Met alles d'r afgesloopt... alleen het kale frame kreeg-tie terug...'

'Nou ja...'

'Maar ik kén 'em niet terugkrijgen...'

Hij viel weer stil.

'Want ik wor geen zestien volgende week... maar vijftien.'

Er ging een rilling door Rochèl heen alsof achter hem de deur van de koelkast opengezet werd. Vijftien werd Rico pas!

'Dus die zien ik nooit meer terug!'

Hij wreef zich wanhopig met zijn vingertoppen over zijn voorhoofd en ging monotoon verder: 'Soms denk ik wel es: ik kon net zo goed dood wezen! Ik heb toch niks as rottigheid!'

'Dat moet je niet zeggen,' zei Rochèl schor. 'Niet zeggen en niet denken. Het komt allemaal weer goed. Je krijgt van mij een nieuwe brommer, een gloednieuwe... met alles d'r op en d'r aan, wat je maar wilt...'

De jongen bleef roerloos zitten.

'Maar dan moet je zulke dingen niet meer denken, beloof je dat? Je wordt pas vijftien, het leven ligt nog voor je... er kan nog zoveel gebeuren...'

Hij zweeg toen hij zichzelf die clichés hoorde zeggen en wist niet hoe hij verder moest gaan. Rico wierp een schuwe blik opzij vanonder zijn verwarde pieken.

'Meent u dat...?'

Het was voor het eerst dat hij Rochèl aankeek. Zijn ogen waren nog rood, zijn wangen, waarover hij had zitten vegen, vlekkerig.

'... van die brommer?'

De kinderlijke hebberigheid van de vraag vertederde Rochèl zo hevig, dat hij zich niet langer kon beheersen. Hij trok hem tegen zich aan, sloeg zijn armen om hem heen en drukte zijn gezicht in Rico's haar.

'Natuurlijk, jongen, natuurlijk,' zei hij gesmoord.

Hij werd opgetild en zweefde als een gewichtloze astronaut in een naar citroengel geurend heelal. Vervulling en verlangen tegelijk. Bedwelmd perste hij de jongen tegen zijn borst en kon niet uitmaken of de pijn die hij daar voelde van het bonken van zijn hart kwam of van de stalen sterretjes op de schouderstukken van het leren jack.

Toen maakte Rico zich voorzichtig los en ging overeind zitten.

'Ik zit hier te janken as een klein kind,' zei hij met afgewend gezicht.

Hij stond op, trok zijn jack uit en gooide dat op de keukentafel, draaide de kraan open en sloeg handen vol koud water in zijn gezicht. Rochèl kwam eveneens overeind, pakte het jack van tafel en liep ermee de hal in, naar de kapstok. Zolang hij het water hoorde lopen, hield hij de binnenkant van het jack tegen zijn gezicht gedrukt en door zijn opwinding heen voelde hij een diepe vreugde om het gloeien, het kloppen, het zwellen dat bezit van hem genomen had. In zijn lijf trilde een oerstroom van jeugd en kracht en hij kneep zijn knokkels wit in het leer en kuste de voering. Toen de kraan in de keuken dichtgedraaid werd, hing hij het jack aan de kapstok en liep de keuken weer in. Rico stond met de keukenhanddoek zijn gezicht te drogen. Hij ging ermee over zijn haar en door zijn nek en depte ermee tegen de hals van zijn T-shirt, dat ook een beetje nat geworden was. Toen legde hij de handdoek op het aanrecht, haalde een kammetje uit de achterzak van zijn spijkerbroek en kamde, met een tersluikse blik op Rochèl, die stond toe te kijken, zijn haar glad naar achteren. Zijn nek en hals waren fris roze, zijn oorrandjes rood en zijn haar kwam weer in keurige, zwart glanzende voren over zijn schedel te liggen. Een heuvellijntje van nekwerveltjes verdween in de uitsnijding van het T-shirt.

'Is het zo beter?' vroeg Rochèl en kwam achter hem staan. Rico pakte de handdoek, die als een prop op het aanrecht lag en begon het lusje te zoeken, dat er niet aan leek te zitten.

'Ik ben een eikel,' zei hij, strak voor zich kijkend.

Rochèl legde zijn handen om de tengere schouders, waarop de jongen zo nerveus de handdoek begon rond te draaien of zijn leven ervan afhing dat ding fatsoenlijk te kunnen ophangen.

'Rico,' fluisterde Rochèl met zijn lippen in het kuiltje van zijn achterhoofd, 'je bent toch niet bang voor me?'

De jongen schudde heftig zijn hoofd.

'Nee.'

Rochèl sloeg zijn armen om hem heen, trok hem ruggelings tegen zich aan en kuste zijn oor, zijn hals, zijn kaaklijn.

'Ik doe niets wat je niet wilt.'

'Nee,' zei de jongen weer en legde, als bewijs van vertrouwen, zijn hoofd tegen Rochèls hals; wel met de handdoek in zijn vuisten geklemd en met afgewend gezicht om te voorkomen dat hij op zijn mond gekust zou worden, maar toch in zo'n simpel gebaar van overgave dat Rochèl hem nog steviger omhelsde, zijn armen begon te strelen en zijn ribbenkast en, voor hij het zelf goed en wel besefte, het T-shirt uit zijn broek getrokken had en hem over zijn buik wreef. Hij zag hoe de jongen hevig slikte, maar hij gaf geen kik en bewoog zich niet. Rochèl duwde zijn bekken tegen de spijkerbroekbillen, probeerde niet te hijgen en streek met zijn vingertoppen van het zachte gedeelte onder Rico's ribbenboog tot aan zijn broekband en weer terug, langzaam, heen en weer, in hetzelfde tempo waarin hij zijn ademhaling wilde terugbrengen.

'Vertel es...' fluisterde hij in de fijne, blanke oorschelp, 'heb je ooit wel eens iets... met een man gehad?'

'Nee,' zei Rico een beetje hees, 'en eerlijk gezegd...'

Hij draaide zijn hoofd enigszins naar Rochèl toe en vervolgde op de nadrukkelijke toon van iemand die op dit punt geen misverstand wil laten bestaan: '...eerlijk gezegd val ik ook meer op meiden!'

'Natuurlijk!' zei Rochèl, 'dat spreekt vanzelf! Dat snap ik.'

Hij kuste het spierbundeltje dat vanachter de oorschelp tot aan het tere sleutelbeen liep.

'En ik denk dat de meiden ook wel op jou vallen, of niet soms?'

'Weet ík dat...' zei de jongen verlegen.

Rochèl glimlachte en wreef met beide handen in cirkelende bewegingen over Rico's buik. Hij voelde hoe de jongen allengs voller tegen hem aan leunde en zich ontspande... totdat hij uiteindelijk zelfs de handdoekprop op de vloer liet vallen.

'Goudvisje van me,' fluisterde hij, 'zeepaardje... mijn lieve kleine tijgerhaai.'

De jongen lachte een beetje, verschikte zijn billen in Rochèls schoot en begon hoe langer hoe meer zijn buik in te trekken onder de strelingen. Zijn ademhaling werd gejaagder. Het duizelde Rochèl. Al zijn bloed leek in zijn onderlijf samengestuwd te worden. Zijn masserende vingers zouden al gemakkelijk onder Rico's broekband door kunnen glippen... maar hij benutte de kans niet. Het was te snel, te direct. Hij wilde niet hals over kop nemen wat hij krijgen kon, hier in de keuken, tussen de vuile vaat. Hij wilde Rico uitkleden, liefkozen, vasthouden... alles doen waar die jongen plezier in kon hebben. Op een normaal bed.

Hij zette zijn handen als bankschroeven op de smalle heupen, belette hem nog langer bewegingen te maken en sloot zijn ogen om de bolling van de spijkerbroekgulp niet langer te zien. Even nog gleden zijn vingers over Rico's billen en daarbij voelde hij in de achterzak van de broek duidelijk de contouren van de stiletto, die om de een of andere reden zijn begeerte zo aanwakkerde, dat hij zijn adem inhield en snel zijn blik op het rommelige aanrecht richtte om niet alles te bederven.

'Luister es...' prevelde hij in de hals van de jongen en wiegde hem zachtjes heen en weer, 'als we nu eens...'

Toen ging de bel.

Er ging een schok door de jongen heen en hij vloog direct recht overeind.

Zelden had Rochèl iemand zo fel gehaat als degene die daar aanbelde. Wie voor de duivel was dat? Bol? Die zou vandaag niet komen, had hij gisteren nadrukkelijk beweerd en god in de hemel verhoedde dat zijn afspraken ineens niet doorgegaan waren! Het had ook weinig zin niet open te doen, want wie het ook was, hij hoefde maar een paar stappen te doen om het keukenraam binnen te kijken en bovendien stonden de keukendeur en de deuren van de achterkamer wijd open.

'Ik kijk wel effe,' zei Rico, die zich het eerst herstelde.

Het was de werkster. Hij balde zijn vuisten van woede toen hij haar stem in de hal hoorde en uit de manier waarop ze binnenkwam en de deur achter zich sloot, begreep hij dat zij bezit van het huis kwam nemen. Wat moest hij in vredesnaam verzinnen om dat mens weg te krijgen?

Mevrouw Krokewit kon slechts op twee vaste ochtenden in de week in de villa werken en omdat dat niet genoeg was had zij toegezegd de aanvullende werkzaamheden te komen doen op wisselende tijden, zoals die haar het best uitkwamen. Dat was dus uitgerekend vanochtend!

Daar kwam zij al vrolijk groetend de keuken inlopen, waar hij, om bedrijvigheid te suggereren, voor de tweede keer die ochtend een kopje onder de kraan stond af te spoelen, en deelde mee de keuken eens lekker te komen uitsoppen! Daar was ze de vorige keer niet aan toe gekomen en het wás me een troep, dat vond meneer toch zelf ook wel? Je plakte hier vast!

Hij liep met Rico naar de achterkamer en sloot de deur achter hen.

'Daar zaten we nu net op te wachten...' zei hij gegeneerd tegen de jongen, die zijn blik ontweek en een klos touw begon op te winden, alsof hij eigenlijk maar het liefst aan het werk ging. De afschuwelijke storing had zo ontnuchterend gewerkt, dat Rochèl zelfs niet aan de gedachte ontkwam dat ze erbij stonden als twee krolse katten die een emmer water over zich heen gekregen hadden. O alsjeblieft, dacht hij, laat de betovering niet zo wreed verbroken zijn!

Hij liep naar Rico toe en streek voorzichtig met één vinger een naar voren gevallen piekje achter zijn oor.

'Zullen we soms de tuin ingaan?' vroeg hij zacht.

De tuin was de enige mogelijkheid. De slaapkamer kon nu moeilijk en hier blijven was ook niks. Mevrouw Krokewit behoorde tot het type werkster dat het huis waar zij schoonmaakte geheel als haar domein beschouwde en ieder moment kon komen binnenzeilen.

'Nou...' zei Rico aarzelend en hij keek hem even aan, zodat

Rochèl weer in de ban van zijn traag bijdraaiende linkeroog kwam, 'dat mens is de grootste rebbel uit de hele buurt. As díe wat in de gaten krijgt van eh... van ons, dan weet morgen het hele dorp 't!'

'Ja?' vroeg Rochèl afwezig, want zijn hart begon weer zwaar te slaan vanwege dat verrukkelijke 'van ons'.

'Reken maar! D'r zoontje bijvoorbeeld, een etterstraaltje van heb ik jou daar, die kent mij.'

Rochèl genoot zo van zijn samenzweerderige toon, van zijn mededeelzaamheid, van de woorden die hij gebruikte, dat hij hem móest aanraken. Hij kon niet meer leven zonder Rico aan te raken.

'Wat wil je dan?' vroeg hij en begon hem zachtjes door de nek te strelen en het glimmende haar aan één kant achter zijn oor te strijken. Rico keek zakelijk op zijn horloge.

''t Is woensdag,' zei hij nadenkend, 'en ze heb nog een klein meissie, die ze om twaalf uur wel uit school zal moeten halen... dus ze blijft vast niet lang. As ze de keuken gedaan heb, zal ze wel weer opkrassen.'

Rochèl lachte.

'Inductie en deductie, hè.'

Hij wist van verliefdheid niet meer wat hij zei.

'Wat?' vroeg Rico.

'En wat doen we dan in de tussentijd?'

Rico haalde zijn schouders op.

'Gewoon. Aan 't werk!'

Kan ik mezelf nu helemaal niet meer in de hand houden, dacht Rochèl. Moet die jongen me nu zeggen dat we aan het werk moeten gaan?

'Als je me eerst een kus geeft,' zei hij.

Rico werd op slag vuurrood. Je zou niet gedacht hebben dat hij zo kon blozen.

'Ik ben niet zo kusserig,' zei hij afwerend.

Rochèl trok hem naar zich toe, perste hem tegen zijn borst en staarde met nietsziende ogen langs hem heen het terras op. Ik ben stapelgek aan het worden, dacht hij. Ik doe alles voor hem. Als hij nu zei dat ik naar de keuken moest gaan en dat ellendige mens bewusteloos slaan of doodsteken, zou ik het doen. God, waar moet dit toe leiden?

'Dat snap ik, dat snap ik...' fluisterde hij in Rico's hals.

Hoewel Rochèl nauwelijks zijn vulpen vast kon houden en de te boekstaven feiten over de schelpen traag in hem opkwamen, als weggezakte kennis van lang geleden, werkten ze twee laden af. De jongen zei niet veel. Rochèl kon zijn ogen niet van hem afhouden, maar maakte zich tegelijkertijd zorgen over wat Rico allemaal stond te denken. Als die jongen inderdaad nooit eerder iets met een man had gehad – wat hij geloofde – dan zou hij zich in dit gedwongen, triviale intermezzo wellicht tal van akelige dingen in het hoofd halen die hij zou moeten ondergaan of die van hem verwacht werden, wilde hij zijn nieuwe brommer niet op het spel zetten. Daar had zijn eigen verliefde gedrag misschien ook wel aanleiding toe gegeven. Hij zou hem wel willen zeggen dat hij nergens bang voor hoefde te zijn, dat hij alleen maar wilde wat de jongen zelf wilde, maar hij deed het niet. Rico stond net als anders snel en efficiënt in te pakken en nu ze eenmaal zo zakelijk aan het werk gegaan waren, leek het niet meer te kunnen.

Om elf uur verscheen mevrouw Krokewit voor de terrasdeuren met een blad koffie. Of ze buiten kwamen zitten! Er zat weinig anders op en zo zaten ze een moment later, ieder aan een kant van haar, koffie te drinken; Rico onverschillig onderuitgezakt en Rochèl rechtop en met zijn zonnebril op, wat in elk geval het voordeel had dat hij onafgebroken naar de jongen kon kijken zonder dat het opviel. Mevrouw Krokewit gaf een verhandeling ten beste over de verkeerde gewoonte van de meeste mensen bij warm weer koude dranken te nuttigen, over de moeilijke leeftijd waarin – ze wees naast zich – 'dit soort jongens' verkeerden, maar dat je met goede leiding nog heel wat uit ze kon halen, dat zag je maar aan haar Dennis, het opmerkelijke feit dat er opeens twee stofzuigers in huis waren (wist hij dat al?) en de noodzaak zo dadelijk ook nog even 'het stoepie mee te nemen'.

'Anders komt dat een andere keer wel,' zei Rochèl. 'Wat haalt u allemaal aan bij dit weer!'

Hij had het gevoel de verkeerde theatervoorstelling binnengelopen te zijn en nu niet meer te durven opstaan, maar zag tot zijn voldoening Rico breed over zijn koffiebeker heen grijnzen, waarop zijn hart weer als een bezetene tekeerging. Toen mevrouw Krokewit echter ook nog een pakje shag uit haar schortzak haalde en op haar gemak een sigaretje begon te rollen, had hij wel op willen vliegen om haar van de stoel te duwen, maar Rico kwam geeuwend overeind en vroeg: 'Heb u al bij de goudvissen gekeken, meneer Rochèl?'

'Nee!' riep hij, eveneens opstaand, 'laten we even kijken of er weer slachtoffers zijn gevallen!'

En met een verontschuldigend glimlachje naar de werkster liep hij achter Rico aan de tuin in.

'Die houdt pas d'r klep as ze in d'r graf leg,' zei de jongen toen ze achter de struiken waren, en voorkwam dat Rochèl hem aanhaalde door snel naar de vijver te rennen. In de vijver zwommen de vissen bedrijvig heen en weer en Rico ging naar ze staan kijken met een aandacht of hij ze voor het eerst zag. Toen trok hij een rietstengel uit de grond, liep er, links en rechts slaand mee om de vijver heen, liet zich ineens langs de kant tussen het hondsdraf neervallen, zijn armen om zijn knieën geslagen en tuurde peinzend in het water.

Rochèl ging naast hem zitten en dwong zichzelf hem niet aan te raken. Hij wilde niet de indruk wekken z'n handen nu helemaal niet meer thuis te kunnen houden en bovendien was duidelijk dat Rico ergens over nadacht.

'Niet meer over de brommer piekeren, hoor!' zei hij. 'Het komt echt allemaal in orde. Ik breng je straks wel met de auto weg en als je wilt, kopen we meteen een fiets. Als overbrugging, zal ik maar zeggen; niet in plaats van een brommer, natuurlijk! Wat dacht je daarvan? Zo'n gekleurde fiets, weet je wel, met van die dikke banden en zo'n recht stuur...'

Rico glimlachte melancholiek.

'Een mountainbike.'

'Ja. Dan heb je alvast iets om op te rijden en daar jaag je de politie niet mee in het harnas. Of heb je iets tegen fietsen?'

Rico antwoordde niet direct. Toen keek hij ineens op en zei ernstig: 'Meneer Rochèl, ik moet de hele tijd nadenken over iets.'

'Nou, dat kan nooit kwaad,' zei Rochèl zo luchtig mogelijk, want de mededeling bezorgde hem alweer een dikke keel.

'Ik vin 't wel hartstikke aardig wat u zegt, van die brommer en zo enne... en alles,' begon Rico, bedachtzaam aan het hondsdraf plukkend, 'maar d'r is iets wat ik nog veel liever zou willen!'

'Zeg het!' zei Rochèl dadelijk.

Rico aarzelde nog even. Hij zocht zichtbaar naar woorden en Rochèl keek ademloos toe.

'Nou...' zei hij ten slotte, 'ik wou dat... as u teruggaat naar de Filistijnen, dat ik dan mee mocht. Om bij u te werken!'

Rochèl kon niet meer naar hem kijken. Er kwam een floers voor zijn ogen, waardoorheen hij alleen nog maar zag dat er vreemde, uitdijende kringels op de knieën van zijn linnen broek zaten.

'De Filistijnen?' hoorde hij zichzelf zeggen.

'Ik wil alles wel doen...' zei Rico, 'en ik ken ook van alles. Ik ken voor de boot zorgen... en kapotte netten repareren. En ik wil de schelpen wel schoonmaken of boodschappen doen of... of u beschermen tegen de krimmenelen die daar rondlopen. 't Ken me niet schelen! En ik hoef echt niet veel te verdienen, lang niet zoveel as hier! Me reis wil ik ook zelf wel betalen. As u 't voorschiet, werk ik gewoon voor niks tot-ie afbetaald is!'

Hij zweeg even.

'En u zal geen last van me hebben!' besloot hij.

'Last van je hebben?' vroeg Rochèl schor.

'Vin u het goed?' vroeg Rico.

De vraag deed pijn.

Varen met die jongen... tussen de kleine, blinkende eilanden in de Indische Oceaan. Eeuwig blijven varen, overal en nergens heen, als een Vliegende Hollander over de wereldzeeën. Er school een duiker in hem, zo snel en behendig als hij was. Meer voor het genoegen dan voor de schelpen... want wat deden de schelpen er nog toe? In een flits zag hij Rico op het dek oesters zitten openwrikken met een mes. Zijn gespreide, bruine benen stonden schrap tegen de kombuiswand en preuts duwde hij de hand weg die over zijn been onder zijn Bermudashort wilde glijden. Stapels *Playboy*'s of ander, ruiger, werk zou hij voor hem kopen, zodat hij niet tegen een ouwe vent hoefde aan te kijken...

Maar boven dat alles zweefde de schim van Cecile als een levensgrote, onafwendbare dreiging.

'Dat beslis ik niet alleen, Rico.'

Ze keken elkaar aan. De jongen knikte. Aan zijn ogen zag Rochèl dat hij het begreep.

'As u nou tegen uw vrouw zegt, dat 't voor het werk is?' vroeg hij aarzelend. 'Dat ik eh... dat ik handig met de schelpen omga?'

Rochèl verdronk in die ernstige, zwarte ogen, probeerde een antwoord te formuleren, maar vroeg ten slotte alleen maar: 'En je vader? Zou die dat dan goedvinden?'

'Me vader? Die is blij dat ie me kwijt is! As 't van u mag, zal hij 't ook wel goedvinden! Zelf is-tie ook op z'n vijftiende het huis uitgegaan, direct de grote vaart op, da's nog heel wat linker!'

Rochèl knikte.

'Ik weet niet of het allemaal wel ken, as je minderjarig ben,' zei Rico praktisch, 'met een werkvergunning en zo. Maarre... zou u 't willen?' Hij raakte met een vinger de mouw van Rochèls overhemd aan.

Rochèl pakte zijn hand en drukte hem tegen zijn lippen. Hij wilde iets zeggen, maar het ging niet. Rico's spijkerbroekknieën naast hem vervloeiden in een waas van tranen. Rico trok zijn hand weg, maar kwam zwijgend tegen hem aan zitten, zijn arm tegen de zijne, zijn linkerknie losjes tegen zijn rechterknie geleund. Hij keek schuchter glimlachend in de vijver en bleef voor zich uit kijken toen Rochèl een arm om zijn schouder legde.

Met de jongen zo dicht naast zich verdreef Rochèl alle gedachten aan het bij voorbaat verloren paradijs. Bij de dag leven, bij het uur zelfs, meer was niet mogelijk. Hij wilde niet denken aan morgen of aan volgende week; die tijd lag als een onoverzienbaar, zwart veld voor hem en hij had het gevoel alsof er buiten nu niets meer bestond. Hij kon ook niet aan Cecile denken. Zijn vroegere leven was weggewist, opgeheven, in het niets opgelost en de toekomst interesseerde hem niet. Het tengere jongensgezicht naast hem was het enige dat telde. De matbruine wangen, de wenkbrauwveren, de rechte, zwarte wimpers boven de verlegen wegkijkende ogen... Zijn hele bestaan had alleen maar geleid tot dit moment, deze woensdagmiddag aan de Noordzee met deze jongen. Een moment van opheffing en vervulling tegelijk.

'Bespreekt u 't met uw vrouw?' vroeg Rico, peilend opzijkijkend.

'Ja,' zei hij laf, 'ja, jongen.'

Door de openstaande deur van de werkkamer keek je de hal in. Het kleine stukje van de vloer dat niet vol stond met kisten en dozen glom nattig in het zonlicht, want mevrouw Krokewit had ook de voordeur opengezet zodat alles 'lekker kon doortochten'. Je hoorde haar de emmer terugzetten in de gangkast en binnensmonds 'ziezo' mompelen. Ze moest nu opschieten: het was tien voor twaalf.

Rochèl zat aan tafel en keek van terzijde naar Rico, die stoïcijns de laatste exemplaren van de Strombus siinuatus in een doos pakte. Hij keek naar zijn bewegende schouderbladen onder het witte katoen... naar een slip van zijn T-shirt dat van achteren wat slordig uit zijn broek hing...

Toen hoorde hij het grind knerpen.

De werkster, die bij de voordeur rondliep, riep: 'Hé, dag mevrouw!'

En de wedergroet.

Hij bleef roerloos zitten en voelde het bloed uit zijn gezicht wegtrekken. Hij merkte aan de manier waarop Rico zich omdraaide dat de jongen naar hem keek, maar hij keek niet terug. Bewegingloos op zijn stoel zittend zag hij de wereld rondom zich afbrokkelen.

XI

Cecile Rochèl was gierig op de manier waarop rijke mensen gierig zijn. Zij zag er geen been in honderdvijftig dollar aan vrachtkosten voor een speciaal verpakte Melo uit Senegal te betalen, maar als haar Filippijnse huisnaaister twee klosjes garen in plaats van een in rekening bracht, fronste ze al haar wenkbrauwen. Wat niets met de collectie te maken had, was te duur.

Dat ze nu vanaf het vliegveld een taxi had genomen in plaats van haar man te bellen haar te komen ophalen, was iets buitengewoons, iets wat erop wees dat een grote onrust haar naar huis dreef en zo was het ook. Zij reisde als een moeder wier kind gewond in het ziekenhuis ligt: zo snel mogelijk ter plaatse zijn was het enige dat telde. Die onrust – al dagenlang sluimerend – had gisteravond in het stille sterfhuis in Menton onstuitbaar de kop opgestoken na het telefoongesprek met Eddy. De geforceerde laconiekheid van zijn toon, de uitvoerigheid waarmee hij dr. Bols wederwaardigheden uit de doeken gedaan had, als om haar daarmee zoet te houden, de nonchalante manier waarop hij gezegd had: 'Wie? Oh, die jongen.' Ongrijpbare dingen, die aan een derde niet uit te leggen waren, maar zij was niet voor niets achtendertig jaar met hem getrouwd! En toen de Franse arts, die later op de avond nogmaals was komen kijken, het onwaarschijnlijk geacht had dat Titia nog uit haar coma zou ontwaken, was haar plan snel getrokken.

Het eerste dat haar opviel toen de taxi voor de villa stopte, was dat de auto van dr. Tillens er niet stond. Die was er dus niet!

Toen ze uitgestapt was, zag ze de werkster die een mat neervlijde op een blinkend schone stoep. De voordeur stond wijd open en toen ze het grindpad opgelopen was en de hal inkeek, bleek het aantal dozen en kisten enorm gegroeid. Daardoor had ze één moment het gevoel dat ze zich alles in haar hoofd gehaald had en voor niets Titia halsoverkop in de steek gelaten had – in een huis waar zo nijver geboend werd en zo hard gewerkt, kon niets mis zijn – maar toen zag ze Eddy.

Haar man verscheen in de deuropening van de achterkamer en staarde haar aan alsof hij een geest zag, hoewel hij zelf het meest op een geestverschijning leek. Hij was grauw en weggetrokken en de boord van zijn witte overhemd stond eigenaardig wijd om zijn hals, alsof hij in die ene week vermagerd was.

De werkster nam de koffer van haar over, zette die naast de trap en legde de bontjas die ze over de arm droeg weg.

'Cecile,' bracht Eddy uit.

Ze omhelsden elkaar.

'Hoe... wat?' zei hij en haalde toen hulpeloos zijn schouders op als een schooljongen die niet weet wat hij met het bezoek aan moet nu zijn ouders niet thuis zijn.

Haar blik viel op een jack aan de kapstok. Een zwart leren jack, beslagen met stalen punten en sterren.

'Is alles goed met je?' vroeg ze. 'Heb je wel goed gegeten?'

'Gegeten?' herhaalde hij.

Ze liep meteen de grote achterkamer in. Aan de schragentafel stond een tengere jongen van een jaar of vijftien met lang, zwart, achterovergekamd haar. Hij droeg een spijkerbroek en een wit T-shirt.

'Dit is Rico,' zei Eddy achter haar.

Dit was Rico. Ze hoefde niet naar Eddy's gezicht te kijken. De klank van zijn stem was genoeg. In een flits stond haar het wegduikende gezichtje van de Tunesiër voor ogen, die ene glimp die ze van hem had opgevangen tijdens de transactie met zijn vader, waarbij de bankbiljetten op tafel uitgeteld hadden gelegen alsof ze op de markt waren. Alleen uit de barse manier waarop zijn vader hem had weggestuurd zodra hij zich vertoonde, had ze begrepen dat hij het moest zijn. Een doodgewone, vuile dorpsjongen van dertien-in-een-dozijn met stoffige krullen en zwarte ogen, zoals ze daar allemaal hadden. Wel knapper dan deze trouwens.

Er kwam een grote, instinctmatige kalmte over Cecile, het soort kalmte dat optreedt in zaken van leven of dood. Zo kalm wordt de opzichter wiens mannen in de ingestorte mijn nog voor een kwartier zuurstof hebben.

'Dag Rico,' zei ze vriendelijk en gaf de jongen een hand, 'ik heb gehoord dat je hier prima geholpen hebt.'

De jongen knikte. Loenste hij een beetje?

De werkster nam afscheid vanuit de deuropening.

'Maar vertel eens,' zei haar man weer op normale toon, 'hoe kom je nu zo plotseling hier?'

Ze vertelde. Het coma waarin Titia geraakt was, kon nog wel vier, vijf dagen duren, misschien zelfs langer. Dat had ze niet willen afwachten. Nu Titia toch niets meer aan haar gezelschap had, was ze liever naar huis gegaan. Ze had hem willen opbellen zodra ze wist met welke vlucht ze meekon, maar toen bleek dat ze op het laatste nippertje nog mee kon met een toestel dat al op vertrekken stond, was daar niets meer van gekomen.

Ze zag dat Eddy niet hoorde wat ze zei. Hij keek haar aan en vermeed krampachtig naar de jongen te kijken, die intussen gewoon doorgegaan was met het dichtmaken en afplakken van een doos, maar haar woorden drongen niet tot hem door. Opeens werd zijn blik echter vreemd starend en tastte hij naar de stoel die achter hem stond, zonder evenwel te gaan zitten.

'Voel je je wel goed?'

'Jazeker.'

'Je ziet eruit of je wel een staalpil kunt gebruiken. Die liggen boven in de badkamer.'

'Wil je iets drinken?' vroeg hij. 'Zal ik iets voor je klaarmaken?'

'Straks. Ik ga me eerst even verkleden. Het is hier notabene warmer dan aan de Côte d'Azur! Loop meteen even mee naar boven!'

Ze liep de kamer uit naar de hal en hing haar bontjas weg. In de achterkamer zei Eddy iets tegen de jongen, ze kon niet verstaan wat. Toen kwam hij de hal inlopen, tilde haar koffer op en liep ermee de trap op.

Ze ging nog even de achterkamer binnen, waar de jongen werkeloos tegen de tafel hing en zei gebiedend: 'Ga maar even buiten zitten, Rico.' Daarna volgde ze haar man de trap op, langzaam, omdat hij zo langzaam liep met de zware koffer. Aan de greep van zijn pezige hand om de leuning was te zien dat de last hem zwaar viel. Boven aan de trap liet hij opeens de koffer vallen, wankelde, zocht steun aan de muur en zakte langzaam voorover. Ze snelde toe, ving hem op door hem om het middel te grijpen en dróeg hem meer dan hij liep naar haar slaapkamer, het dichtst bij de trap, aan de voorkant van het huis. Daar liet ze hem in een grote clubfauteuil voor het raam zakken en ging zelf op de punt van het bed zitten. Echt flauwgevallen was hij niet, althans niet voor lang, maar zijn hoofd lag geelgrauw en met geloken ogen tegen de zijkant van de stoel; het craquelé van rimpeltjes in zijn gezicht eensklaps verdiept tot groeven.

Ze legde een hand op zijn knie.

Hij keek haar aan.

'Dat komt...' zei hij, 'omdat het hier heel anders warm is dan thuis.'

Ze stond op, liep naar de badkamer en deed een staalpil in een glas water. Toen ze ermee terugkwam, ging hij rechtop zitten.

'Even laten oplossen.'

Hij knikte, pakte het glas aan en liet het water erin ronddraaien; zij haalde de koffer op, die nog boven aan de trap stond. Toen ze ermee de kamer inkwam, zat hij doodstil uit het raam te kijken. Ze liep naar het raam en volgde zijn blik.

In de voortuin, onder de pijnbomen, stond de jongen. Hij

gooide met de ene hand een denneappel op, sloeg die, opspringend als een tennisser, met de andere hand hard over de Duinweg en bukte zich om een nieuwe denneappel op te rapen.

Ze keek naar Eddy. Hoewel ze vlak naast hem stond, was hij onbereikbaar ver weg en ineens zag ze de oude, Chinese opiumschuiver uit Cagayan in hem! Dat was de buurman van een schelpenhandelaar uit die plaats, die ze van tijd tot tijd bezochten. 'Wat is er met die man?' had ze eens gevraagd toen de buurman onbeweeglijk, met grote, holle ogen over de schutting, die zijn terreintje scheidde van de schelpenhandel, stond te staren. De handelaar had gelachen. 'Niets. Die is aan een pijp toe, maar hij heeft zeker geen geld!'

Oh, dacht Cecile, was het maar een vrouw! Geen meisje van vijftien, maar een lieve, temperamentvolle vrouw van een jaar of veertig. Daar zou ze nog vrede mee kunnen hebben. Vroeger niet, maar nu wel. Zij had haar man niet veel geboden in hun huwelijk, veel te weinig, niets, en dat wreekte zich. Een man kon niet buiten lichamelijke liefde en een andere vrouw kon dan een medicijn zijn. Maar een jongen was gif! Die jeugd, die branie, dat kon tot niets dan ontreddering, pijn, destructie leiden. God, hoever was Eddy al gegaan?

'Drink eens op,' zei ze.

Hij dronk het glas leeg en ze pakte hem bij een elleboog.

'Nu ga je even op je bed liggen.'

'Dat is niet nodig!'

'Nee, maar doe het toch maar. Een kwartiertje.'

'Ik ga weer naar beneden,' zei hij, opstaande.

'Je gaat dadelijk weer naar beneden, maar eerst rust je een momentje uit!'

Ze nam hem bij een arm en liep met hem naar zijn eigen slaapkamer, aan de achterkant van het huis. Het was er netjes en opgeruimd en niet anders dan voor ze wegging. Hij ging op bed zitten, maar maakte geen aanstalten te gaan liggen.

'Wat ga jij dan doen?' vroeg hij.

'Ik verkleed me even en dan ga ik iets te eten klaarmaken. Doe je schoenen eens uit!'

Hij deed wat ze zei en strekte zich op bed uit.

'Wat moet Rico dan doen?' vroeg hij.

'Die vermaakt zich wel even. Je blijft liggen tot ik je roep!'

'Tien minuten,' zei hij.

Cecile liep naar haar kamer, verwisselde haastig het wollen truitje onder haar mantelpak voor een flanellen blouse en liep de trap af. Nu viel er geen tijd te verliezen! Ze pakte haar handtas, greep het leren jack van de kapstok en liep via de keukendeur naar buiten. Ze keek overal rond of ze een fiets zag staan, liep zelfs, zonder gerucht te maken naar het schuurtje en de garage, maar ontdekte nergens een fiets of enig ander vervoermiddel. In de garage stond alleen de huurauto. Toen sloop ze zo onhoorbaar mogelijk over het grindpad naar de voortuin.

De jongen stond er nog net zo als ze hem zoëven vanuit het bovenraam gadegeslagen had; hij stond met de hak van zijn gymschoen een denneappel fijn te trappen, draaide zich om toen hij haar hoorde aankomen en keek wantrouwend naar zijn jack in haar handen.

'Zo, Rico,' zei ze vriendelijk, 'mijn man ligt even te rusten, hij lijkt me wat oververmoeid. Jullie hebben ook heel wat schelpen afgehandeld, hè? Ik had niet gedacht dat het zo snel zou gaan in een week tijd. Dank zij jou, geloof ik! Ik ben erg blij dat je zo geweldig geholpen hebt!'

De jongen keek afwisselend van haar naar zijn jack en pakte het haar ten slotte uit handen, alsof hij niet kon velen dat zij het vasthield.

'Ik... ik hoef nou toch niet weg?' vroeg hij zonder omhaal.

Ze glimlachte.

'Nu ik weer thuis ben, kunnen we het weer met zijn tweeën af. En mijn man heeft nu even rust nodig, dus ik wil je bedanken en alvast met je afrekenen. Dan zullen we vandaag maar als een hele dag rekenen, vind je niet? Hoeveel heb je nog tegoed?'

'Maar ik...'

'Hoeveel loon heb je met dr. Bol afgesproken?!'

'H-honderd gulden per dag. Maar ik zou...'

'En vanaf wanneer krijg je dat nog?' vroeg Cecile.

'Van... vanaf maandag,' zei de jongen, 'maar ik zou de hele week nog blijven! Dat was afgesproken! Vraag maar aan uw man!'

Cecile had haar tas opengeknipt en haalde haar beurs te voorschijn, waarin nog een flink bedrag aan Nederlands geld zat, dat ze in Menton niet uitgegeven had. Ze overwoog snel wat te doen. Toen ze opkeek priemden de zwarte ogen van de jongen haar in het gezicht en had hij opeens een levendige kleur op zijn wangen. Ze begreep dat ze zo niet van hem afkwam.

'Weet je wat?' zei ze, zo vriendelijk mogelijk, 'dan betaal ik je nog een dag extra. Dan heb je nergens over te klagen!'

De jongen wilde iets zeggen, maar aarzelde. Hij had schrandere ogen, die veel leken te begrijpen.

'Ik ga naar uw man!' zei hij opeens en wilde langs haar heen lopen.

Cecile ging vierkant voor hem staan en hield hem tegen.

'Mijn man ligt te rusten, die kun je nu niet storen. Kijk eens, vierhonderd gulden!'

Ze drukte het geld zo dwingend in zijn hand, dat hij het wel moest aanpakken, maar hij bleef ermee in zijn hand staan en maakte geen aanstalten om te vertrekken.

'Waarom leg-tie opeens te rusten?' vroeg hij fel.

'Hij is erg vermoeid,' zei Cecile strak. 'Ga nu maar, jongen!'

'Oh, is-tie erg vermoeid!' zei de jongen brutaal, 'hij was vandaag anders kiplekker, hoor! Dat ken ik beter weten as u!'

'Ga nu maar!' zei Cecile.

Waar haalde die jongen het lef vandaan? Ze betaalde hem toch goed? Wat had Eddy hem allemaal beloofd?

Terwijl hij de bankbiljetten automatisch in een binnenzakje van zijn jack schoof, bleef Rico haar onbeschaamd recht in het gezicht kijken. Zijn kleur was verdwenen en hij leek bleker dan voorheen. Zijn donkere ogen staken, maar ze keek strak terug.

'Nee,' zei hij toen. 'Ik ga niet! Ik zal toch zeker wel effe meneer Rochèl kenne spreken! Die wil helemaal niet dat ik wegga! Ik zou hier nog de hele week werken en... en... en nou ken ik in ene oprotten! Amme nooit niet!'

En hij duwde de arm opzij die ze uitstak om hem tegen te houden.

Dat de Nederlandse jeugd geen omgangsvormen meer kende, had Cecile al eerder ervaren, maar zó was ze nog nooit door een vlegel van vijftien toegesproken! Ze verloor een groot deel van haar zelfbeheersing, greep de jongen aan zijn T-shirt vast en trok hem richting Duinweg.

'En nu maak je dat je wegkomt!'

'Oh ja?' riep Rico en rukte zijn T-shirt los, 'dat zullen we dan nog wel es zien!'

Hij sloeg haar hand weg en wilde langs haar heen schieten, maar Cecile greep hem razendsnel in het katoen op zijn rug en trok hem achteruit, zodat een van de mouwtjes van het T-shirt uitscheurde.

Bij de jongen leken nu alle stoppen door te slaan.

'Kutwijf!' schreeuwde hij.

Cecile werd razend! Ze greep hem bij zijn arm en duwde hem het hek uit. Hij zette zich schrap en begon naar haar te meppen met het jack in zijn andere hand, maar zij was sterk en duwde hem als een tank het grindpad af, de weg op.

'Verdwijnen!' riep ze en gaf hem zo'n zet dat hij bijna viel. 'En denk erom dat je mijn man nooit meer lastigvalt!'

'Lastigvalt?' hijgde Rico. 'Nou wordt-ie helemaal mooi! Ik hém lastigvallen?! Laat 'em zelf zijn poten thuis houwen!'

Er stopten twee langsrijdende fietsers op de weg, beiden sportieve, gespierde types.

'Problemen, mevrouw?'

'Ik zeg tegen die jongen dat hij moet verdwijnen,' riep Cecile schril, 'en hij gaat niet!'

'Wegwezen, maat!' riep de ene fietser en de ander liet zijn voorwiel tegen Rico's broek aanrijden en duwde hem plagerig achteruit.

'Smerige teef!' riep de jongen met overslaande stem, terwijl hij noodgedwongen achteruitliep, 'lelijke trollekop! Geen wonder dat die vent van je geen zin heeft om d'r bovenop te duiken!'

'Je hebt wat te stellen met die knapen!' zei de ene man gegeneerd.

'Krijg maar de tyfus!' riep Rico. 'Allebei!'

'Hij mag hier niet meer terugkomen,' zei Cecile en haar ogen speurden nerveus de bovenramen en het grindpad af naar Eddy. Zijn slaapkamer was wel aan de achterkant van het huis, een flink stukje van de weg, maar dat geschreeuw kon hij misschien toch horen.

'We brengen hem wel een eindje weg,' zei de andere man gemoedelijk en ze stapten op en reden in een kalm gangetje achter Rico aan richting dorp.

Cecile liep, scherp het huis in de gatend houdend, het grindpad op en viel op de houten bank tegen de keukenmuur neer. Ze trilde over haar hele lijf en haalde een paar maal diep adem. Vanuit het huis klonk geen geluid. Lag Eddy nog gewoon op bed?

Ik ga zo direct dr. Bol bellen, dacht ze. Die moet Eddy maar een poosje mee naar Amsterdam nemen. Hij moet hier weg, die jongen kan terugkomen. Ze stond op, ging de keuken binnen en hoorde boven gestommel. Met grote tegenwoordigheid van geest liep ze op haar tenen naar het kastje in de hal, waar de sleuteltjes van de huurauto gewoonlijk lagen, greep de sleuteltjes van de plank, stopte ze in haar zak en ging in de keuken de fluitketel staan vullen.

Haar man kwam de trap af, liep eerst de werkkamer in en daarna de keuken.

'Waar is Rico?' vroeg hij.

'Waarom ben je nog niet even blijven liggen?'

'Waar is Rico?'

'Die is weg.'

'Weg?!'

'Naar huis.'

'Naar huis?!'

Ze draaide zich naar hem om.

'Hoe bedoel je: naar huis?' vroeg hij hees.

'Ik bedoel,' zei ze langzaam en duidelijk alsof ze tegen een zieke sprak, 'dat hij weg is. Ik heb hem betaald en hij is naar huis. Ik verreken het wel met dr. Bol.'

Hij staarde haar aan.

'Ga eens zitten,' zei ze en wilde een arm om hem heen slaan om hem aan tafel te laten zitten, maar hij duwde haar weg.

'Hoe haal je het in je hoofd!' riep hij.

'Dat is het beste, Eddy, dat weet je ook wel.'

'Jij hoeft niet voor mij uit te maken wat het beste is!' riep hij woedend. 'Ik heb nog van alles met hem te regelen!'

'Wat dan?' vroeg ze rustig.

'Wat heb jij daarmee te maken?'

Ze zweeg. Zijn ogen schoten onrustig de keuken door.

'Hij is zijn brommer kwijtgeraakt vanmorgen. Die is in beslag genomen. Ik zou... ik zou met hem naar de politie gaan om een goed woordje voor hem te doen.'

'Om zijn boete te betalen, bedoel je zeker.'

'En wat zou dat? Ik mag toch wel wat voor hem doen? Het is een aardige jongen, maar uit een kansarm milieu, zegt Bol. En zijn moeder is dood...'

'Ach,' zei ze, 'is zijn moeder dood!'

Hij gaf geen antwoord en liep de hal in. Ze hoorde hem bij het kastje rommelen.

'Hoe is hij naar huis gegaan?' kwam hij daarna weer in de deuropening vragen. 'Hij heeft toch geen vervoer!'

'Lopend.'

'Dat hele eind? En waarom heeft hij mij niet gedag gezegd?'

'Dat wilde hij doen, maar ik zei dat je lag te rusten. Dat hij je maar niet moest storen. Dus ik moest je de groeten doen!'

Hij staarde haar aan.

'Ik heb hem een dag extra betaald,' zei ze. 'Was-tie erg blij mee! Kan hij meteen zijn boete betalen!'

Haar man keek haar aan of ze gek was, klopte op zijn broekzakken, liep naar de werkkamer en kwam even later de keuken weer inlopen.

'Waar zijn de autosleutels?'

'Hoe moet ik dat weten?'

Hij wierp haar een wantrouwende blik toe, liep de deur uit naar de garage, zeker om te zien of de sleuteltjes in het contact staken, kwam direct weer terug en beende langs het keukenraam naar de weg, zonder haar nog een blik waardig te keuren.

Ze ging aan tafel zitten en wachtte. Wat moest ze doen? Hem achterna lopen en terughalen? Hij ging zeker kijken of hij de jongen nog in de verte zag, maar dat was natuurlijk niet zo en dan kwam hij wel terug. Ze wachtte een paar minuten. Toen hield ze het niet meer uit, verliet de keuken en liep het grindpad af naar de weg. Op de plek waar het handgemeen met Rico zich had afgespeeld, stonden de sporen nog duidelijk in het grind. Ze keek naar beide kanten de weg af. Niemand te zien. Er kwamen auto's langs. Een touringcar met strandgangers, een rijdende winkel, waarvan de bestuurder met vragend gezicht afremde toen hij haar zag staan, zodat ze haar hoofd schudde en hij doorreed.

Een gevoel van vervreemding nam bezit van Cecile, nu ze, niet wetend wat ze moest doen, zo doelloos langs de weg stond. Wat voor streek had het lot haar geleverd? Vijftien jaar lang hadden Eddy en zij in grote harmonie aan de verzameling gewerkt, waren ze ouder geworden en was het Tunesische avontuur zo vervaagd dat het een afgesloten periode in hun leven was geworden, iets dat zich, nu Eddy in de zestig was, niet meer kon herhalen. Ze was altijd nog heimelijk op haar hoede, dat wel, maar meer uit gewoonte dan uit werkelijke angst. En nu... ze was amper een week weg of alles waaraan zij hun leven gewijd hadden leek voor hem niet meer te tellen. Ze had zichzelf vijftien jaar lang voor de gek gehouden. De collectie was voor Eddy een surrogaat, een mooie leugen, een wassen masker dat smolt zodra er een paar jongensogen op rustten. Door de eerste de beste knaap met een brutaal gezicht en een lawaai-jasje was hij ingepakt. Had hij zich láten inpakken, willens en wetens. Ze had hem nooit alleen mogen laten! En het nooit aan dr. Bol moeten overlaten 'hulp' voor hem te regelen. Dat die man van alle mogelijke mensen nou juist zo'n jongen had gekozen!

Ze dacht aan het vervallen boerenhuis in het armoedige Tunesische dorp ten zuiden van het moerasgebied, waar Eddy zich vijftien jaar geleden had verschanst. Ze was er door dorpsbewoners heengebracht, want waar de rijke, Europese meneer met die jongen ingetrokken was, wist de wijde omgeving. Die jongen was toen trouwens al naar zijn familie terug. Je kon gewoon naar binnen lopen in dat huis, waar het stonk en gonsde van de vliegen. In het achterhuis lag Eddy op een matras op de vloer, op zijn rug, met zijn benen over elkaar geslagen alsof hij in de zon lag. Hij had een baard van drie dagen en rookte een platte, Tunesische sigaret. Hij had amper opzij gekeken toen ze binnenkwam en niet geantwoord op wat ze zei, alsof het niet goed tot hem wilde doordringen dat hallucinaties ook konden praten. Uiteindelijk had hij gevraagd: 'Wat kom je doen?'

'Jou halen,' had ze kalm gezegd.

Ze liep langzaam terug en ging het huis weer in, bekeek in de stilte van de schelpenkamer wat dozen en laden en las in de hal de namen op de keurig dichtgemaakte kisten.

Zo snel als ze destijds, teruggekeerd met hem uit het zuiden, hun villa in Tunis verlaten had, zo snel zou ze nu ook dit huis willen verlaten. Maar toen waren er geen tweehonderdduizend schelpen te vervoeren geweest!

Ze liep naar de voorkamer. Op het buffet lagen nog de Golden Cowry's die ze vorige week, voor het etentje met dr. Bol, als tafelversiering uitgelegd had en opeens nam een mismoedigheid bezit van haar, zoals ze die zelden gekend had. Zo verloren en misplaatst als haar lievelingen daar op een rijtje lagen, op een vreemd buffet in een vreemd, Hollands huis. Ze streelde even de koude, glanzende bolling van de grootste schelp en ging voor het raam staan.

De gedachte aan de schelpen was haar een grote troost geweest de afgelopen dagen. Als ze naar haar stervende zuster keek, had ze dikwijls gedacht: ik heb niet voor niets geleefd; Titia leeft voort in haar kinderen, maar ik laat een museum vol schoonheid achter.

Ze draaide zich kordaat om en liep naar de telefoon, zocht in het telefoonboek het enige taxibedrijf in het plaatsje op en bestelde een taxi. Voor het eerst van haar leven speet het haar nooit te hebben leren autorijden. Daarna ging ze alle deuren en ramen van het huis controleren – het was afschuwelijk om de schelpen nu weer alleen te moeten laten, maar ze moest iets doen! – sloot de voordeur achter zich en wachtte.

Het duurde lang voor de taxi kwam. Toen hij uiteindelijk voorreed gaf ze opdracht richting dorp te rijden. En omdat de chauffeuse een vriendelijk uitziende vrouw van middelbare leeftijd was, voegde ze er, om haar ongerustheid wat lucht te geven, aan toe: 'Ik zoek mijn man. Hij is lopend van huis gegaan, zo'n drie kwartier geleden, maar hij is een beetje overwerkt... ik weet niet wat hij aan het doen is.'

'Zit hij niet aan het strand?' vroeg de vrouw.

'Dat zou me verwonderen. Rijdt u maar naar het centrum.'

Ze reden het hele lange eind Duinweg af. Hoe dichter ze bij het dorp kwamen, hoe meer mensen er liepen, beladen met strandtassen, luchtbedden, grote radio's. Alle parkeerhavens stonden vol auto's, jongens op brommers reden slalom tussen de voetgangers door. Eddy was nergens te bekennen. Waar de Duinweg overging in de boulevard, was het zo druk met strandgangers dat de taxi in kalm tempo moest rijden en Cecile kwam ogen tekort om naar beide kanten uit te kijken. Ze reden het centrum in, langs terrasjes, patattenten, spijkerbroekenwinkels, snoepkramen, de gokhal, het Chinese restaurant... In het hele dorp was het ongelooflijk druk, maar geen spoor van haar man, noch van een leren jack met stalen plaatjes. Bij het politiebureau liet ze stoppen en ging naar binnen. Was er het laatste uur een oudere heer met een jongen van een jaar of vijftien over een brommer komen praten? Om een boete te betalen, of zoiets? De dienstdoende agent wist nergens van. Wat voor boete? Wat voor brommer? Hij had niemand gezien.

Terug in de taxi vroeg ze de bestuurster de woonwijken door te rijden. Vooral de achterbuurten.

'De áchterbuurten?' zei de vrouw. 'Die hebben we hier niet!'

'Waar de gewone mensen wonen.'

'Hier wonen allemáál gewone mensen!'

Ze reden het hele dorp rond, langs appartementenflatjes en huisjes met een bord 'Zimmer frei' in de tuin, door het wijkje rond de christelijke basisschool en het wijkje rond de openbare basisschool, langs de mooie, oude huizen aan de duinrand en door een achterafbuurtje met lage arbeidershuisjes, waar de taxi onder vuur genomen werd door kinderen met kolossale, neonkleurige watergeweren en de bestuurster op het nippertje een aanrijding kon voorkomen met twee donkere kleuters in een oude kinderwagen die de stoep af kwam vliegen. Nergens een spoor van Eddy.

De zinloosheid van de onderneming begon Cecile te beklemmen. Hoe gering was de kans hem hier, met of zonder de jongen, gewoon op straat te zien lopen. Hij kon ergens binnen zijn, of in de duinen lopen of in een van de strandpaviljoens zitten. Het was onbegonnen werk. Ze reden terug naar het centrum, waar de auto voor de afslag naar de boulevard in een file kwam te staan. Drommen halfblote mensen staken de zebrapaden over naar de toegangswegen tot het strand. Dat ze op een ouderwets, wit overhemd moest letten was Ceciles enige houvast.

En toen zag ze hem opeens!

Hij stond onder de luifel van een souvenirwinkel aan de overkant naar het verkeer te kijken met zijn zonnebril op en ze zag aan de hele manier waarop hij daar stilletjes stond uit te kijken meteen dat hij de jongen niet gevonden had.

'Stop!' riep ze, hoewel de auto toch al stil stond, opende het portier en stak zigzaggend tussen de langzaam optrekkende auto's de boulevard over. Hij stond de andere kant op te kijken en zag haar niet naderen, maar draaide zich vlak voor ze bij hem was opeens om.

'Wat kom je doen?' vroeg hij.

'Ik kom je halen.'

Ze legde een hand op zijn arm.

'Hoe wist je dat ik hier was?'

Hij sprak als iemand die net wakker wordt.

'Dat wist ik ook niet. Ik kom toevallig voorbij.'

'Je komt toevallig voorbij...'

Ze trok hem mee tussen de auto's door naar de overkant, waar de taxi was blijven wachten.

'Zo meneer,' zei de chauffeuse, die het achterportier al openhield, 'stapt u maar in, dan gaan we lekker naar huis!' En toen ze beiden zaten, vergrendelde ze de achtersloten.

'Hoe ben je hier gekomen?' vroeg Cecile. 'Heb je dat hele stuk gelopen in die tijd?'

'Nee,' zei hij, 'ik heb gelift.'

Ze zag de nieuwsgierige ogen van de bestuurster in de achteruitkijkspiegel en keek zwijgend uit het raam. Gelift! Ze ging een week weg en bij thuiskomst ging haar man staan liften langs de kant van de weg, een schooljongen in een Hell's Angels-jack achterna, die háár had staan uitschelden aan de openbare weg! En joeg zíj in een taxi (de tweede taxi op één dag) achter hem aan, de schelpen onbewaakt achtergelaten. De wereld op zijn kop!

Ze keek van opzij naar Eddy. Hij zat stil en rechtop de kant van de zee op te kijken en zweeg eveneens. De hele verdere rit zeiden ze niets meer. Toen de auto voor de villa stopte, liet hij haar afrekenen – Eduard, die nog nooit had willen hebben dat zij ook maar haar portemonnee te voorschijn haalde in zijn aanwezigheid! – stapte zonder de taxibestuurster te groeten uit en liep als een slaapwandelaar het grindpad op. Maar toen ze hem ingehaald had en ze voor de voordeur stonden, vroeg hij zakelijk: 'Waar zijn de autosleutels, Cecile?'

'Die krijg je niet!' zei ze plompverloren en maakte de deur open.

Wat wilde hij? Meteen weer in de auto stappen soms?

'Kom nu eerst maar eens even binnen...' voegde ze er wat vriendelijker aan toe. 'Heb je al iets gegeten? Het is half drie; heb je al geluncht?'

Ze liep direct de keuken in. Nu hij zo vreemd deed, sloeg zij juist een nuchterder en huiselijker toon aan dan ze normaalgesproken deed. Alsof gewoon doen de beste manier was om hem aan te pakken. Anders was híj het meestal die met zijn nuchterheid haar doordrijverij temperde. Nu waren de rollen omgekeerd.

Veel bijzonders te eten was er niet in huis. Ze draaide een blikje tonijn open en begon er wat crackers mee te beleggen, terwijl Eddy in de achterkamer heen en weer liep.

'Heb je zin in tonijn?' vroeg ze, toen hij de keuken in kwam lopen.

Hij gaf geen antwoord.

'Of heb je liever gestampte muisjes?' zei ze glimlachend, doelend op het pakje dat ze in de kast had zien staan; de lekkernij uit hun kinderjaren, blijkbaar maar weer eens gekocht.

Hij liep naar de keukendeur en wilde naar buiten gaan.

Ze liep haastig op hem af.

'Doe dat nu niet, Eddy!'

Ze stonden tegenover elkaar en keken elkaar een moment in de ogen.

'Blijf maar hier. Je bent... je bent jezelf niet!'

'Ik ben mezelf juist wel,' zei hij en liep het terras op.

'Wat ga je dan doen?!' riep ze hem achterna, maar hij liep de achtertuin in en verdween achter de struiken.

Ze dacht snel na. Hem achterna gaan leek niet raadzaam. Hij wilde kennelijk alleen zijn en alle pogingen hem tegen te houden zouden hem alleen maar irriteren. Misschien ging hij op het strand naar de jongen zoeken... maar wat moest ze doen? Ze kon hem toch moeilijk opsluiten? Bovendien was het voordeel van zijn afwezigheid dat ze nu dr. Bol kon bellen, zonder dat hij het hoorde. Ze liep direct naar het telefoontoestel in de hal en draaide het nummer van het Seba-instituut. Dr. Bol was er niet, zei de portier. Hij was in vergadering in een ander universiteitsgebouw. Maar als het zo dringend was, wilde hij het nummer daarvan wel geven. Ze draaide een ander nummer. Als die meneer de vergadering van het College van Bestuur bijwoonde, zei de telefoniste aldaar, dan kon ze niet storen. Dat mocht echt niet!

'Doe het toch maar, kind!' zei Cecile. 'Het is erg dringend. Zeg maar dat de Rochèl-Rondee-collectie in gevaar is, dan komt hij wel!'

'Welke collectie zegt u?' vroeg de telefoniste.

Na een lange pauze vol schakelgeluiden had ze opeens dr. Bol aan de lijn.

'Mevrouw Rochèl!' riep hij uit. 'Belt u uit Menton? Is er...'

'Dr. Bol,' zei ze, 'ik ben een paar uur geleden thuisgekomen en ik had graag dat u onmiddellijk hierheen kwam! Ik heb mijn man in overspannen toestand aangetroffen en ik wil hem nu direct hiervandaan hebben!'

'Wat zegt u?' riep dr. Bol. 'Wat is er met uw man?!'

'Hij is ziek en hij moet hier weg!'

'Ziek? Weg? Hoe bedoelt u? Heeft u al een arts gebeld? Is er iets met de schelpen?'

'Nee. En aan een arts heb ik niets. Ik had graag dat u nu direct kwam en hem meenam naar uw huis. Dat hij een paar dagen bij u blijft logeren. Dan zien we daarna wel verder.'

'Wa-wat?!' zei Bol.

'En dat dr. Tillens tijdelijk hier in huis komt! Ik wil hier liever niet in mijn eentje zitten!'

Het bleef even stil aan de andere kant van de lijn. Ze hoorde echoënde achtergrondgeluiden die erop wezen dat dr. Bol in een grote hal stond.

'Mevrouw Rochèl...' klonk het toen bedaard in de hoorn, 'laten we de zaken eens op een rijtje zetten. Wat is er met uw man aan de hand?'

'Dat kan ik u door de telefoon moeilijk uitleggen,' zei ze afwerend. Ze had nog nooit met iemand over Eddy's afwijking gesproken. Zelfs Titia wist het niet.

'En weet u zeker dat u geen dokter moet waarschuwen?'

'Dat heeft geen zin!'

'En Rico? Is Rico er ook?'

'Die heb ik naar huis gestuurd!'

'Naar huis gestuurd? Oh...' zei dr. Bol onnozel.

'Komt u nou maar zo snel mogelijk, dan kunnen we alles regelen!'

'Mevrouw Rochèl...' begon Bol, 'luistert u nu eens heel rustig...'

'Ik bén rustig!'

'Jawel, maar ik wil graag dat u iets heel goed begrijpt. Ik zit hier in een van de belangrijkste vergaderingen over de toekomst van het Seba-instituut. Ik kan nu echt niet weg! En dr. Tillens is er niet, die kan nu ook niet komen.'

'Wanneer is het dan afgelopen?'

'Om een uur of vijf,' zei dr. Bol. 'Maar... ik hoop dat u dat wilt begrijpen... ik vind het ellendig dat het zo samenvalt... ik heb een paar deelnemers al uitgenodigd na afloop iets te gaan drinken en aansluitend iets te eten. Nu denkt u misschien: zeg dat dan af, maar het is niet voor de gezelligheid, mevrouw! Zoals u weet, worden de meeste knopen niet in een vergadering doorgehakt maar daarbuiten, in de wandelgangen, in het café, onder een etentje. Het is in het belang van het Instituut en dus ook in uw belang! Er moeten...'

'Jawel, maar...'

'Er staat nogal wat op het spel, mevrouw! Dat zal ik u een andere keer wel vertellen! Of uw collectie straks in een prachtige, nieuwe ambiance kan schitteren, wordt nú beslist! Nu! En daarom zou het afzeggen van dat etentje zeer onverstandig zijn! Begrijpt u dat?'

'Ik ben niet mal!' zei Cecile geïrriteerd, 'maar wanneer komt u dan?'

'Daarna,' zei Bol. 'Ik zal zorgen dat het niet laat wordt en dan kom ik direct naar u toe. Hoe laat kan ik niet zeggen, tien uur, half elf... Ik zal me haasten!'

Cecile besloot water in de wijn te doen, als het dan inderdaad in het belang van de schelpen was.

'Dan blijft u hier maar overnachten,' zei ze, 'en dan neemt u mijn man morgenochtend mee naar uw huis.'

'J-ja...' zei Bol, 'we zullen zien. Dat bespreken we nog. Weet u zeker dat u er geen arts bij wilt?'

Maar half tevreden met de overeenkomst stond Cecile even later voor de openslaande deuren van de werkkamer de achtertuin in te kijken, toen Eddy terug kwam lopen. Ze deed snel of ze met de schelpen bezig was, hoorde hoe hij de keuken inkwam en ging, omdat hij niet naar de achterkamer kwam, na een paar minuten ook naar de keuken.

Hij zat aan tafel met zijn hoofd in zijn handen naar de tonijncrackers te staren.

'Dr. Bol komt vanavond laat nog een glas wijn drinken,' zei ze. 'Om verslag uit te brengen van de vergadering.'

Hij knikte nauwelijks zichtbaar.

Ze leunde tegen het aanrecht en zweeg. Ze zou hem kunnen voorstellen nu samen de Argonauten te gaan doen, waarop ze beiden zeer gesteld waren en waarmee hij zou wachten tot zij weer thuis was. Gewoon aan het werk gaan was immers het beste! Maar hij liet zijn hoofd opeens voorover in zijn handen vallen en kneep zijn ogen dicht. Ze keek naar zijn kale schedel vol kleine, bruine vlekjes; zijn gespierde handen aan weerszijden van zijn oren. Hij droeg de manchetknopen met de rode Neritina's waarvan zij er twintig jaar geleden tijdens een reis naar Java tientallen had opgedoken en twee van de mooiste als verjaarscadeau voor hem in goud had laten vatten.

Toen zag ze zijn borstkas schokken...

Ze ging achter hem staan, legde haar handen om zijn schouders en keek in zijn gebogen nek vol lijntjes en rimpeltjes.

'Eddy...' zei ze zachtjes, maar hij reageerde niet. Hij was onbereikbaar ver weg. In die ene week waarin ze hem alleen gelaten had, was hij een grens overschreden. In één week had die verterende passie, die zij niet kende – nooit gekend had en nooit zou kennen, omdat hij in niets leek op die voor de schelpen – hem weggevoerd naar een ontoegankelijk, vijandig gebied waarin hij niet te volgen was en waaruit alleen de tijd hem zou kunnen laten terugkeren. Ze begreep het niet, maar ze begreep wel zijn verdriet en het leek alsof dat vanuit zijn lichaam naar het hare overstroomde. Ze voelde haar eigen tranen brandend naar haar ogen stijgen en zou er op dat moment haar vermogen voor over gehad hebben hem te kunnen troosten – want ze hield zeer veel van hem.

XII

Dijk had de Big Chief, waar hij meer dan een kwartier aan gestaan had, in de steek gelaten en stond nu voor de verandering aan een van de Lethal Weapons, hoewel die zijn voorkeur niet hadden, wat je kon horen aan het geshit en het geschamper van ademstoten door zijn neus. Rico lette niet op zijn verrichtingen. Hij hing tegen een kapotte automaat, staarde naar zijn schoenen en zei geen woord. Dijk hield in zoverre rekening met hem, dat hij ook vrijwel niks zei.

Het soort sombere woede waarin Rico vervallen was, kon je haast wel een ander bewustzijnsniveau noemen en waarschijnlijk droeg de pil die hij een half uur geleden had geslikt daar ook wel toe bij. Hij voelde zich een robot. De voeten waarop hij neerkeek waren korte tijd in rust en begonnen dan automatisch te lopen. Een, twee drie, vier, vijf, zes, zeven, acht, negen, tien... en dan schoot-ie precies tien seconden lang met een M 60 in het rond. Tien seconden rust. Dan stapten zijn robotvoeten over de halve cirkel van lege hulzen en begon de exercitie opnieuw.

'Dijk!'

Daar had je Krokewit.

'Hé, Gabrieli!'

Hij keek niet op.

'Wat sta jij te kijken, man! Ben je je centen kwijt?'

Acht, negen, tien... takketakketakketakketak! Krokewit kronkelde bloedend over de grond.

'Laat hem met rust!' zei Dijk.

'Hoezo? Wat heb-tie dan?'

'Hij is onaanspreekbaar,' vatte Dijk de zaak samen.

'Wat is-ter dan gebeurd?!'

Opneukertjes als Krokewit moesten niet zo nieuwsgierig zijn en Dijk antwoordde dan ook niet. Z'n game was in een beslissende fase en het ging mis, dat kon je horen aan de verwensingen die hij de machine toesiste. Maar toen het 'game over' was, waren zijn guldens op en had hij toch even niks te doen.

'Z'n brommer is vanochtend in beslag genomen,' zei hij. 'Hartstikke pleite. Toen heb-tie bij ome Schelp de zak gekregen en toen-die thuiskwam, had z'n moeder de politie aan de deur. As-tie morgen niet om acht uur op school is, komen ze 'em halen!'

Krokewit begon te grinniken.

'Hé, schele, je geluksdag!'

Hij kwam voor Rico staan en vroeg: 'Hoe ging dat, met die brommer?'

'Donderstraal op!' zei Rico.

'Hij is naar 't bureau gegaan en hij heb gezegd: hier is-tie!' zei Dijk.

'Nou, die zie je nooit meer terug!' zei Krokewit opgewekt. 'As je bijna zestien ben, dan bewaren ze 'em nog wel es, maar nou niet natuurlijk. Ik heb je toch gewaarschuwd? Ik zeg nog: je moet die dingen d'r niet allemaal op monteren! As ze 'em inpikken is 't allemaal naar de klote! Dat stuur, man! Hartstikke zonde!'

'Fijn dat je dat effe komt vertellen!' nam Dijk de honneurs waar.

'Maar dat baantje...'

Krokewit ging de feiten in de juiste volgorde langs.

'Wat heb je uitgevreten?' probeerde hij Rico nog een keer.

'Niks,' zei Dijk, 'hij was gewoon niet meer nodig!'

Krokewit knikte en begon weer te grinniken.

'Naar school...' zei hij. 'Bij die goser van Spruit zijn ze ook aan de deur geweest, een paar weken geleden. Die lag te maffen en die hebben ze zo van z'n bed gelicht! Da's de nieuwe aanpak tegenwoordig. Maar as je dan weer een dag of tien op school ben, ken je rustig weer drie weken wegblijven, hoor! Zo werkt dat.'

'Moet je een paar pillen kopen?' vroeg Dijk. 'Ik heb nou spul: daar spees je van as een raket! En waanzinnig goedkoop: tientje per stuk, drie voor een geeltje.'

'Die koop ik zaterdagavond wel,' zei Krokewit, 'in de schuur. Dan ben je er toch ook?'

'Ja. Maar dan zijn ze vijftien per stuk! Ik heb ze nou in de voorverkoop! Graag of niet!'

'Twintig de drie!'

'Zeikerd,' zei Dijk, maar hij haalde drie stripjes te voorschijn en pakte twee tientjes aan, waarmee hij direct naar de kassa liep om ze voor guldens te wisselen.

'Hier,' zei Krokewit goeiig en hield Rico een stripje voor, 'die krijg je van mijn. Kikker je misschien wat van op!'

Rico scheurde het papier eraf en slikte de pil meteen naar binnen.

Dijk kwam weer aanlopen. 'Wat krijgen we nou?' vroeg hij. 'Je héb al zo'n ding op, man, en dat had je al niet moeten doen hier! Dat spul is zo heavy as ik weet niet wat! Daar ga je d'r toch niet twee achter mekaar van nemen!'

'Hij moet z'n eige een beetje opvrolijken,' zei Krokewit.

'Nou, weinig kans, zonder muziek of iets! Je ken wel goed gek worden, maar flowen, ho maar!'

'Het is gewoon shit, dit spul!' liet Rico zich horen. 'Je merkt d'r geen ene rotmoer van!'

'Oh nee? Ik spreek jou nog wel over een halfuurtje!'

Dijk liep weg en gooide een machine vol. Krokewit ging erbij staan en Rico bleef alleen achter. Hij ging rechtop staan, draaide zich om en bestudeerde de automaat waartegen hij had staan leunen. Je zag een felblauwe zee vol bootjes en een rond, geel eiland met palmbomen. Hoge bergen op de achtergrond. Op de voorgrond gooiden meiden met tieten als meloenen elkaar een bal toe.

Hij waadde met z'n kleren aan het water in, want op de motorboot, die halverwege strand en eiland lag te dobberen, werd gewenkt en het was zaak om er te zijn voordat de boot naar de horizon zou varen. Het water werd snel dieper, het was lekker lauw, en hij zwom met grote slagen. Op het dek van de boot stond een man in een gebloemd hemd te wenken en te lachen. Maar de afstand was groter dan je zou denken; hij begon moe te worden en langzamer te zwemmen, waarop de man met beide handen begon te wenken, alsof hij een vliegtuig stond in te halen. Hij zwom en zwom alsof zijn leven ervan afhing en kwam eindelijk in de buurt. De man aan dek straalde alsof hijzelf een prestatie had geleverd en boog zich voorover om hem een hand toe te steken, toen er achter hem opeens een olifantachtige vrouw met een korte slurf verscheen. Ze had een roeispaan in de hand en mepte daarmee naar zijn hoofd. De man deinsde achteruit, alsof hij zelf getroffen was, sloeg zijn handen voor zijn ogen en wendde zich af, terwijl de vrouw de motor startte. Met een vaart ging de boot ervandoor en hij bleef in het water achter, doodmoe, uitgeput, niet in staat nog één slag te zwemmen. Zijn armen hingen slap naar beneden. Hij zonk en ving nog een glimp op van zwaaiende wieren, wegschietende vissen en een bodem vol schelpen, voordat de eerste golf water zijn mond binnendrong.

Hij kwam overeind en keek links en rechts of niemand gezien had hoe hij als een dronkelap over de automaat lag te dweilen, maar niemand keek naar hem.

Hij bleef rechtop staan en keek de gokhal rond. Het licht was hier rood, behalve onder een blauw-wit spotje achterin, waar de baas van de tent stond te lachen met een griezelig mager wijf met uitgebeten raffiahaar. Het kwabbige gezicht van de man, vol grove poriën, was een bewegend stuk pens. De vrouw had een jurk aan die van voren wit was en van achteren, door het rode licht beschenen, ziekmakend roze. Een angstaanjagend stelletje. Nu zag hij dat het rode licht een bloedwaas was. Een heel fijne bloednevel die hier kunstmatig opgewekt en in stand gehouden werd. In een hoek, achter de laatste automaat, stond een emmer rode drap met een zwabber erin. Daarmee veegden ze van tijd tot tijd het bloedlaagje op dat op de vloer was neergeslagen.

Hij kreeg het benauwd en keek naar Dijk en Krokewit, maar zag ineens dat Dijk aan zijn machine vastzat! Hij sprong en danste om zijn handen los te krijgen, maar dat lukte niet. Krokewit moedigde hem aan, maar kon hem niet helpen. En het was Dijk niet alleen: overal stonden jongens te trekken en te duwen om los te komen, maar de machines hielden hen in een ijzeren greep, totdat ze er blijkbaar genoeg van hadden, want af en toe kwam er ergens opeens eentje los. De baas stond erom te lachen met zijn mond open. De stank uit z'n mond viel tot hier toe te ruiken!

Hij liep naar de uitgang met het gevoel dat hij door een zuigend moeras liep en bleef tegen de deurpost geleund staan. Door de avondlucht en het nuchtere neonlicht van de automatiek aan de overkant was het gevoel net zo snel weer over als het opgekomen was.

Hij stond daar een hele tijd, kalm, want nu zat hij weer in een sloep die op zee dobberde. Er werd niet geroeid, er waren niet eens riemen en hij zát ook niet, hij lag languit over de bodem. Naast hem lag Rochèl. De wind zwol aan en de boot deinde hoe langer hoe wilder op de golven, maar zij hadden er geen last van, ze voelden de wind niet eens: de wanden van de sloep rezen als muren naast hen op. Soms werd de boot door de golven zo hoog opgetild, dat het een soort achtbaan leek en af en toe ging hij ook helemaal over de kop, maar zij lagen met hun gezicht tegen het eikehout en gaven geen kik.

Krokewit kwam naar buiten, gevolgd door Dijk.

'Doe niet zo bescheten, Krook,' zei Dijk. 'Je ken best een joetje missen!'

'Nee,' zei Krokewit, 'ik ga naar huis!'

Hij grijnsde tegen Rico.

'De mazzel!'

'Nou, gezellige boel,' zei Dijk tegen Rico. 'Geen poen meer en jij met je sjaggerijnige kop, waar geen woord uit komt!'

'Moet je luisteren,' zei Rico langzaam. 'We gaan naar het huis. Naar Rochèl.'

'Hè?'

'Naar die vent van de schelpen!'

Dijk keek op zijn horloge.

'Wanneer?'

'Nu.'

'Nu? Man, 't is kwart over tien. Die zitten nog te mens-erger-je-nieten! Wat moet je daar doen?'

'Gewoon. Kijken.'

'Kijken! Wat heb je daar nou aan?'

'Kom mee.' En hij liep naar Dijks brommer.

'Nou,' zei Dijk schouderophalend, 'd'r valt hier niet veel meer te beleven zonder centen, dus vooruit maar.'

Hij zat met een touw aan de Honda vast en doorkliefde een meter of tien boven Dijk de lucht als een speedwing. De boulevard herkende hij wel en de Duinweg ook, maar toch was het een vreemd, uitgestorven landschap waarboven hij vloog. Hij was een adelaar, die rees als Dijk gas gaf en daalde als hij vaart minderde en bij het dalen druppelde er telkens bloed van zijn veren, dat op de weg in honderden kleine druppeltjes uiteenspatte.

Opeens ging Dijk heel langzaam rijden. Rico's vleugels werden lam, hij daalde precies achter op de brommer neer en stapte automatisch af toen Dijk tot stilstand kwam. Ze waren vlak bij de villa en liepen het laatste eindje, tot Dijk de Honda voor de pijnbomen zette.

Rico was eensklaps volkomen helder van geest, maar vreemd trillerig alsof hij een operatie moest ondergaan.

De voorkamer van het huis was donker, maar door de openstaande kamerdeur zag je een stukje van de verlichte hal en ook aan de zijkant van het huis kwam licht uit het keukenraam.

'Nou,' zei Dijk sceptisch, 'wat nu?'

Rico liep langzaam het grindpad op naar de hoek van het

huis en keek door een raam van de voorkamer. Die kamer kende hij amper en er viel niet meer te zien dan de contouren van ouderwetse, zware meubels, maar hij staarde naar het stukje hal. Daar stond, vlak naast de openstaande kamerdeur, een doos die hij herkende aan het touw dat eromheen gebonden zat. Dat had hijzelf gedaan; híj had die doos daar neergezet en hij wist nog wat erin zat: dakpannen, die grote schelpen waarmee arme mensen op de Filistijnen de daken van hun huizen belegden.

Hoelang was het geleden dat hij bij de oude man aan de inpaktafel had gestaan? Hij kon het zich niet herinneren, alsof hij nu opeens een ander was. Toen waren er verhalen en beloften... dromen over geld en avontuur en een nieuw land. Nu was hij buitengesloten, eruitgegooid, verstoten, van het ene moment op het andere door die ouwe heks gedumpt als een paar afgetrapte schoenen!

Haat tegen de vrouw van Rochèl kwam in hem omhoog als gal. Als een schurftige hond had ze hem hier weggejaagd, dat loeder!

Dijk was naast hem komen staan.

'Wat sta je nou te kijken! Wat doen we hier?'

Rico haalde een aansteker uit de binnenzak van zijn jack, liet er een vlam uit opschieten en reikte, hoog op zijn tenen, naar de overhangende hoek van de rieten kap. De afgeknotte stengeluiteinden gloeiden op alsof er een bundel sigaretten werd aangestoken.

Dijk duwde hem weg.

'Idioot!' riep hij gedempt, trok vliegensvlug een paar grote bladeren van een nabijstaande plant en hield die, opeengestapeld als een compres, tegen de gloeiende stengelpunten gedrukt.

'Dat dak is zo droog as je opa z'n kloten, man! Met die geintjes moet je oppassen!' zei hij.

'Heksen moeten branden,' zei Rico star.

'Je denkt zeker dat je leuk ben!' Dijk depte de prop bladeren nog een keer stevig tegen de rietpunten aan.

'Kom op, we gaan!'

'Nee.'

'Wat wíl je dan?!'

'Kijken.'

'Kijken? Man, volgens mijn heb jij een *bad rush*!'

Rico draaide zich om en liep het grindpad langs het huis op alsof hij er op bezoek ging.

'Verdomme, klojo!' vloekte Dijk hem gedempt achterna.

Bij de voordeur stapte hij het stoepje op, bukte zich en duwde de klep van de brievenbus omhoog. Daar stonden alle dozen met schelpen, nog net zoals hij ze zelf neergezet had. Er klonk vage muziek vanachter de gesloten deur van de werkkamer en ineens liepen zijn ogen vol alsof er traangas door de brievenbus naar buiten stroomde.

Dijk siste wat, maar hij verstond het niet. Hij liep verder, langs de verlichte keuken, waar niemand was en sloeg de hoek om, naar de achterkant van het huis. Het licht uit de werkkamer viel over het terras, maar de openslaande deuren waren dicht. Hij liep op zijn tenen naar de deuren toe en bleef een moment terzijde tegen de muur gedrukt staan. Ook hier klonk muziek door de deuren heen, luider dan door de voordeur. Ze moesten de radio aan hebben. Hij boog opzij en gluurde door de ruiten.

Op zíjn plaats aan de lange schragentafel stond, met haar rug naar hem toe, die kwaadaardige teef in te pakken. Het waren schelpen die hij nog nooit gezien had: grote, witte, broos uitziende schalen van een soort bobbeltjespapier, die ze met d'r dikke vingers zo zorgvuldig stond in te wikkelen of ze van geblazen suiker waren. Meneer Rochèl zat, eveneens met zijn rug naar de tuindeuren, in zijn stoel en maakte niet de indruk dat hij veel deed. Er lagen formuliertjes om hem heen, maar hij hield niet eens een pen vast en zat zo stil alsof hij sliep.

Nog geen tien seconden stond hij zo naar binnen te gluren, als een dief in de nacht, of hij veranderde in het insekt in zijn moeders hanger. Een reuzenvlieg in perspex gegoten, in het laatje van haar nachtkastje. De vlieg die eruitzag alsof de vloeibare kunststof waarin hij zat in een honderdste seconde om hem heen gevloeid was en gestold, zodat hij geen tijd had gehad zijn bolle schrikogen te sluiten. Hoe vaak had hij dat ding als kind niet te voorschijn gehaald? De enorme vlieg had hem gefascineerd, vooral vanwege die ogen. In roerloosheid gevangen, voor eeuwig geconserveerd, buitengesloten; het leven speelde zich voor die vlieg voortaan rond het perspex af: hij kon het nog zien, maar hij deed niet meer mee.

Toen verschenen er cirkels voor zijn ogen, wit en laaiend geel en hij merkte dat hij begon te hijgen alsof hij hier niet stil in het donker stond, maar zojuist een stuk had hardgelopen in de brandende zon.

De vrouw die zijn plaats aan de inpaktafel had ingenomen, kreeg zo'n klap tegen haar achterhoofd, dat het bloed haar uit de mond brak. Ze viel voorover op de tafel en vermorzelde in haar val al die broze, witte schelpen. Toch richtte ze zich weer op en begon midden in de kamer met brandende kleren rond te draaien, sneller en sneller en gillend als een fluitketel, tot er niets van haar over was dan een smeulend hoopje as.

Opeens draaide mevrouw Rochèl zich om en liep de kamer door. Hij dook weg, drukte zich tegen de muur naast de tuindeuren en tuurde met ingehouden adem naar de lucht boven de duinen. Donkerpaarse slierten wolk kronkelden als gifslangen door de lucht. Rechts was de hemel vuilrood alsof de zee daar brandde.

Langzaam schoof hij zijdelings weg. Er klonk gesis tussen de struiken. Dijk stond vlak bij het schuurtje.

'Wat doe je nou! Zijn ze daar achter?'

Hij knikte.

'Nou, we smeren 'em! Je ken nou toch niks doen!'

'Ik moet in de schuur wezen,' zei Rico.

'De schuur? Wat is-ter in de schuur?'

Rico liep langs hem heen, deed de deur open en liep naar binnen. Dijk kwam hem achterna. Omdat het schuurtje maar één klein raam had, was het er zo donker dat ze vrijwel niets konden onderscheiden. Dijk stapte even naar buiten, keek of er niemand de keuken was binnengekomen, knipte toen snel het licht aan, waarvan het witte knopje naast de deur zichtbaar was, en keek rond.

'Geweldig! Wat moet je hebben: dat verroeste fietswiel of die kapotte zaag?'

Hij knipte het licht weer uit en ging naar buiten.

'Kom op!'

Rico bleef staan en tastte naar een groot, rechthoekig blik met schroefdop op de plank naast de deur.

'Ik loop vast naar de brommer!' riep Dijk buiten.

Het blik was halfvol en de inhoud klotste, maar de dop zat zo vast, dat hij in het duister eerst een vod moest zoeken om hem open te krijgen. Hij rook eraan. Juist, net wat hij dacht! Uit een hoek raapte hij een grote, platgevouwen kartonnen doos, zette, om zoveel mogelijk licht te hebben, de schuurdeur wijd open en begon met behulp van een beitel die onder handbereik lag, de doos in stroken van zo'n anderhalve meter lengte te trekken. Vijf, zes waren genoeg. Hij legde ze naast elkaar op de vloer en liet er voorzichtig een straaltje uit het blik overheen lopen. Zijn handen trilden hevig, wat het moeilijk maakte om precies te werk te gaan. Je moest niet te schielijk gieten, anders absorbeerde het karton het niet zo gauw en werd het een kliederboel op de vloer, waardoor ook zijn schoenen onder kwamen te zitten.

Van voor aan de weg klonk een fluitsignaal.

Een kwart van de inhoud was toereikend. Hij stapelde de stroken op elkaar en droeg ze behoedzaam de schuur uit, het grindpad over, naar de voordeur. Dijk stond al met de brommer tussen de pijnbomen.

'Hé!' riep hij zacht.

Rico duwde de klep van de brievenbus open en keek de hal rond. De deur van de werkkamer was nog steeds dicht. Een voor een duwde hij de stroken nat karton door de gleuf, zodat ze aan de binnenkant van de deur als een geknakte waaier vanuit de brievenbus naar de vloer uitstonden. Met de laatste strook wist hij zelfs de doos te bereiken die het dichtst bij de deur stond. 'Conus textile' stond er met grote viltstiftletters op geschreven en ineens wist hij weer welke dat waren: de berglandschappen! De met sneeuw bedekte Alpentoppen. Die gingen er dus het eerst aan. Opeens stond hij te zingen van het huilen.

Dijk had de brommer opnieuw neergezet en kwam het pad weer oplopen. Rico veegde snel zijn handen af aan zijn broek, sloeg de tranen van zijn wangen, haalde de aansteker te voorschijn en knipte hem bij de brievenbus open. Een steekvlam blakerde direct de koperen klep zwart. Het vuur holde naar binnen.

'Godsklere!' riep Dijk. 'Klootzak! Psychopaat!'

Toen rende hij terug naar het hek.

'Wegwezen!'

Rico bleef stokstijf op de stoep staan. De onderste ruitjes van de smalle glas-in-lood raampjes aan weerszijden van de voordeur begonnen grillig op te lichten.

'Eerlijk is eerlijk!' mompelde hij. 'Ik niks meer... jullie ook niks meer!'

Hij hoorde hoe Dijk de brommer aantrapte en nog iets riep, maar het kwam niet in hem op om weg te lopen. Hij wílde helemaal niet weg. Hij wilde dat loeder zien schreeuwen en huilen en misbaar maken! Hij wilde zien hoe ze als een vetgemeste mier de dozen uit haar huis sleepte, met zwartgeblakerd gezicht en verschroeide kleren! Ze moest boeten, dat wijf, voor alles wat hij verloren had, alles wat verkeerd gegaan was en nooit meer goed kwam. Alleen haar paniek kon de pijn verzachten, haar wanhoop de zijne oplossen.

Terwijl hij de Honda hoorde wegrijden, liep hij opnieuw naar de achterkant van het huis, het terras over en keek voor de tweede maal naar binnen. De situatie was volkomen ongewijzigd. Rochèl zat net zo stil aan tafel als voorheen en zijn vrouw pakte juist een nieuwe, witte papierschelp van tafel en begon die in te wikkelen. Ze hadden niks in de gaten! De wereld rondom kon rustig vergaan, in de schelpenkamer klonk vioolmuziek en werd ingepakt!

Zo rustig en vredig was het tafereel, dat Rico zelf binnen tien seconden vergeten was wat er aan de andere kant van het huis aan de hand was. Een jaloerse woede stak als een scherf in zijn borst. Daar zat Rochèl doodrustig aan tafel! Zijn zoon was het huis uitgegooid, verjaagd, maar hém kon het allemaal niet schelen! Híj zat doodleuk briefjes in te vullen met dat valse varken naast zich, alsof het er niet toe deed wie er naast hem stond in te pakken! Wat voor vader was dat!

Een steen!

Daar lag er een op het terras, een verdwaalde grindsteen. Hij raapte hem op, keilde hem naar de tuindeuren en schrok zelf van de kracht waarmee de steen insloeg: een gat als een wak in het raam! Glas viel rinkelend naar binnen. Er klonk een gil. In een impuls schoot hij de achtertuin in. Stemmen. Muziek, die meteen na het ingooien van de ruit duidelijker was geworden. Hij verborg zich achter een struik.

Het slot van de openslaande deur werd omgedraaid. De deur ging open.

'Hier blijven!' hoorde hij mevrouw Rochèl roepen. 'Eddy, blijf hier!'

Hij gluurde langs de struik heen en zag Rochèl naar buiten komen, op de voet gevolgd door zijn vrouw, die hem aan zijn schouder weer naar binnen probeerde te trekken, wat hij met een elleboogstoot verhinderde. Hij liep het terras op, bleef middenop staan en keek naar alle kanten de duisternis in.

'Rico?' klonk het schor.

Zijn silhouet tekende zich af tegen de verlichte kamer.

'Rico?' riep hij nogmaals, nu luider en met iets hoopvols in zijn stem.

Zodra Rico hem hoorde roepen, begon hij te rillen over zijn leden alsof hij koorts had. De stem die verhalen verteld had, die de hemel op aarde beloofd had... In het donker werd alle zinloze hoop weer levend.

'Rico?!' riep Rochèl, als een kind dat zeker weet dat het Superman heeft zien overvliegen... en Rico deinde weer op zee, wentelde zich op een exotisch strand en reed op een blinkende

Harley langs bergen en vulkanen. Waarom kon dat niet? Die man was toch gek op hem? Wie kon er dan alle draadjes die tussen hen geweven waren in één haal doorsnijden?

Mevrouw Rochèl liep eensklaps resoluut naar hem toe en trok hem aan een arm.

'Kom naar binnen, Eddy!'

Rochèl probeerde haar weg te duwen.

'Hij is hier...'

'Daarom juist!' riep zijn vrouw. 'Hij...'

Ze dempte haar stem, zodat niet meer te verstaan viel wat ze zei.

'Je belt de politie helemaal niet!' zei Rochèl hardop. 'Ik wil met hem praten.'

Hij liep een paar passen in de richting van de struiken, maar zijn vrouw trok hem met geweld terug door met haar volle gewicht aan hem te gaan hangen.

'Hier blijven!' krijste ze.

Rico tastte in zijn achterzak en trok zijn stiletto te voorschijn. Tussen de takken door bleven zijn ogen strak gericht op het echtpaar, dat half worstelend zijn kant opkwam; want hoewel mevrouw Rochèl dubbel zo zwaar was als haar man, leek een bovenaardse kracht meneer Rochèl de tuin in te zuigen, waardoor zij meegesleept werd. Terwijl ze naderden, vloog hij met snelle, lichte sprongen achter de struik langs, zodat hij weer aan de zijkant van het terras uitkwam. Rochèl had juist de eerste stappen de tuin ingezet. Zijn vrouw had zijn jasje half van zijn schouder getrokken.

Rico rende op haar af, schuin van achteren, maar op het laatste moment draaide ze zich om en zag hem komen! Ze liet haar man los, schreeuwde nog voor hij gestoken had en deinsde tegelijk met zijn beweging achteruit. Hij raakte wel wat, maar niet veel meer dan de knopen van haar mantelpak, die tegen het lemmet tikten. Ze bleef langzaam achteruit lopen, de wijd open gesperde ogen op het mes gericht. Hij volgde en berekende de tweede kans, die hij niet mocht missen. De jager oog in oog met het wild.

Maar net toen hij nogmaals wilde toesteken, werd zijn arm van rechts gegrepen.

Verraad!

De oude man boog zijn arm naar beneden en hield zijn pols met het mes erin omklemd. Een ogenblik staarde hij in het gezicht met de duizend rimpeltjes.

'Ze moet dood!' zei een hoge stem die hij niet kende.

De oude man schudde zijn hoofd.

'Nee,' zei hij.

Mevrouw Rochèl maakte een omtrekkende beweging. Ze riep hijgend korte zinnetjes die niet tot hem doordrongen en verdween achterwaarts in de richting van de verlichte kamer. De oude man stond hem aan te kijken en begon te praten, zonder echter zijn pols los te laten.

Maar Rico verstond niet wat hij zei, want in zijn hoofd was een fluittoon aangezwollen; eerst gedempt, maar steeds snerpender en valser. Hij was verraden! Die stem deed er niet meer toe. De oude man stond aan háár kant! Hij had háár geholpen! Tegen hem! Zijn schedel was van glas en dreigde te springen door de onverdraaglijke tonen. Lichtflitsen schoten over zijn netvlies. Dolle spiralen wilden zijn oogbollen naar buiten duwen.

* * *

Rochèls greep verslapte terwijl hij sprak, omdat Rico's gezicht al zijn aandacht opslokte. Het bleke voorhoofd glom van het zweet. De ogen schitterden in het licht en waren op een vreemde manier zwart, alsof Rico's pupillen geheel over de irissen waren uitgevloeid. Hij haalde adem in korte rukjes, met half open mond. De jongen was buiten zichzelf en zo in de war dat zijn eigen verwarring ernaast slonk tot een bedrieglijke kalmte.

In de marge van zijn gedachten besefte hij dat Cecile nu de politie ging bellen, maar hij wilde de jongen niet loslaten om het haar te beletten. Stel dat hij wegliep! Hoeveel chaos en waanzin er ook om hen heen laaide... hier was Rico, vlak voor hem en hij hield hem vast. Dit moment was van levensbelang. Hij stond met de jongen op de laatst overgebleven klip van een weggeslagen kust en voordat de volgende golf hen in zee zou spoelen, moest hij hem tot bedaren brengen. Een kort moment in een zee van eeuwigheid.

'Ik kon je niet vinden,' zei hij, 'ik wist niet waar je woonde...'

Hij strekte aarzelend zijn hand uit om een piek voorovergevallen haar uit Rico's gezicht weg te strijken... en op dat moment trok de jongen in een snelle beweging zijn rechterhand uit de zijne. Hij voelde het staal over zijn vingers flitsen en keek ernaar. Het bloed drupte van zijn hand. Rico stond nu recht tegenover hem.

'Rico,' zei hij en pakte hem met zijn linkerhand bij de schouder, 'denk niet...'

Maar de jongen verkrampte onder zijn aanraking.

'Vieze... vuile... poot!' zei hij schor en Rochèl voelde een stekende pijn onder zijn navel. Een kort moment was Rico's gezicht zo dichtbij dat hij het had kunnen kussen, maar de zwarte, opengesperde ogen waren als van een dier in doodsnood.

De jongen trok het mes terug, wat een heviger pijn veroorzaakte dan de steek zelf, maar het was direct weer over. Ze keken beiden naar het mes: het was tot aan het heft bebloed! Toen draaide de jongen zich om en rende de achtertuin in.

'Rico!' schreeuwde Rochèl en rende hem achterna.

Dit was wat hij gevreesd had! Dat de jongen wegliep zonder geluisterd te hebben, zonder hem te begrijpen! Opnieuw onbereikbaar! Struikelend over graspollen en kuilen in de donkere tuin holde hij achter hem aan, langs de vijver en tussen de achterste struiken door. Maar Rico was veel sneller; aan het eind van de tuin zag hij hem met een zwaai over het prikkeldraad springen.

Vanuit het huis hoorde hij Cecile roepen.

'Brand! Brand!' riep ze.

Waarom haalt ze dat er nou bij, dacht hij, maar hij kon er niet over nadenken. Hij drukte met zijn bloedende hand het prikkeldraad naar beneden, stapte eroverheen, rukte zijn jasje los en strompelde het duin op, waar Rico al over de top verdwenen was. Toen hij boven stond, zag hij de snelle, zwarte gedaante beneden over het pad hollen in de richting van de stenen trap. Hij zette zijn handen als een toeter om zijn mond.

'Rico! Wacht op mij!'

Het schreeuwen sneed door zijn buik, maar dat was niet van belang, want de jongen stond stil en draaide zich om. Zijn opgeheven gezicht was een witte vlek onder zijn haren. Het stalen beslag op zijn jack glansde in het maanlicht. Je zag hem van hieraf hijgen. Zijn donkere silhouet tegen het lichte zand werd een foto, de zee als donkere vlakte achter hem.

Met bevende knieën begon Rochèl aan de afdaling, maar zodra de jongen zag dat hij naar beneden kwam, zette hij het opnieuw op een rennen. Rochèl kreunde, maar wilde zijn krachten niet nogmaals aan roepen verspillen. Meer vallend dan lopend liet hij zich het duin af glijden. Toen hij beneden was, was Rico al bij de stenen trap. Hij meende de plofjes van de gymschoenen eroverheen te horen. Hij drukte zijn handen tegen zijn buik en holde verder, ook de trap af.

Wijd en verlaten lag het strand voor hem. Behalve de jongen, vijftig meter voor hem uit, was er niemand te zien. Groepen strandlopertjes, die nog langs de vloedlijn liepen te pikken, weken uiteen bij nadering van Rico's rennende voeten en er cirkelden wat late meeuwen. Rico liep al op het harde deel van het strand en Rochèl ploegde zo snel hij kon door het mulle zand, maar voelde dat hij niet ver meer zou komen. De pijn drong slechts af en toe tot hem door, als iets wat hem nauwelijks aanging, maar zijn benen wilden niet meer en zijn hoofd voelde licht en draaierig aan alsof hij lang niet gegeten had. Zijn achterstand werd zienderogen groter. Als de jongen niet stilstond, zou hij hem nooit meer inhalen.

'Rico!' riep hij nog een keer, maar zijn stem was zwak en kwam amper boven het geruis van de zee en het krijsen van de meeuwen uit. Op het harde gedeelte van het strand hield hij het nog even vol, maar toen struikelde hij in een door kinderen gegraven greppel, viel voorover en bleef een moment zo liggen. Hij wentelde zich op zijn zij, trok zijn knieën op en zag dat zijn broek tot ver op zijn dijbenen donker gekleurd was. Ook zijn overhemd was besmeurd aan de onderkant, omdat hij zijn bloedende rechterhand daar tegenaan had gehouden onder het lopen.

Even rusten, dacht hij, even hier blijven liggen. Misschien komt hij terug, als hij omkijkt en ziet dat ik gevallen ben. Misschien komt hij terug. Met uiterste krachtsinspanning werkte hij zich wat omhoog naar waar het zand droger was, trok zelfs zijn jasje uit om niet met zijn hoofd in het zand te moeten liggen, legde zijn hoofd erop en keek de jongen na, die rende en rende, tot hij nog een vaag deinend streepje zwart was, dat zich oploste in de duisternis. Toen sloot hij zijn ogen.

Zijn armen werden losgemaakt en iemand kroop tegen hem aan, nestelde zich in zijn schoot en sloot zijn armen om zich heen alsof hij een warme sjaal om zich heen drapeerde. Zijn mond lag tegen gladde haren, zijn handen streelden een arm in een kort katoenen mouwtje en toen zijn vingers verder gleden, voelde hij op de borst een hard, wasachtig plekje: de opdruk van een vleugeltje.

'Wat ben je lang weggebleven,' zei hij in de geurende haren.

''t Was ook een heel end!'

'Ja.'

'Maar ik heb wat meegebracht. Hier, hij moet een beetje warm blijven.'

Zijn hand werd naar beneden geleid en daar, in de holte tussen buik en opgetrokken benen, bleek een bolle, met water gevulde blaas verborgen te liggen. Een afgebonden plastic zakje. Hij tilde zijn hoofd een beetje op en keek. Het zakje ving het licht van een manestraaltje. In helder water zweefde een gebladerd zeepaardje. De lichtgroene blaadjes trilden of ze door de wind in beroering gebracht werden en het parmantige, gele lijfje stond roerloos rechtop. Het snuitje graasde de plastic wand af. Hij glimlachte en legde zijn hoofd weer neer.

'Die beessies waren toch het mooiste van de hele wereld?'

'Jij bent het mooiste van de hele wereld.'

Er klonk zacht gegrinnik.

'Ja, omdat u een beetje geschift ben! Een beetje erg!'

'Ja.'

'Nou zit u wel aan die duizend piek vast!'

'Reken maar!'

'Maar ik zal een zee-aquarium voor 'em bouwen. Dat ken ik wel. Met alles d'r op en d'r an. Goed?'

'Goed.'

Ze gingen wat verliggen, waarbij het water in het plastic zakje klotste. Warme handen legden zich om zijn koude handen heen. Een vleug citroengeur, haast verschaald, drong in zijn neus.

'Vertelt u nog es een verhaal...'

'Ja,' zei hij, 'ja...'

En hij vertelde een verhaal, geluidloos, zonder woorden, op het ritme van de aanrollende golven; het mooiste verhaal van de wereld.

* * *

Op het moment dat Ernst Bol het grindpad van de villa opdraaide, zag hij het vuur in de voorkamer opflakkeren.

'Mijn god!' brulde hij, trok de versnelling in zijn achteruit, reed met gierende motor terug tot op het voetpad voor het huis, vloog de auto uit en stormde het grindpad op. Door de ramen van de voorkamer zag hij door de rook heen de vlammen door de kamer dansen en bij de voordeur lekte het vuur in de hal door de sponningen van de gesprongen glas-in-lood ruitjes. De keuken stond vol rook. Hij rende om het huis heen.

Op het terras, tegen de struiken van de achtertuin aan, stonden een stuk of tien dozen. De deuren van de achterkamer stonden wijd open en op het moment dat hij naar binnen wilde vliegen, kwam mevrouw Rochèl juist naar buiten rennen met een doos in haar armen. Ze schreeuwde toen ze hem zag, maar liep direct door en liet de doos die ze in haar handen had boven op de andere vallen. De achterkamer brandde nog niet, maar er dreven rookslierten door de kieren van de gesloten deur naar de hal. Meneer Rochèl was niet in de kamer.

'Waar is uw man?!' riep hij, terwijl hij al naar binnen vloog, de eerste de beste doos beetgreep en ermee naar het terras rende...

'Buiten,' hijgde Cecile Rochèl, alweer naar binnen vliegend.

'De brandweer?!' schreeuwde hij.

'Kan niet bellen!' riep ze. 'De telefoon staat daar!'

Ze maakte een beweging naar de hal en hij begreep het; het telefoontoestel was onbereikbaar, misschien al verbrand.

'We nemen samen de Alabasters!' riep Cecile en begon aan een grote kist te sjorren. Hij tilde hem aan het andere eind en hijgend en hoestend droegen ze hem naar buiten, om onmiddellijk daarop het huis weer binnen te stormen en nieuwe kisten en dozen te grijpen, elkaar korte aanwijzingen toeroepend.

In Bols hoofd was maar plaats voor twee gedachten: redden wat er te redden valt en het verschrikkelijke besef dat haast de helft van de collectie in de hal stond! De tranen stroomden hem over de wangen en verzachtten de scherpe prikkeling van de rook. Ook over Ceciles zwart besmeurde gezicht liepen glinsterende stromen.

Ze sjouwden als bezetenen, droegen samen drie ladenkasten naar buiten, stortten zich weer op de dozen en draafden ermee naar de aangroeiende berg op het terras. Hij zag Cecile vallen, in volle lengte voorover slaan tegen de tegels, maar hij hielp haar niet en twee seconden later vloog ze alweer langs hem heen naar binnen. Ze waren twee robots, uitsluitend geprogrammeerd op schelpen redden. Waar is Rochèl, schoot het nog een keer door hem heen. Waarom is hij er niet? Wat is er gebeurd?

Nadat hij in zijn eentje een zware kist naar buiten getrokken had en zo ver mogelijk de struiken van de achtertuin ingeschoven, wilde hij opnieuw naar binnen rennen, maar amper was hij de drempel over, of de deur naar de hal sloeg met zo'n knal open alsof een woedende reus hem van buitenaf intrapte. Het vuur sloeg bulderend naar binnen. Cecile, die net een doos opgetild had, werd door de openslaande deur getroffen en viel. Haar nylonkousen vlamden onmiddellijk om haar kuiten en staken direct haar rok aan. Haar gegil sneed door het geknetter van het vuur heen.

Hij stortte zich naar voren, greep haar beet, sleurde haar de kamer door en deed het eerste het beste dat hem inviel: haar in de zware gordijnen naast de tuindeuren rollen. Als een mummie hing ze in bruin velours gewikkeld tegen de deurpost. Hij sloeg tegen haar benen en haar onderlijf, overal waar hij haar maar raken kon tot ze verstikt begon te hoesten in de zware stof, wikkelde haar toen weer uit het gordijn en trok haar mee naar buiten.

De hitte en de rook waren ondraaglijk geworden. Hoestend en leunend op elkaar wankelden ze het terras op, als twee die uit de hel ontsnapt zijn. Ceciles rok was zwart en ze zakte vrijwel door haar benen.

Water! Hoe kwamen ze aan water?

'De vijver!' riep hij.

Ze struikelden de achtertuin in. Bij de vijver duwde hij Cecile met kleren en al in het water. Ze zakte tot haar heupen weg en begon opeens hartverscheurend te snikken, maar hij schreeuwde: 'Blijven staan!', draaide zich alweer om en vloog terug naar het huis. De rechterkant van het dak brandde al, kon je van hieraf zien.

Hij wilde de achterkamer weer binnendringen, maar het ging niet. De hitte en de verstikkende rook dreven hem achteruit. Door de rook heen zag hij de kartonnen dozen branden en tussen het geknetter en geloei van het vuur hoorde hij tientallen vreemde, harde tikken: het knappen van de schelpen!

Hij wilde in een gierend janken uitbarsten en had zijn hart

uit zijn lijf willen rukken om dit ondraaglijke niet te hoeven dragen! Maar er kwam geen geluid uit zijn keel en hij stond stokstijf en lamgeslagen aan het terras genageld met een gloeiend gezicht, waarover tranen stroomden die vanzelf liepen, alsof er ergens een lek in zijn gezicht zat. Toen draaide hij zich om en liep terug naar de vijver.

Cecile Rochèl was op de kant gaan zitten, met haar onderbenen nog in het water. Ze was stil geworden en zat zo kalm in het maanlicht aan het vijvertje alsof ze voor haar plezier zat te pootjebaden en niets meer te maken had met wat er achter haar rug gebeurde.

'Ik moet ergens... ik ga... de brandweer...' bracht hij uit.

Maar alsof hij op zijn wenken bediend werd, klonk van ver weg uit de richting van het dorp het geluid van sirenes. Ze draaiden beiden hun gezicht die kant op. Het geluid naderde.

'Goddank!' riep hij. 'Ze zijn gewaarschuwd!'

Hij draaide zich om en wilde naar de voortuin rennen om voor aan de weg de brandweer tegemoet te lopen, maar de dwingende stem van Cecile hield hem tegen.

'Dr. Bol,' riep ze, met moeite haar benen uit de vijver trekkend en overeind krabbelend, 'u moet mijn man gaan zoeken! Hij is die jongen achterna gelopen. En die heeft een mes!'

'Wat?' vroeg hij verdwaasd.

'Hij is hem door de duinen achterna gegaan! Die jongen... Rico... hij wilde mij doodsteken!'

Bol staarde haar aan.

'Doodsteken...' herhaalde hij toonloos. Zijn hersens konden deze nieuwe informatie niet verwerken. Rico wilde mevrouw Rochèl doodsteken... de betekenis van de woorden drong niet tot hem door en hij begreep niet hoe zij zich plotseling over haar man en Rico kon drukmaken, terwijl daar, in die hel achter hun rug, de collectie in vlammen opging!

Cecile was naast hem komen staan en schudde zijn arm.

'Waarom heeft u die jongen in huis gehaald!' schreeuwde ze. 'Waarom heeft u dat gedaan! Hij heeft mijn man gek gemaakt! En zelf is hij ook gek geworden! U moet Eddy zoeken! Nu! Ik kan het niet... ik kan niet lopen. U moet gaan!'

Het leek wel of het zwarte vijverwater haar betoverd had. Alsof ze zich van het ene moment op het andere de schelpen niet meer herinnerde, of hun gruwelijk lot haar niet meer aanging!

'De brandweer...' zei hij, 'de brandweer komt eraan!'

'Ik zal de brandweer opwachten! Gaat u nu! Ze zijn daarheen gegaan!'

Ze trok hem aan de gescheurde mouw van zijn overhemd en wees naar het eind van de tuin.

'Daarheen!'

In een soort trance struikelde Ernst Bol de aangewezen richting op. Na een paar passen draaide hij zich weer om, maar Cecile schreeuwde hem toe: 'Daarheen! Vooruit!'

Hij liep verder door de duistere tuin en wist zelf niet goed meer wat hij deed. Hij had het gevoel als doofstomme in een krankzinnig toneelstuk terechtgekomen te zijn, waarin hij plot noch rol kende. Hij stapte over het slappe prikkeldraad – zoals hij ooit, in een ander leven, met Rochèl gedaan had – beklom het duin en keek achterom. De vlammen sloegen uit het dak van de villa. De wind kwam van zee en joeg de rook en de fladderende vonken de Duinweg over, het snel naderende geluid van twee, drie sirenes tegemoet. En toen gebeurde er iets wonderlijks met hem.

Het opiaat dat het menselijk lichaam aanmaakt om de geest tegen ondraaglijke kwellingen te behoeden, om te verhinderen dat men aan de verschrikking tenondergaat, trad zo plotseling in werking, dat het was alsof er een koele, transparante sluier over hem uitgevouwen werd. Hij werd onaanraakbaar. Staande op de duintop keek hij haast objectief naar het brandende huis, als naar een natuurkundig schouwspel, draaide zich vervolgens langzaam om en keek naar de duinpannen rondom en naar het V-vormige stuk strand dat van hieraf zichtbaar was.

Zover hij kon zien in de schemering was alles verlaten. De duinen lagen vredig in het maanlicht en op het strand liep niemand. De zee ruiste hier duidelijker dan beneden in de tuin. Hij daalde het duin af en liep het paadje naar de strandtrap. Vogels in een struikje, opgeschrikt in hun slaap, maakten zachte piepgeluidjes en er hupte een konijn vlak voor zijn voeten langs.

Hoewel hij wist dat hij zich maar hoefde om te draaien om de donkere rook tegen de avondlucht te zien en hoewel hij voelde dat Schuld, Angst en Wanhoop gelijke tred met hem hielden en hem niet uit het oog verloren – ze raakten hem wel niet aan en bleven zwijgend en onzichtbaar naast hem lopen, maar verlieten hem niet – kwam hij onder de betovering van het duinpad. Het was zo lieflijk, dat hij zich voelde als iemand die zijn geheugen heeft verloren bij een zwaar ongeluk. Die de plek des onheils is ontvlucht en opeens in een idyllisch landschap is terechtgekomen vol rust en troost en balsem voor de wonden. En toen de sirenes plotseling verstomden en het om hem heen geheel stil werd, dacht hij even: zie je wel, het is niet waar, het is allemaal niet gebeurd, het zal een boze droom blijken, een nachtmerrie. Zo dadelijk zie ik Rochèl staan, die naar de zee kijkt. Dan lopen we samen terug en gaan een glas wijn drinken.

Maar toen hij de stenen trap naderde, waar de zee en het strand zich links en rechts uitstrekten, bleek het allemaal bedrog: de nachtmerrie zette zich aan deze kant van de duinen voort! Het pad was slechts de verbinding tussen twee verschrikkingen!

Rechts langs de vloedlijn lag het gekromde lichaam van een man. Het wijde, witte overhemd lag in punten over het zand. De vloed spoelde tegen de schoenen. Hij lag daar als een grillige, aangespoelde reuzenschelp in het maanlicht.

Hij voelde zichzelf hollen als in een vertraagde opname en bleef ten slotte op een afstandje staan, zijn hart bonkend in zijn keel. Zijn ogen speurden nog een moment naar alle kanten het strand af, maar in de verste verte was niemand te bekennen.

'Meneer Rochèl?' zei hij met overslaande stem tegen beter weten in.

Rochèl lag naast een lange, naar zee gegraven greppel alsof hij die moest bewaken. Zijn hoofd rustte op zijn opgevouwen jasje. Zijn rechterhand, onder het bloed, lag open in het zand. Zijn linkerhand hield iets vast, een plastic zakje met water zo te zien. Ook de voorkant van het overhemd en een groot deel van de broek waren bebloed.

Bol ging achterover hangen, haalde zo diep adem dat zijn borst er pijn van deed en zwaaide bij het uitademen zijn bovenlijf naar voren. Met zijn hoofd voor zijn onderlijf hangend bleef hij een halve minuut zo staan om te voorkomen dat hij flauwviel en staarde vervolgens enige tijd over zee naar de horizon. Toen ging hij op zijn hurken voor Rochèl zitten en raakte voorzichtig de hand om het plastic zakje aan. Koud als een vis.

Hij keek naar het broze, kale hoofd op het jasje. Het was alsof Rochèl sliep. Of hij, wandelend langs het strand, door vermoeidheid overmand geraakt was en zijn jasje hier neergelegd had om even een tukje te doen.

Er kwam een loomheid over Ernst Bol, die hem, kijkend naar dat vredige, dode gezicht, deed omvallen. Hij kwam schuin in het zand te zitten, steunend op een arm, en stond niet dadelijk weer op. De dingen die hij moest doen en zo dadelijk ook doen zou – terugrennen over het duinpad, woorden vinden voor Cecile, de politie waarschuwen en een ambulance – al die dingen, die hoorden bij het gruwelijke leven aan de andere kant van de duinenrij, bij de rook en het vuur, de chaos en de teloorgang, verdwenen voor één kort ogenblik naar de achtergrond.

Hij keek naar de glimlach op het verstilde mandarijnengezicht van Rochèl. Een glimlach die al het bloed op zijn kleren ontkende, die niets te maken had met messetrekkerij, een neergestoken lijf of kreperen in het zand. Het was een glimlach waarvoor geen ander woord was dan ‘gelukzalig’. Rochèl glimlachte gelukzalig, alsof in de dood zijn diepste verlangen was vervuld. Het was een glimlach die mysteries doorgrondde waarvan Ernst Bol zelfs het bestaan niet vermoedde, waarmee hij nooit in aanraking was geweest en ook nooit zou komen. Een glimlach die tot een andere werkelijkheid behoorde, ver verwijderd van de waanzin en de wanhoop waaraan hijzelf ten prooi was... ten prooi zou vallen zodra hij opstond.

Ernst Bol begreep weinig van passie en zeker niet van het soort passie dat voorbijgaat aan verzamelen, bezitten, conserveren; dat alles verteert en alles wegmaait wat voor de voeten komt en uiteindelijk haar vervulling alleen maar kan vinden in vernietiging, opheffing, dood.

Hij begreep zulke passies niet en ze joegen hem angst aan, ze waren de oorzaak van alle onheil die nu over hem afgeroepen was... maar turend naar de glimlach op het stille gezicht voor hem zag hij hier, aan het duistere Noordzeestrand, in één kort ogenblik, op het punt van breken, hun grootheid.